Rita Morrigan sorprendió a su familia desde pequeña por su inclinación a devorar historias: en voz alta, en una película, en una pieza teatral, en una ópera, en una canción. Asombrada por el efecto mágico que las historias producían en quienes las recibían, tomó la decisión de comenzar a relatar las propias. En la actualidad vive en una ciudad de ensueño junto al mar con su marido y su gato Fume.

Corazones en el café obtuvo el Premio Vergara-El Rincón de la Novela Romántica 2016.

Primera edición en B de Bolsillo: julio de 2018

Printed in Spain – Impreso en España

ISBN: 978-84-9070-580-3
Depósito legal: B-10.739-2018

Impreso en Novoprint
Sant Andreu de la Barca (Barcelona)

BB 0 5 8 0 3

Penguin
Random House
Grupo Editorial

Corazones en el café

RITA MORRIGAN

Para Carmen y Manuel, mis maravillosos padres, y mi tía Josefa, cuyo amor es uno de mis grandes regalos.

Y para mi entrañable abuela América, quien, a sus noventa y cinco años, sigue ahorrando para cuando sea mayor.

1

¿Quién eres, Lena?

La luz del atardecer inundaba de reflejos anaranjados la terminal del aeropuerto internacional Adolfo Suárez. Como fichas en un tablero de ajedrez, las sombras de los apresurados pasajeros se deslizaban por el brillante suelo hacia sus inevitables destinos. Una irónica sonrisa curvó los labios de Lena. Estaba segura de que esa metáfora sería aplicable a todas aquellas personas; a todas, excepto a ella, cuyo destino era más que incierto. Sentada en una de las incómodas butacas del aeropuerto, observaba el ir y venir de la gente mientras aguardaba un avión cualquiera que la alejara de Madrid.

—María Magdalena Vázquez de Lucena.

Lena susurró su nombre en voz baja, al mismo tiempo que recorría con la mirada el resto de los datos personales consignados en su pasaporte. «¿Quién eres tú?», se preguntó, pasando la yema del dedo índice sobre la fotografía del documento. La imagen mostraba a una muchacha joven y sonriente, ajena a cualquier problema. Así había sido hasta solo cinco meses atrás, justo cuando su perfecta existencia tocó a su fin.

La muerte de su padre había sido el verdadero punto de inflexión en su vida. A diferencia de todo lo que había hecho siempre, él se fue sin avisar, sin haberlo planeado. La mañana del 1 de enero su padre no se levantó temprano como cada día ya que, mientras todos celebraban la llegada del año nuevo y él dormía, su corazón dejó de latir.

Aquella noche ella y su novio, Alberto Valenzuela, habían salido de fiesta con un grupo de amigos. Era su último fin de año como solteros y a él le apetecía celebrarlo por todo lo alto en el gran cotillón del Casino de Madrid. Después se había quedado a dormir en el ático que Alberto poseía en la calle Alcalá, puesto que, a solo cinco meses para su boda, las conservadoras reglas de sus padres a ese respecto se habían vuelto menos estrictas. La mañana de Año Nuevo, su teléfono móvil les despertó casi al mediodía.

—Lena, cariño, ven a casa. —La voz de su madre sonó quebrada—. Tu padre ha sufrido un accidente.

Un resbalón en la ducha era un accidente, o una caída por las escaleras, pero no un infarto mientras se duerme. «Fue mucho más que un accidente», pensó con sarcasmo. Sin embargo, su madre no quiso decirle por teléfono que él había fallecido, y por ello debió enterarse de la terrible noticia al llegar a su casa.

Cuando vio a su padre tumbado sobre la cama creyó que dormía, simplemente porque no podía estar muerto. Era imposible. Se sentó a su lado en la cama y no derramó ni una lágrima, convencida de que en cualquier momento abriría los ojos para reírse de todos los incautos que se habían creído la broma. Lena no lloró hasta que vio cómo el féretro entraba al horno crematorio. Comprendió que su padre no se levantaría, que se había ido para siempre. Y entonces sí lloró. De hecho, durante las siguientes semanas no hizo otra cosa. Afortunadamente, su novio Alberto se encargó de organizarlo todo, como siempre.

Aquella gran pérdida había sido lo peor que le había ocurrido en la vida. Era la única hija de un exitoso empresario y una dama de la alta sociedad madrileña, por lo que podía de-

cirse que sus veintiocho años de existencia habían transcurri-
do entre esponjosos y cálidos algodones.

A pesar de ser la heredera de Panificadora Vázquez, su padre jamás la había orientado hacia una carrera de empresa-
riales. Su indulgencia y generosidad le permitieron crecer y
desarrollar una personalidad fuerte y diferente. Aun así, Lena
sabía que a él le gustaría legarle la empresa y por ello, a los
dieciocho años, se matriculó en la Facultad de Derecho. ¿Por
qué lo había hecho? Tal vez por aquello que algunos llamaban
la maldición de la hija única, ya que, más allá de sus anhelos
personales, por encima de todo se encontraba el deseo de hacer feliz a un ser tan extraordinario como su padre.

A los veintidós años finalizó Derecho y comenzó a trabajar en la empresa familiar. Sin embargo, su espíritu languide-
cía cada día entre balances y reuniones, y su padre no tardó en
darse cuenta. Su fascinación por el arte y por cualquier forma en la que el ser humano hacía más hermosa la realidad, la
atraía desde tan pequeña que era imposible obviarla. Así pues,
un día él se plantó en su despacho con una solicitud de matrícula para la Escuela de Bellas Artes, dispuesto a no marcharse
hasta ver cómo la rellenaba.

—Nada me hace más feliz que tenerte aquí conmigo, y sé
que no confiaré tanto en ningún otro abogado, pero tienes que
salir de aquí o te marchitarás como una flor en invierno —le
dijo, con aquel sentido inspirador con que siempre elegía las
palabras.

Así fue como, a los veinticuatro años, cuando se suponía
que su vida ya tendría que estar más o menos encarrilada, Lena
regresó a la universidad. A pesar de la gran oposición de su madre, que consideraba el momento mucho más apropiado para
organizar una boda que para regresar a la escuela. Por otro
lado, su padre se mostraba orgulloso de sus altas calificacio-
nes; tal vez porque él no había tenido la oportunidad de estu-

diar más allá de la secundaria, cuando debió hacerse cargo de la pequeña panadería de su familia. Siempre había trabajado duro hasta hacer de su empresa una de las más grandes y rentables del país. A don Octavio Vázquez Coria le gustaba presumir de ser el primero al que se le ocurrió vender una pieza de pan precocido y congelado; una idea que le había llevado a «amasar» una enorme fortuna. Lena sonrió al recordar que él siempre usaba aquel tipo de chascarrillos de panadero cuando contaba su historia. Tenía un grandísimo sentido del humor y le encantaba jugar con el lenguaje, riéndose del doble significado de las palabras. Una costumbre que Lena había heredado, y que les había deparado grandes momentos juntos.

Sin embargo, su madre era «harina de otro costal». Así era cómo, socarronamente, la hubiera definido él. María Elvira de Lucena Sánchez y Zurbarán era descendiente de un alto linaje castellano al que, como a muchas de las altas alcurnias, tan solo le quedaba un montón de apellidos compuestos y muy poco dinero. Educada con rígidas y conservadoras costumbres, el carácter de su madre era reservado y mucho más encorsetado que el de su progenitor. No ocultaba que la fortuna de su marido había sido la razón principal para elegirle como compañero de vida, y miraba con recelo cualquier avance social hacia la igualdad entre hombres y mujeres. Esa era la causa por la que jamás había dejado de quejarse por su larga estadía en la universidad. Para ella, encontrar un marido era el único pretexto válido por el que una mujer pensaría en pisar una facultad. Pero aquel ni siquiera era el caso de su hija, ya que Alberto y ella salían juntos desde los diecisiete años.

Su época en la Escuela de Bellas Artes había sido la más feliz de su vida. Allí, rodeada por las grandes obras de arte de la humanidad, entre las certeras pinceladas de un hermoso paisaje o las flamantes curvas del mármol de una escultura, su espíritu se elevaba lejos del mundano y material mundo de los negocios familiares. Disfrutó de cada día de su carrera; tanto, que incluso había cambiado físicamente. Su perfecto y sofisticado corte de media melena por encima de los hombros se había transformado en una larguísima cabellera de ensortijados rizos rubios. El estilo refinado de sus trajes de chaqueta había sido sustituido por una armoniosa mezcla de vivos colores e inusuales telas superpuestas. Algo que disgustaba a su madre, pero que divertía enormemente a su progenitor.

—Eres como un cuadro impresionista, hija —le dijo don Octavio una vez, cuando había ido a verlo a su despacho—. Iluminas cualquier estancia solo con entrar.

Lena sonrió ampliamente por el comentario, que, unido a su gesto de admiración, le provocó una inmensa alegría.

—Menos mal que no has dicho que te parezco una obra cubista.

Al contrario de lo que pensaba, la broma no divirtió a su padre.

—Siempre has estado más interesada en la belleza del mundo que en la tuya propia —replicó, observándola muy serio—. No eres consciente de la admiración que produces, y eso todavía te añade más atractivo. Un día vas a enloquecer tanto a un hombre que será capaz hasta de morir por ti.

—Papá —resopló—, ya conozco a un hombre especial, y espero que no se muera.

Don Octavio dibujó una mueca de ironía.

—Alberto es un gran chico, pero creo que jamás será capaz de volverse loco por nada, y mucho menos por nadie.

Aquella respuesta sumió a Lena en una profunda reflexión durante días: sobre Alberto, sobre su relación, y sobre todo aquello que su padre parecía ver tan claramente en su novio, y que a ella se le escapaba. Se conocían desde niños, habían asistido a las mismas escuelas y, al igual que sus familias, siempre se habían llevado bien. Por ello, cuando a los diecisiete años se hicieron novios, la noticia cayó de lo más natural en su entorno. Alberto aspiraba a dirigir el mismo banco que su padre, y siempre había dejado claro que necesitaba a una mujer que le comprendiera y acompañara en su camino al éxito. Curiosamente, siempre se hablaba de cómo él debía ser acompañado, y no al revés.

No obstante, Lena recordaba la forma en que Alberto tomó el control cuando su padre murió, y no podía menos que sentirse agradecida. No solo se había hecho cargo de la situación en la empresa, sino también de todo lo concerniente a su madre y a ella.

Su boda se fijó con más de un año de antelación para finales de mayo. Lena se quedó tan sobrecogida y perdida después del funeral, que permitió que su madre y Alberto continuaran con la organización del evento, a pesar de que en su vida ya nada parecía tener sentido.

—Lena, cariño, no podemos suspender una boda tan importante a solo unos días de su celebración —había dicho su madre cuando ella le planteó la posibilidad de aplazarla.

—No es tan importante —respondió—, y cinco meses es tiempo suficiente. Es más —continuó de mal humor—, tratándose de una decisión tan importante, bastaría con tomarla tan solo unos segundos antes.

Su madre le clavó aquella gélida mirada azul con la que conseguía reducirla al tamaño de una insignificante motita de polvo.

—¿Estás diciendo que no quieres casarte con Alberto, después de todo lo que ese chico ha hecho por nuestra familia? Este es el acontecimiento social más esperado del año, y estoy segura de que tu padre no hubiera deseado que lo pospusieras.

Lena no contestó, aunque conocía la respuesta. Cualquier boda debía celebrarse por amor, no por agradecimiento. Sin embargo, la referencia a su padre logró el efecto deseado: ablandarle el corazón y cerrarle la boca. Pero también sabía que ya nada era como debería. Su destino la conducía por un camino marcado que jamás se había planteado cuestionar. Puede que las dudas ya existieran cuando su padre vivía, aunque nunca se habían manifestado con tanta contundencia. Él era como un faro que disipaba sus incertidumbres. Era tan fácil quererlo que su amor alejaba cualquier miedo. Pero ahora se encontraba sola ante el precipicio, y su madre solo parecía interesada en empujarla a saltar.

Una señora que viajaba con un bebé se sentó a su lado, arrancando a Lena de sus recuerdos y devolviéndola al presente. Guardó su pasaporte, que aún sostenía en la mano, y se acomodó mejor en el escueto asiento del aeropuerto para dejarle sitio a la mujer, que parecía muy atareada.

—¿Me lo sujeta un momento, por favor?

Perpleja, Lena observó cómo le tendía a su hijo. Subió los brazos de forma mecánica y tomó al niño con el mismo cuidado que a una bomba.

—Tengo que prepararle la cena, y llevo demasiadas cosas encima —explicó la mujer con una sonrisa cómplice, al mismo tiempo que rebuscaba en una de sus bolsas.

Lena sentó al bebé en su regazo. El niño volvió la cara rechoncha hacia ella y sus enormes ojos negros brillaron al contemplar su larga y rizada melena. Elevó sus manitas, tratando de alcanzar un mechón de pelo, pero ella logró esquivarlo a tiempo. Lo sujetó con delicadeza y le besó los deditos regordetes.

—Le encantan los rulos —dijo la madre, que ya agitaba un biberón bien surtido—. ¿Tiene hijos?

Lena negó con la cabeza, correspondiéndole con otra sonrisa. Alberto y ella habían hablado alguna vez de los niños, aunque para él no fueran más que una obligación matrimonial, algo así como un compromiso vital con su legado. No le gustaban los niños, y había dejado claro que no estorbarían su estilo de vida. Solo los necesitaba para que su patrimonio permaneciera en la familia, pero no estaba interesado en criarlos. «Para eso existen las niñeras y los internados», zanjaba siempre la discusión.

—Seguro que pronto los tendrá; es usted muy hermosa, y se ve que le gustan los niños —comentó la mujer, antes de probar la temperatura de la leche en el dorso de su mano—. Yo tampoco creí que tendría más, y aquí me tiene: ya con el cuarto —continuó, extendiendo los brazos hacia su hijo.

Lena le devolvió al bebé, que chilló encantado en cuanto vio el biberón.

—¡Vaya, enhorabuena! —exclamó con una sonrisa de sorpresa.

La señora la correspondió antes de introducir la tetina en la boca de su hijo. El bebé pareció caer en una especie de trance mientras succionaba el líquido con ansiedad.

—Sí, gracias —respondió, volviendo la vista de nuevo hacia ella—. Aunque nuestra situación es un tanto inusual. Mis otros hijos viven en Colombia con mis papás. Ahora vamos a que conozcan a su hermanito, que es el único que ha nacido aquí. Mi esposo y yo estamos viendo cómo reunir a toda la familia.

Por alguna razón, aquella confesión íntima conmovió a Lena de una forma inesperada. Observó la sincera sonrisa con que la mujer le contaba sus problemas sin apenas conocerla, y no pudo menos que animarla.

—Espero que puedan conseguirlo pronto —aseveró, asintiendo con un mohín de comprensión.

Era muy curioso lo que ocurría en los aeropuertos; lugares de despedidas y reencuentros, donde la emoción flotaba en cada rincón hasta posársele a uno en la piel. En ningún otro lugar del mundo la ternura humana brotaba de una forma tan espontánea y natural. No había mejor final para una película que una declaración de amor en un aeropuerto. Cuando uno de los dos debía marcharse lejos y su pareja le alcanzaba tras una agónica carrera por los largos pasillos de la terminal. Momento cumbre en que la música ascendía y los protagonistas se unían en un abrazo eterno e indestructible. ¿Existía alguna alegoría mejor para el amor verdadero que una larga y agónica persecución, antes del apoteósico desenlace y el fundido a negro del final?

—¿Está usted casada?

La pregunta de la señora sacó a Lena de sus caóticos pensamientos, devolviéndola de nuevo a la conversación. La observó con atención antes de negar con la cabeza. En realidad tendría que casarse al día siguiente, pero había descubierto que era incapaz de continuar con su vida tal como estaba en aquel momento. Había llegado a un punto en el que ni siquiera se reconocía.

—Con ese aspecto de actriz de cine que tiene y su amabilidad, estoy segura de que no le faltarán pretendientes —aseguró la mujer sonriendo, mientras abrazaba a su hijo, que acababa de dar buena cuenta del biberón.

Lena forzó una sonrisa pero no dijo nada. No sabía si quería casarse, y tampoco si tendría hijos alguna vez; lo único que sí sabía era que no se casaría con su novio de toda la vida, y que necesitaba alejarse de todo cuanto conocía para, casi de forma paradójica, averiguar quién era realmente. Puede que la muerte de su padre hubiera sido el desencadenante de todo; o puede que no, y en realidad nunca hubiera estado predestinada para el futuro que habían diseñado para ella. Lo único de lo que sí estaba segura era de haber esperado demasiado en cancelar su compromiso.

Hacía dos noches que había tenido una reveladora charla

17

con su madre, que había servido para abrirle definitivamente los ojos. Aquella misma tarde, su teléfono móvil recibió un vídeo horrible desde un número anónimo. En las imágenes aparecía su novio teniendo sexo explícito, junto a varios de sus amigos, con la *stripper* de su despedida de soltero. Al principio se sorprendió de que Alberto fuera capaz de realizar un acto tan íntimo en público, y luego se enfadó porque alguien pudiera dedicarse a grabar algo así solo para hacerle daño. Sin embargo, lo más curioso era que en ningún momento sintió celos, ni rabia, ni ningún otro tipo de emoción encendida relacionada con la traición. Aquella fue la señal definitiva de que su boda sería un gran error. Y en su opinión, era mejor un pequeño escándalo a tiempo que una gran equivocación para siempre. Así que citó a Alberto en una cafetería y se enfrentó directamente a la verdad; al principio no le mostró el vídeo, sino que se limitó a decirle que lo quería mucho, aunque no lo suficiente para casarse. Él pareció no entender el argumento y se afanó en pedirle explicaciones. La falta de amor era un motivo más que suficiente para ella, pero por lo visto no para Alberto. La conversación se llenó de reproches hasta volverse casi ofensiva por parte de él.

Lena sacó entonces el móvil y le mostró el vídeo. Alberto se puso lívido y comenzó a titubear.

—Bueno, al fin y al cabo era mi despedida de soltero. ¿Qué esperabas que hiciera? —declaró, cuando percibió que sus excusas no surtían el efecto deseado.

Ella se puso de pie para marcharse al percibir que la conversación ya no avanzaba.

—No estoy cancelando la boda ni nuestro compromiso por el vídeo, Alberto. ¿Es que no lo entiendes? Lo hago porque no me importa —respondió con tranquilidad.

Él la sujetó por la muñeca.

—Esto no va a quedar así.

—Estoy de acuerdo —convino ella—. Yo me ocuparé de comunicárselo a mis invitados, y tú deberías hacer lo mismo con los tuyos.

Se liberó de su mano y salió de la cafetería.

Sin embargo, él tenía razón; aquello no se quedó allí. Al entrar en casa, su madre la esperaba con los brazos cruzados y el ceño más fruncido de toda la historia de la humanidad.

—¿Es que te has vuelto loca?

Aquella fue la bienvenida, luego vino la persecución por el vestíbulo, y continuó por el primer piso hasta su habitación. Su madre pasó del «no pienso consentir que hagas esto» a «tu conducta va a terminar matándome» en tan solo unos minutos. Alberto la había puesto al corriente por teléfono, aunque se había guardado convenientemente el detalle del vídeo.

—Mamá, no puedo casarme con Alberto porque no lo amo.

—¿Amor? ¿Quién habla de amor? —soltó con resentimiento—. Aquí de lo que se trata es de cumplir tu palabra con un muchacho al que le debemos mucho. Desde la muerte de tu padre, Alberto no ha dejado que nos hundamos.

Lena tomó el teléfono con la intención de informar a sus amigos y familiares de que no iba a haber boda.

—Mamá, eso lo hizo como amigo nuestro y no como mi novio —suspiró resignada.

Su madre le arrancó el auricular de las manos.

—¡¿Es que hay alguna diferencia?!

—Sí, mamá. Le quiero y le estoy muy agradecida por todo lo que ha hecho por nosotras, pero no estoy enamorada de él; y él tampoco lo está de mí —añadió, con las imágenes del vídeo todavía revoloteando en su mente.

Apuntándola con el auricular como si fuera una pistola, su madre le lanzó una de sus lastimeras miradas.

—Alberto está loco por ti.

—No, no lo está; ni yo por él —replicó ella, arrebatándole el teléfono.

Su madre estaba tan enfadada que casi podía oírla rechinar los dientes.

—Menos mal que tu padre ya no está, porque si te viera ahora volvería a morirse.

Aquellas palabras la hirieron como una puñalada. Sabía que su madre solo deseaba imponerse, pero que usara el amor por su padre le partía el corazón.

—Mamá —respondió, armándose de paciencia—, me han enviado un vídeo en el que Alberto aparece haciendo el amor con otra chica. —La expresión de su madre se suavizó y abrió la boca para hablar, pero ella la silenció con un movimiento de la mano—. No, no he cancelado la boda por eso, sino porque he descubierto que no me afecta.

Doña Elvira aspiró de forma entrecortada y sus enormes ojos se abrieron mucho.

—Entonces solo le sigues el juego a la persona que te ha enviado ese vídeo, que estará carcajeándose al saber que se ha salido con la suya. —Su madre la tomó por los brazos con fuerza—. ¿Es que no te das cuenta de que sois una pareja que despierta muchas envidias? Estoy segura de que ese vídeo ni siquiera es real.

Lena no tenía ninguna intención de mostrarle las imágenes a su madre; ni siquiera debería haberle hablado de ellas. Pero sabía que jamás dejaría de insistir si no le daba una razón de peso.

—Sí, es real —gimió de impotencia—. Pero no me importa, y por eso debo suspender la boda. No amo a Alberto, ni él a mí tampoco —repitió desesperada.

—¿Amor? —bufó doña Elvira con desdén—. ¿Es que piensas que todo en la vida debe ser color de rosa? Mejor que te hayas enterado ahora de cómo son las cosas entre las parejas.

¿No le amas? Pues menos sufrirás en tu matrimonio —concluyó mordaz.

Lena la observó en silencio, completamente atónita.

—¿Qué es lo que quieres decir? —murmuró—. ¿No amabas acaso a papá?

—Tu padre era un hombre como otro cualquiera. ¿Crees que no conocía sus escarceos amorosos? Los conocía, y al principio me dolían, pero luego aprendí a vivir con ello. Si ahora ya no te importa, eso ya lo llevas adelantado.

La respiración de Lena se agitó de rabia.

—¿Pretendes convencerme de que me case diciéndome que papá te era infiel? —gruñó entre dientes.

La imagen de su madre estaba distorsionada por las lágrimas, que anegaban sus párpados a punto de brotar en llanto.

—Lo que trato de decirte es que el amor no existe, Magdalena. Solo es una estupidez que alguien se inventó para que a las mujeres nos fuera menos difícil acostarnos con hombres que no nos gustan, pero que nos aseguran una buena vida para nosotras y nuestros hijos.

Aquellas palabras le rompieron el corazón. Su madre no solo reconocía que no amaba a su marido y que lo soportaba por interés, sino que también ella formaba parte de aquel interés. Acababa de decirle que había sido infeliz por su culpa y había ensuciado el bonito recuerdo que guardaba de su padre, presentándolo como un hombre infiel. Jamás había pensado que entre sus padres no existiera amor; puede que no fuera el amor excepcional del que se habla en las novelas, pero sí alguna especie de leal camaradería que les mantenía unidos.

En aquel preciso instante, Lena tomó la decisión más importante de su vida. Debía alejarse de su madre y de todo aquello que le recordara a «su gran sacrificio»: la casa, los lujos y todo el dinero de su familia. No sabía quién era, ni siquiera quién quería ser. Necesitaba dar un giro radical a toda su existencia y, para lograrlo, tenía que romper con todo lo que conocía hasta entonces e irse lejos. A cualquier lugar donde nadie la conociera; ni a ella ni a su familia.

Así, sin la menor idea de adónde dirigirse, Lena hizo una pequeña maleta en la que guardó su neceser, algo de ropa, y una foto en la que aparecía con su padre. Tomó el pasaporte y dejó su móvil y todas las tarjetas de crédito sobre la cómoda de su dormitorio. Si quería empezar de nuevo, tendría que dejar todo atrás.

Necesitaba algo de dinero para los billetes y también para mantenerse durante algún tiempo en la ciudad desconocida a la que se dirigía, hasta que encontrara un trabajo. Mientras pensaba en todo ello, la funda de su vestido de novia apareció en su campo de visión. Decidió entonces deshacerse de él; le pareció algo muy poético que aquel símbolo de su antigua vida le sirviera para iniciar una nueva. Lo puso a la venta en Internet y en tan solo veinticuatro horas logró recaudar tres mil euros; lástima que hubiera costado más de quince mil, y que no pudiera esperar más tiempo para que las pujas continuaran subiendo. Pero necesitaba irse cuanto antes.

Con el firme propósito de tomar el próximo avión que saliera de Madrid hacia el destino más lejano, Lena cerró la puerta de su mansión en La Moraleja y se subió al taxi que la aguardaba en la calle.

Al llegar al aeropuerto se dirigió al primer mostrador que encontró, donde una amable señorita la informó de que todos los vuelos del día estaban completos, salvo el último hacia Buenos Aires. El avión salía a medianoche y solo quedaba una plaza libre. Aquello le pareció un buen presagio porque si necesitaba un cambio de «aires», mejor era que estos fueran «buenos». Así, jugando con las palabras, como su padre le había enseñado, Lena compró el billete para la capital argentina.

Buenos Aires quedaba lo suficientemente lejos de Alberto, de su madre y de la vida que deseaba dejar atrás.

Sin embargo, no tardó más de un minuto en averiguar que su nueva vida iba a ser mucho más costosa de lo que creía, y de que sus recursos eran mucho más escasos de lo que también creía. Acababa de pagar mil euros solo por un billete; un tercio de lo que había obtenido por su vestido de novia, y un tercio de todo su patrimonio actual.

—Ese es el nuestro. —La voz de la señora del niño la devolvió nuevamente al presente—. Acaban de anunciar por megafonía que el próximo embarque es el vuelo a Bogotá —explicó, ante su confusa mirada—. Por cierto, llevamos largo rato hablando y no le he preguntado adónde se dirige.

—Voy a Buenos Aires —respondió Lena sonriendo, mientras se levantaba para ayudarla a colgarse del hombro sus bolsas de viaje.

La señora le devolvió una franca sonrisa.

—Dicen que es una ciudad preciosa. Muchísimas gracias por su ayuda. Le deseo toda la suerte del mundo.

—Lo mismo le deseo a usted —dijo la joven, elevando la voz para que pudiera oírla. La mujer agitó la mano sobre su cabeza sin volverse a mirarla, y continuó con paso apresurado hacia la puerta de embarque.

Lena volvió a sentarse antes de consultar su reloj. Faltaban más de dos horas para la medianoche, lo que le pareció un buen momento para tomar un sándwich. Mientras abría la tapa del emparedado de atún que sacó de una máquina, pensó que su época de elegantes restaurantes había tocado a su fin, dando inicio a la era del bocadillo. Cualquier otra persona se hubiera lamentado por ello, pero Lena se sentía de lo más feliz.

2

Buenos Aires, ¿buenos?

Un violento escalofrío le recorrió la columna vertebral. Lena se abrazó a sí misma, pensando que, entre las muchas estupideces que llevaba haciendo durante las últimas horas, una de ellas era no haber previsto que en Argentina estaban casi en invierno y hacía más frío que en Madrid. Debería haberse traído un abrigo o una chaqueta más gruesa que su liviana parka de entretiempo. Aunque tal vez no fuera frío, sino simplemente el miedo que se le había clavado en la médula tras la horrible experiencia que acababa de vivir.

Llevaba un buen rato sentada en el banco de un parque desconocido en el que un grupo de niños jugaba a la pelota. Le dolían los pies de vagar por la ciudad durante horas. Inspiró profundamente, tratando de serenarse. Necesitaba pensar, analizar con calma la terrible manera con que la habían recibido en aquella ciudad, y barajar con tranquilidad sus opciones.

Buenos Aires se había vuelto una ciudad más insegura en los últimos tiempos; aquel, al menos, había sido el tema de conversación de las dos pasajeras que viajaban junto a ella en el avión. Sin embargo, Lena no sospechaba que iba a tener la oportunidad de comprobarlo tan solo unos minutos después de poner los pies en el país. El vuelo había durado casi trece horas y apenas había dormido seis, por lo que en cuanto aterrizaron en el aeropuerto de Ezeiza, solo podía pensar en encontrar un hotel limpio y barato donde recuperarse del largo viaje. Todavía llevaba euros, pero decidió cambiar una pequeña cantidad en el aeropuerto, cuyos tipos de cambio siempre eran abusivos, y canjear el resto en la ciudad.

Tras comprarse un mapa de las calles decidió tomar un taxi al centro, donde esperaba poder sentarse un rato a estudiarlo y buscar un buen alojamiento. Además, si tenía suerte y el taxista era simpático, incluso podría aconsejarle algún hospedaje bueno y barato. Así, con el optimismo de una avezada aventurera, Lena se movió con vitalidad entre la multitud que abarrotaba los pasillos del aeropuerto a las nueve de la mañana. Sin embargo, justo en el momento de rebasar la gran puerta de cristal, los once grados de temperatura le hicieron tomar conciencia de lo lejos que quedaba la primavera de Madrid. Miró en todas direcciones con cierta premura, hasta divisar la fila de vehículos de color negro y amarillo con el que se identificaban los taxis de la ciudad.

—Al centro, por favor —indicó con una sonrisa tras subir al primero de ellos.

Desafortunadamente, el taxista no resultó ser simpático. Aunque a Lena le hubiera bastado con que fuera honrado. El hombre, que no se volvió a mirarla en ningún momento, se limitó a conducir con bastante brusquedad entre el caótico tráfico bonaerense, hasta que de repente se detuvo de forma inesperada en un cruce para que otro hombre se subiera al coche. Todo ocurrió tan rápido que ella apenas fue consciente. El segundo individuo la amenazó con una navaja mientras le gritaba que le diera el bolso. Lena se lo entregó de forma temblorosa. Su puerta se abrió entonces y la empujó fuera del vehículo de un puntapié.

Sentada en mitad de la acera, contempló estupefacta cómo el taxi se alejaba a toda velocidad perdiéndose entre las grandes avenidas, llevándose su equipaje, el bolso y todo su dinero.

Con la mirada extraviada y la respiración quebrada, no se percató de que un señor que esperaba en la acera se había aproximado a ayudarla.

—¿Se encuentra bien, señorita? —preguntó el hombre, tomándola por las axilas para levantarla del suelo.

Ella no respondió, porque ni siquiera le escuchó. Un repentino zumbido en los oídos la mantenía atontada.

—He visto lo que ha pasado —continuó él—, lo digo para hacer la denuncia. ¿Se ha fijado en la patente?

—¿La qué? —murmuró la muchacha, mirando todavía al abundante tráfico y palpándose por todas partes para asegurarse de que no estaba herida.

—La patente, señorita —respondió el hombre, impaciente—. Oh, ¿no es usted de acá?

Ella negó con la cabeza mientras se fijaba por primera vez en su buen samaritano: un señor con el pelo blanco y rostro amable que superaba los setenta años, y que parecía realmente contrariado en aquel momento.

—¿Recuerda la patente del taxi en que la han atacado? —insistió despacio.

Lena continuó observándole con confusión hasta que sus plateadas cejas se elevaron en un gesto de comprensión.

—La matrícula —aclaró—, ¿se ha fijado en la matrícula?

Ella negó con la cabeza. Todo había ocurrido demasiado deprisa como para pensar en nada; ni siquiera para fijarse en la matrícula del taxi.

—Bueno, no se preocupe. ¿Quiere que la acompañe a hacer la denuncia?

Las palabras tardaron unos segundos en adquirir significado en su obturada mente.

—¿Denuncia? —preguntó confusa, mientras sus ojos paseaban por el preocupado rostro del anciano. Hasta que comprendió, y comenzó a negar con la cabeza—. No... no se preocupe.

No sabía lo que iba a hacer sin dinero ni ropa en una ciudad enorme y extraña en la que no conocía a nadie. Lo único que sí sabía era que su madre y Alberto no aceptarían que les llevara la contraria y que se hubiera marchado. La buscarían, y utilizarían todos sus recursos para encontrarla. Por eso no debía dejar rastro ni llamar la atención con denuncias. No deseaba ser encontrada; al menos no por el momento. Necesitaba saber que podía valerse por sí misma, averiguar quién era y el lugar que iba a ocupar en el mundo. Necesitaba saber lo que quería y necesitaba... necesitaba pensar. Ofreció una sonrisa amable a aquel señor y se alejó, ante la contrariedad de él.

Caminó durante horas sin rumbo. Pasaba de grandes bulevares rodeados de rascacielos y repletos de gente a calles arboladas y casi desiertas, cuyo silencio solo quebraba el ladrido de algún perro. Se cruzó con personas que la miraban, que la ignoraban o sonreían sin verla, sin percatarse de su presencia. Recordó que hacía menos de un día que se había trazado un camino que la desviaba del destino que habían diseñado para ella. Y ahora, tan solo unas horas después, vagaba sin rumbo en un mundo extraño.

Estaba tan estupefacta que ni siquiera pudo evaluar todo lo malo que había podido pasarle. La habían atracado, sí, pero ¿y si los dos hombres la hubieran secuestrado?, ¿y si la hubieran violado? De repente, un golpe de terror la hizo tomar una gran bocanada de aire. Se vio tentada de seguir los consejos del hombre que la había ayudado e ir a una comisaría; o mejor aún, al consulado. Afortunadamente se había guardado el pasaporte en el bolsillo de su chaqueta y los ladrones no se lo habían llevado. Podía acudir al consulado y solicitar ayuda. Le dejarían hacer una llamada a su madre y esta le enviaría dinero. Entonces, su problema habría terminado. Sin embargo, aquella idea le pareció casi tan terrorífica como un secuestro.

Regresando al presente, sacudió la cabeza para librarse del estupor que le había producido el atraco. Llevaba más de una hora tratando de ordenar sus pensamientos en aquel parque donde los niños seguían jugando a la pelota. No sabía lo que iba a hacer, pero al menos ya sabía lo que no iba a hacer. Impulsada por una insólita energía se levantó del banco.

—Está bien, querida Buenos Aires —murmuró mientras observaba las bocacalles que convergían en el parque—. Ya es hora de que me muestres tu mejor cara.

3

El Fin del Mundo

Los nombres de las calles pasaban sin mucho sentido ante sus ojos. Caminó durante varias horas sin la menor idea de adónde se dirigía. El hambre y el dolor de pies estaban consiguiendo abatir su reciente optimismo. Transitaba por la calle Chile, una travesía de un solo sentido rodeada de bajos edificios coloniales. De repente, su olfato fue asaltado por una fragancia celestial: una especie de pan recién hecho, mezclado con el dulce aroma del tomate horneado y condimentado con lo que parecía una sutil esencia de ajo.

Lena se detuvo en mitad de la acera. Sus párpados se cerraron de forma involuntaria, dejándose embriagar por el aroma de aquel manjar. La boca se le hizo agua, mientras su estómago gruñía en señal de protesta. Abrió los ojos y dejó que su nariz la guiara hasta el origen de aquella fragancia. Giró a la derecha en una esquina y continuó andando. Las puertas de madera de los portales ocupaban la primera planta de casi todos los edificios. Algunos árboles proyectaban alargadas sombras sobre los desiguales adoquines de la acera, y el canto de los pájaros se mezclaba con el alejado murmullo del tráfico de las grandes avenidas. Vislumbró un toldo verde que daba sombra al escaparate de lo que parecía un bar, y entonces supo que había encontrado el origen del delicioso olor.

Se aproximó guiada por el aroma a comida, pero aquel bar

le deparó una nueva y maravillosa sorpresa. La amplia vidriera de su fachada se encontraba decorada con una técnica pictórica denominada fileteado. Sobre la transparencia del cristal se extendían los estilizados trazos del dibujo. El marco estaba decorado con una enorme profusión de coloridas flores y retorneadas líneas, con curvas sombreadas para crear efecto de profundidad en algunas zonas. De pie frente al escaparate, Lena observó embelesada la calidad del dibujo. Los trazos ascendían en forma de florituras hasta transformarse en cuatro enormes cabezas de dragón que coronaban las esquinas del conjunto. Distintas tonalidades de verdes, amarillos, azules y rojos se combinaban sabiamente para aportar al diseño la fantasía del brillo de las piedras preciosas. Había estudiado la técnica en la universidad y aquella era, sin duda, la obra de un experto fileteador. Lástima que algunas zonas ya se mostraran descoloridas por el paso del tiempo. Aun así, no dejaba de ser un gran ejemplar de aquella técnica tan típicamente bonaerense.

Una sonrisa de fascinación comenzó a tirar de sus comisuras, mientras se fijaba en las letras góticas del centro del cuadro que daban nombre al local. Entonces sí, una especie de alborozo la hizo sonreír de oreja a oreja. El Fin del Mundo. Café-Bar. Aquel maravilloso olor la había conducido hasta allí, para descubrir uno de los dibujos de fileteado más bonitos que había visto, y cuyo nombre no podía encajar mejor en su calamitosa aventura. Después de todo, su intención siempre había sido la de alejarse lo más posible de su vida, y «el fin del mundo» le pareció lo bastante lejos.

Abrió la pesada puerta de madera y cristal exquisitamente decorado y entró. Quería descubrir qué era aquello que olía tan bien. A pesar de ser la hora del almuerzo, el local estaba casi vacío. De pie en mitad del amplio espacio, Lena miró alrededor con la boca abierta, tan maravillada como si se encontrara en medio de una hermosa catedral. El aspecto del local seguía la línea de los antiguos cafés europeos de los años veinte. Altos techos decorados con relieves de escayola y bonitos frescos florales, de donde colgaban tres pequeñas lámparas de cristal. La barra de roble macizo ocupaba el fondo del bar y había sido tallada con mucho gusto, con unos sencillos dibujos geométricos que contrastaban con el resto de la decoración. Al igual que las altas estanterías que se alzaban por detrás, y que colmaban la pared con los reflejos ambarinos de los diferentes licores. Algunas mesitas redondas se distribuían con acierto en el resto de espacio. Era un bar pequeño, pero tan personal y exquisito que era imposible pasarlo por alto. No entendía cómo el ambiente no estaba atiborrado con las risas y murmullos de decenas de clientes.

Miró alrededor y se percató de que, salvo por un par de ancianos sentados a la mesa que había junto a una ventana, el local estaba vacío. Se dio cuenta entonces de que los dos hombres la miraban como si fuera vestida de astronauta.

—Hola —dijo con timidez.

Ambos movieron la cabeza a modo de saludo.

—¡Marchando dos especiales *Príncipe Charles* para mi clientela más selecta!

Un hombre surgió por detrás de la barra con un plato en cada mano. Se detuvo y su gesto desenfadado se tensó al descubrir su presencia. Mucho más joven que los otros, se la quedó mirando con el mismo asombro. Al parecer, allí no estaban muy acostumbrados a recibir caras nuevas, pensó Lena. Sin embargo, el olor de los platos que llevaba flotó hasta sus fosas nasales, dejándole claro que había encontrado el origen del aroma que la había conducido hasta allí.

—Hola —repitió al camarero, mirando descaradamente los platos que portaba.

Él frunció aún más el ceño y pasó por su lado, ignorándola.

Bueno, al fin comprendía por qué el local estaba vacío pese a ser tan bonito y oler tan bien: el servicio era pésimo. Pero tenía tanta hambre que su estómago estaba a punto de comenzar a cantar ópera. Siguió al camarero hasta la mesa y, tras echar un rápido vistazo por encima de su brazo, pudo constatar que el rico manjar tan solo era una tostada con una especie de salsa por encima.

—Por el amor de Dios —murmuró con la boca hecha agua—, ¿qué es eso que huele tan bien?

El camarero la miró irritado por encima del hombro.

—Un poco de paciencia, por favor. Siéntese en una mesa y la atenderé enseguida.

—Alex, hijo, sé un poco benevolente con este ángel, al que ha seducido el olor de tu comida —dijo uno de los ancianos, mirando al camarero por encima de sus anteojos—. ¿Querés sentarte con nosotros a degustar estos manjares, niña?

—No —se apresuró a responder el camarero en su lugar—. Si quiere ser atendida, se sentará a su mesa y esperará su turno.

Achicando los ojos, Lena lo fulminó con la mirada. ¡Qué persona tan desagradable! Por supuesto que no iba a aceptar la invitación del anciano, a pesar de que se estaba muriendo de hambre. Pero no hacía falta que el camarero respondiera por ella; y mucho menos con aquel tono tan molesto. Ignorándolo, volvió el rostro hacia el amable señor, que la observaba aún con una cálida sonrisa.

—Muchísimas gracias por su ofrecimiento. Da gusto ver que aún quedan caballeros en el mundo —terminó, lanzándole una rápida mirada nada sutil al camarero.

Acto seguido se volvió y se dirigió orgullosa hacia la mesa de la otra ventana, mientras oía las carcajadas de los ancianos.

—Si tratás así a todas las clientas hermosas terminarás muriéndote soltero —dijo uno de ellos.

—Espero que Dios te oiga —respondió con ironía el camarero antes de volverse hacia ella.

Tras un largo y hondo suspiro se llevó las manos a la cintura, como si le costara horrores atravesar el bar y hacer aquello por lo que se suponía que le pagaban. Lena lo observó de arriba abajo. No solo era descuidado en su trabajo, sino también con su aspecto. Llevaba unos vaqueros desgastados y una descolorida camiseta verde oscuro, que colgaba con descuido sobre la cintura del pantalón. Un montón de remolinos ensortijaban su pelo castaño, dándole el aspecto de alguien recién levantado de la cama, y una oscura barba de varios días completaba el conjunto, desastroso para alguien que ofrece sus servicios al público. «¡Qué lástima que el dueño de un local tan bonito no haya sabido seleccionar a su personal!», pensó Lena, apartando la mirada en cuanto notó que él se aproximaba. Tomó la carta que había sobre la mesa y la estudió con disimulo, fingiendo que no la incomodaba para nada su presencia.

—Supongo que un especial *Príncipe Charles* —dijo él con un suspiro de hastío—. ¿Qué le traigo de beber?

Lena cerró la carta con más fuerza de la necesaria.

—¿Qué lleva el *Príncipe Charles*? —preguntó de mal humor.

Él achicó los ojos antes de bascular todo su peso sobre la pierna derecha y llevarse la mano a la cintura.

—Veamos —Juntó los dedos de la otra mano mientras miraba hacia arriba—. Yo lo definiría como una fantasía de tomate fresco al hinojo en lecho de harina de trigo, levadura y agua.

Lena pasó por alto el tono pomposo y ridículo con que él pretendía burlarse de su pregunta.

—¿Quiere decir que eso que huele tan bien es solo pan con tomate?

Ante su incredulidad, él se limitó a responder con un irreverente levantamiento de cejas.

—Muy bien, tráigame un especial *Príncipe Charles* y un vaso de agua —murmuró rendida, ante la tosquedad de aquel hombre—; del grifo, por favor —añadió al recordar, horrorizada, que no tenía dinero.

Él se detuvo de espaldas a ella cuando ya se dirigía a cumplimentar su pedido. Bajó la cabeza e inspiró con fuerza, como si durante un segundo hubiera barajado la posibilidad de mandarla al diablo. Sin embargo, continuó su camino hasta la barra y desapareció tras la puerta de la cocina.

Lena se mordió el labio inferior, nerviosa. Tentó los bolsillos de su parka y de los vaqueros, por si se hubiera guardado alguna moneda en el aeropuerto, al igual que había hecho con el pasaporte, pero esta vez no hubo tanta suerte. El hambre que tenía le había hecho olvidarse de la miserable condición en que el taxista ratero y su amigo la habían dejado. Y como colofón a su mala fortuna, había ido a parar al bar regentado por el camarero más antipático de Buenos Aires.

Con una mueca de fastidio, observó cómo una hoja se desprendía del árbol que había al otro lado de la acera para posarse lentamente sobre el banco de madera que había debajo. La decadencia otoñal de la naturaleza le iba como anillo al dedo a su actual estado de ánimo. En ello pensó, cada vez más triste. Sabía que aquel sentimiento de autocompasión solo la paralizaba y no la ayudaba. Sin embargo, se sentía tan mal que cada vez se le hacía más difícil mantenerse animada. El optimismo con que había dejado su casa en Madrid se había ido consumiendo tan rápidamente como un fósforo. Mirando sin ver a través del cristal de El Fin del Mundo, suspiró al darse cuenta de que acababa de dar con la mejor metáfora para su estado de ánimo: como una ennegrecida, retorcida y chamuscada cerilla. Así se sentía.

—Un *Príncipe Charles* y un agua de la canilla de nuestra mejor cosecha para la señorita. O del grifo, como la llama ella.

Lena dio un respingo cuando la voz del camarero la arrancó de sus cavilaciones. Apartó los codos de la mesa para dejar sitio a la comida y miró hacia arriba, sin pasarle desapercibido el sarcasmo de él.

—Muchas gracias.

El exquisito aroma subió hasta sus fosas nasales desde el plato y ya no fue capaz de pensar en nada más. Tomó la tostada entre los dedos y se la llevó a la boca. Las aromáticas semillas del hinojo se combinaban a la perfección con los dulces trocitos de tomate gratinados. El pan estaba crujiente y se deshacía en la boca con la misma suavidad que las nubes bajo un tibio sol de verano. La acidez del aceite de oliva y un poco de ajo eran el contrapunto perfecto, produciendo un agradable cosquilleo en el paladar. Había probado pan con tomate en otras ocasiones, pero ninguno tan bueno. Cerró los ojos y se dedicó a disfrutar de aquel manjar, que era lo mejor que le había pasado en las últimas horas; no, en los últimos días, en realidad.

Dio buena cuenta de la tostada y se chupó los dedos uno a uno, antes de recoger todas las migas que se habían quedado en el plato.

—¿Quiere otra? —preguntó el camarero.

Lena abrió los ojos de repente. No se había percatado de que él no se había retirado, y que la miraba con diversión desde arriba. Muy a su pesar negó con la cabeza; porque no había nada en el mundo que le apeteciera más, aunque ni siquiera podía pagarse la primera. Levantó el rostro para mirarle y negó con la cabeza.

—No, muchas gracias —respondió, antes de limpiarse los labios en la servilleta—. ¿Podría avisar al dueño del bar, por favor? Me gustaría hablar con él.

La diversión se evaporó del rostro de él, que volvió a tensarse.

—Por supuesto, iré a ver si se encuentra en su oficina —murmuró con sarcasmo, llevándose el plato vacío.

Lena lo vio alejarse, sin comprender lo que había pasado. Advirtió que los dos ancianos la miraban con regocijo. Ella correspondió con una forzada sonrisa y trató de concentrarse en lo que iba a decirle al jefe de aquel lugar. No obstante, los señores no dejaban de observarla y sonreír. Así que decidió sacar provecho de tanta atención.

—¿Conocen algún hostal barato y limpio por aquí?

Los ancianos se miraron entre sí.

—Esta zona ahora es muy turística, señorita —dijo el que llevaba anteojos de cristales gruesos—, no encontrará nada barato por acá.

—Ni limpio —puntualizó el otro con ironía.

«¡Vaya por Dios!», pensó Lena, molesta. No estaba teniendo ni una pizca de suerte. Por lo menos esperaba que el dueño del local la recibiese y le permitiera restaurar la vidriera de su bar.

Su gesto de fastidio provocó una sonrisa al señor de gafas.

—Yo la invitaría encantado a mi residencia, pero ni siquiera me dejan tener gato —señaló, antes de lanzar una mirada a su compañero—. Goldstein, vos tenés mucho espacio en tu casa.

El otro negó enfáticamente con la cabeza.

—Nada me gustaría más. Pero si invito a una muchacha como usted a mi casa, mi mujer me corre a trompadas —murmuró con tristeza.

Lena levantó las cejas en un gesto de sorpresa.

—¿Una muchacha como yo?

Los ancianos se miraron entre sí, riendo con picardía.

—¿Es que en su país no tienen espejos, querida niña?

Arrugando el ceño, Lena tomó un poco de agua y decidió dar por concluida aquella conversación estéril.

El camarero, que lo había escuchado todo desde la barra, decidió poner fin a la charla.

—No sean viejos verdes. Dejen de molestar a la señorita —dijo, aunque sin rastro de sanción en su voz. Atravesó el local y se dirigió hasta ella—. ¿Desea algo más?

Lena negó con la cabeza y tomó el vaso de agua entre sus manos mientras él pasaba el paño por su mesa sin la menor consideración. Desde luego, aquel individuo no tenía educación y sí muchas ganas de perderla de vista.

—Son cincuenta pesos y sí, aceptamos propina —indicó con una socarrona sonrisa.

—Sí, deseo algo más —se apresuró a responder ella—; quiero ver a su jefe. Dijo que iba a ver si estaba en su oficina y no se ha movido usted de detrás de la barra. ¿Quiere ir a ver si está, por favor?

La sonrisa se le congeló en el rostro.

—No está —refunfuñó, y se volvió para regresar tras la barra.

Lena se puso de pie y lo siguió, con el vaso todavía en la mano.

—Ni siquiera ha ido a ver.

—¡Oh, por el amor de Dios! ¿Qué es lo que quiere? —gruñó él con fastidio.

Al límite de su paciencia, Lena lo observó de arriba abajo; con el mismo desdén que él había usado antes.

—Con usted nada. Solo deseo hablar con el dueño.

—Pues lo tiene delante —espetó, apoyando los antebrazos sobre la barra para inclinarse hacia ella—. ¿Qué quiere?

Lena pestañeó varias veces, sorprendida. Abrió la boca para responder, pero volvió a cerrarla sin decir nada.

—¿Usted... —balbuceó extrañada— usted es el dueño?

—Increíble, ¿verdad? —intervino uno de los ancianos con diversión.

El camarero fulminó a ambos con la mirada y los dos cerraron la boca, aunque siguieron riéndose sin el menor disimulo.

—Seguro que se esperaba algo más glamuroso que una bayeta en un empresario de tanto éxito —murmuró con sarcasmo, volviendo a mirarla de nuevo—. Ahora, si no es mucho pedir, podría decirme qué quiere y marcharse de una vez.

Lena debió sentarse en uno de los taburetes al sentir cómo sus esperanzas de restaurar el bonito fileteado del cristal se esfumaban. El camarero malhumorado era el dueño. ¡Maldición! No podía creerse tanta mala suerte en el mismo día.

—No tengo dinero —reconoció tímidamente, sin levantar los ojos del vaso de agua, que aferraba entre sus dedos.

—¿Cómo dice?

Lena arrugó el ceño con gesto lastimero.

—Mi avión aterrizó esta mañana en el aeropuerto de Ezeiza y tomé un taxi hasta la ciudad. El taxista se paró en un cruce para que otro hombre subiera al coche y me robara a punta de navaja. —La voz se le quebró al recordarlo—. Estuve vagando durante horas sin saber qué hacer, hasta que el olor de sus tostadas me recordó el hambre que tenía. Lo siento mucho. —Lena se atrevió a levantar los ojos del vaso por primera vez para mirar a su interlocutor, que permanecía serio y en silencio—. Sé que debí decírselo desde el principio. Pero pensé que, si encontraba un lugar por aquí para instalarme, podría restaurarle el precioso fileteado de su escaparate y los frescos del techo. Soy artista, titulada en Bellas Artes, y usted podría descontarme la comida de mi salario...

—Ouh, ouh, ouh... frene, señorita —gruñó él, abrumado y mostrándole la palma de las manos—. ¿De qué demonios está hablando?

—Me han robado y no tengo dinero para pagarle —resumió muy seria ella, mirándolo a los ojos—. Pero, si me deja, puedo restaurarle la maravillosa obra de arte que adorna el cristal de su bar. Y si le gusta mi trabajo, también puedo recuperar los frescos del techo. —Lena señaló hacia arriba con un dedo, sin apartar los ojos de su cara.

Él miró en aquella dirección un breve instante antes de arrugar el ceño y comenzar a negar con la cabeza. Sin embargo, quien intervino fue uno de los ancianos, que habían escuchado con atención toda la conversación.

—Este país de mierda se va al carajo. ¿Cuántas veces lo he dicho? —murmuró, mientras ambos se acercaban a la barra para sentarse en los dos taburetes que había al lado de ella.

—¿Le hicieron algo? —le preguntó el otro con preocupación.

Lena miró a ambos lados y forzó una sonrisa.

—No, solo se llevaron mis maletas y mi bolso.

—¿De dónde viene? —preguntó el otro anciano.

—De Madrid.

—¿Y no conoce a nadie acá?

Lena negó con la cabeza.

—Vaya, no conoce a nadie —dijo el hombre, lanzando una significativa mirada al dueño del bar.

—¿Y a qué vino a la Argentina? —preguntó el otro.

Ella volvió la cabeza hacia él y pensó unos segundos la respuesta.

—Supongo que trataba de alejarme de una vida que me ahogaba —suspiró.

La estaban acosando a preguntas, aunque su interés en aquellos momentos tan vulnerables le conmovió hasta el alma. Tal vez solo fuera por su aspecto, pero la genuina preocupación de los dos ancianos le recordaba mucho a su padre.

—¿Algún novio agresivo? —intervino el otro—. ¿Un marido?

Lena levantó los ojos. El dueño observaba la conversación en silencio. Volvió la cara hacia su interlocutor y negó con la cabeza, forzando una sonrisa.

—No, nada de eso.

—La muchacha huía hacia una vida mejor —dijo el otro, observando de nuevo al dueño del local.

Él fulminó con la mirada a ambos.

—Disculpen, Pimpinela —gruñó—. No voy a contratar a ninguna charlatana que se presente en mi puerta diciendo que es artista, y poner en sus manos un fileteado de casi cien años. Lo que tiene que hacer es ir a la policía y listo.

Lena jadeó, incrédula. No podía ir a la policía, eso quedaba descartado; al menos por el momento. Además, la desfachatez de aquel individuo no tenía límites. ¿Cómo se atrevía a insinuar que estaba mintiendo?

—Soy artista, señor. Y puedo demostrárselo —aseveró, estirándose sobre la barra para tomar un bolígrafo y la pequeña libreta de anotar los pedidos. La abrió de mal humor y comenzó a trazar certeras líneas sobre el papel.

Los ancianos se incorporaron al mismo tiempo para mirar sobre sus hombros lo que dibujaba.

—Caramba, tiene mucho talento —afirmó uno de ellos apreciativamente.

El camarero enarcó una ceja y frunció la boca con un marcado gesto de fastidio.

—¿Sabe qué? Olvidémonos del tema: la casa invita a la tostada —murmuró mientras pasaba la bayeta por la barra. Como si, además de deshacerse de la suciedad, también quisiera deshacerse de ella con la misma facilidad.

—No hará falta —respondió Lena, levantando los ojos del papel—, lavaré platos hasta cubrir el precio de la comida.

Él volvió a enarcar la ceja de forma burlona. Era realmente fascinante lo perfecto que le salía el gesto, pensó ella antes de volver a centrarse en el dibujo.

—No creo que haya tocado un estropajo en su vida.

—Alejandro Lagar, ¡qué poco caballero! —exclamó uno de los ancianos—. Si tu padre estuviera acá te daría un sopapo.

Él inspiró con fuerza y achicó los ojos.

—Dejate de hinchar, Bukowski —gruñó.

Lena dejó de prestar atención a los sonidos a su alrededor; le pasaba siempre que se concentraba en algún trabajo. La forma en que las líneas dibujaban la realidad a través de sus ojos, combinándose con trazos ágiles y armoniosos hasta capturar el instante justo en que la vida se detenía ante ella para dejarse retratar. Pero en aquel momento Lena no sentía perplejidad ante un paisaje hermoso, tampoco la turbación de un cuerpo desnudo, ni la delicadeza de un bodegón; en aquel momento sentía frustración, rabia y mucha decepción.

Esbozó una perfecta representación de la fachada del bar: la forma en que el toldo bañaba de sombras la vidriera donde lucía el perfecto fileteado porteño. No tuvo que mirar en ningún momento hacia atrás porque recordaba cada uno de los detalles de la magnífica obra de arte. Sin embargo, sí tuvo que levantar los ojos de vez en cuando para memorizar los rasgos de aquel hombre de aspecto y carácter toscos. Lo retrató frente a su establecimiento con ropas de guerrero, erguido y poderoso con una lanza en la mano, en actitud de protección y defensa del que parecía ser su reino. En realidad, su visión se hubiera semejado más a la de un orangután gruñendo y saltando frente al bar, pero pensó que tal vez el flamante guerrero lograría ablandar un poco su rudo corazón, permitiéndole así trabajar en la restauración del escaparate.

—Aquí está —dijo, deslizando la libretita sobre la barra—.

Soy artista —afirmó con seguridad—. Ahora, si me indica dónde está la cocina, comenzaré a fregar los platos.

Desdeñoso, él observó el dibujo desde arriba. Sin embargo, apenas durante un segundo, casi de forma imperceptible, Lena descubrió un extraño resplandor en su mirada. Era como sorpresa, mezclada con apreciación y cierto toque de orgullo. «¡Le gusta!» Y con aquel pensamiento triunfal en mente sonrió a los dos ancianos, que todavía seguían a su lado.

—Dejate de joder, Alex —dijo el anciano al que había llamado Bukowski—. Reconocé que la muchacha es una artista.

Él levantó los ojos del dibujo.

—Muy bien: es una artista. Ni yo mismo me veo tan buen mozo —resopló con sarcasmo.

Lena bajó la cabeza al notar que se sonrojaba. Se hubiera quedado satisfecha con un simple reconocimiento, pero aquello último la desconcertó. Sabía que solo pretendía ser grosero, y por eso le daba una rabia horrible que pudiera sorprenderla.

—Pero no necesito una restauradora —continuó con firmeza—. Así que adiós.

Inspirando con fuerza, Lena se levantó del taburete y se ajustó la chaqueta. La sensación de fracaso le hizo tragar aire a grandes bocanadas. No obstante, era demasiado orgullosa para rogarle a una persona tan maleducada.

—Bueno, ha sido un placer conocerles; a los dos —aclaró, sonriendo a los ancianos antes de tenderles la mano.

Ambos se inclinaron para besársela de forma galante.

Ella miró al hombre que se alzaba detrás de la barra y frunció el ceño.

—Gracias por la tostada y el agua.

Se dirigió a la puerta con paso cansado, sintiendo un apretado nudo en la garganta y el peso del mundo sobre los hombros. No estaba preparada para llamar a su madre y pedirle ayuda. Le recriminaría durante días haberse marchado, antes de comenzar a taladrarle el cerebro otra vez con la boda y con Alberto. Pero tampoco le quedaban recursos ni fuerzas para seguir vagando sin rumbo por Buenos Aires. Ni siquiera sabía dónde iba a pasar la noche.

—Dale, Alex. El cuarto que arreglaste para tu mamá está libre. —Escuchó decir a uno de los ancianos.

—A ella le hubiera encantado que lo usaras para una buena obra, hijo —añadió el otro.

Una chispa de esperanza agitó el pecho de Lena durante un segundo. Justo el tiempo que el tal Alex tardó en responder.

—¿Sería mucho pedir que dejaran de joder?

4

El conventillo

Lena se ajustó de nuevo la chaqueta. El sol había comenzado a ocultarse tras la línea del horizonte, arrancando destellos anaranjados al paisaje urbano. El dibujo del fileteado todavía se veía más bonito a aquella luz tenue. Sin embargo, había comenzado a hacer más frío y Lena llevaba más de tres horas sentada frente a El Fin del Mundo, en el banco sobre el que caían las hojas de los árboles. Así mismo se sentía ella; como una lánguida y marchita hoja que se había lanzado sin sentido hacia un mundo desconocido desde la seguridad de su rama, hasta quedar aplastada en el frío y duro asfalto.

Vio al dueño del bar pasar de nuevo frente al cristal. En el tiempo que llevaba allí habían entrado algunas personas y él había salido de la barra para atenderlas. En cuanto reparaba en ella, el gesto cortés que ofrecía a los clientes se transformaba en otro iracundo. Sabía que estaba allí y le molestaba. Pasaba de vez en cuando frente al cristal, observándola de reojo para comprobar si se había marchado.

Los dos ancianos salieron del bar poco tiempo después que ella. Ambos la contemplaron un rato desde el otro lado de la acera y, sonriendo, se despidieron con la mano. Lena les devolvió el gesto y el saludo. Tal vez tendría que haberse ido en aquel momento, pero los hipnóticos colores del escaparate volvieron a retenerla. Tendría que buscar un sitio donde pasar la noche, pero aquella obra de arte la animaba. Era la sensación más reconfortante que había experimentado en los últimos meses.

Sus ojos recorrieron las líneas de colores, los escarchados y las sombras. La mente se le perdía en los detalles. Sabía exactamente lo que tenía que hacer para devolverle su antiguo brillo. La restauración no sería demasiado complicada ni costosa; de hecho, el mayor recurso a emplear sería el tiempo. El diseño era tan intrincado y rico en detalles que debía ser tratado con exquisita delicadeza.

De repente, algo se interpuso en su campo visual: una camiseta verde y unos vaqueros desgastados. Lena frunció el ceño y miró hacia arriba, para descubrir al dueño del bar ante ella, observándola furioso.

—¿Qué demonios está haciendo todavía acá? —gruñó, llevándose las manos a la cintura en actitud de espera.

Lena se cruzó de brazos.

—Estoy en la calle —murmuró a la defensiva—, y la calle es de todos.

—Váyase, o llamaré a la policía.

Ella hundió los hombros y se dejó caer contra el respaldo del banco. Estaba tan abatida y cansada que la idea de pasar la noche en un calabozo le pareció de lo más tentadora.

—Haga lo que quiera —resopló, apartando la mirada.

Él murmuró algunas palabras malsonantes por lo bajo e hizo amago de volver al bar. Sin embargo, se detuvo en mitad de la calzada. Acto seguido bajó la cabeza y pareció meditar antes de volver junto a ella.

—Tome —dijo—, son mil pesos. Esto le alcanzará para unos días.

Lena observó los billetes arrugados en su mano y luego a él. De pie frente a ella, la miraba con una especie de conmiseración. Su boca se contraía en un rictus serio y alrededor de sus ojos castaños se delineaban pequeñas arruguitas de preocupación. Si no fuera por lo mal que la había tratado hacía un rato en el bar, Lena hubiera aceptado aquel dinero.

—No quiero su caridad —murmuró—, lo único que estoy dispuesta a aceptar de usted sería un trabajo. ¡Déjeme restaurar esa preciosidad, por favor! —clamó, señalando con el dedo hacia el escaparate. No iba a aceptar caridad. No obstante, su situación era tan lamentable que decidió que podía aparcar el orgullo durante un rato más.

Él se removió incómodo.

—No necesito una restauradora. Tome el maldito dinero —refunfuñó.

—Lo que usted necesita es mejor humor —respondió ella antes de fulminarlo con la mirada—. Pero su fileteado requiere una reparación —añadió, suavizando el tono y el gesto.

Inspirando con fuerza, él arrugó más el ceño y volvió a tenderle el dinero. Una voz interior la urgía a que lo tomara, pero Lena decidió obviar la señal. Se quedó sentada allí: con los hombros hundidos, las piernas estiradas y las manos unidas sobre el regazo. En la posición más humilde del mundo y con su mejor cara de niña buena, aquella que su padre había definido muchas veces como «irresistible». Aunque en el dueño del bar no parecía ejercer ningún efecto.

—Muy bien. ¡Muérase de frío... —bufó, tratando de guardarse el dinero otra vez en el bolsillo de sus vaqueros— y de hambre!

Uno de los billetes se le deslizó entre los dedos y cayó al suelo. Tras un improperio malsonante se agachó a recogerlo. Acto seguido se volvió y regresó al bar a toda prisa.

Lena observó sus anchas espaldas desaparecer tras la puerta del local, con una especie de congoja prendida a su garganta. Los colores del fileteado al atardecer se licuaron poco a poco, al mismo ritmo que las lágrimas empañaban sus ojos.

Un enorme sollozo le agitó el cuerpo y bajó la cabeza para que nadie la viera llorar. Acababa de decidir que, cuando lograra reunir fuerzas para levantarse de aquel banco, iría directamente a la policía, pues el consulado ya estaría cerrado a aquellas horas. Denunciaría el robo y llamaría a su madre. Su aventura, al igual que sus esperanzas por comenzar de nuevo, había terminado. Sollozó otra vez, mientras un torrente de lágrimas descendía por sus mejillas.

Dos desgastadas zapatillas deportivas aparecieron entonces en la nebulosa de su campo de visión.

—¿Ha cometido usted algún delito?

Ella miró hacia arriba.

—¿Qué? —sollozó confusa, limpiándose la cara con la manga.

—¿Se fue de su país huyendo de las autoridades? —espetó el dueño del bar, que en algún momento había atravesado de nuevo la calle y se erguía otra vez ante ella; firme, ceñudo y terriblemente malhumorado.

Muy confusa, Lena negó con la cabeza.

—Venga conmigo —masculló él.

Hizo un gesto con la cabeza para que lo siguiera y echó a andar hacia el bar. Ella pestañeó sorprendida y sorbió por la nariz. Acto seguido se puso de pie y fue tras él, antes de que se arrepintiera.

Atravesaron la cafetería, desierta a aquellas horas, hasta una puerta que había en la parte de atrás. Él la abrió con ella pegada a sus talones. Había cajas de botellas vacías amontonadas contra la pared de un pasillo, lo que la obligaba a ir pendiente de sus movimientos para no tropezarse. Salieron a un pequeño patio de forma cuadrangular rodeado por dos pisos de balcones con retorneados balaustres de madera. Las últimas luces del atardecer permitían distinguir los colores de las flores de algunos de los maceteros colgados de las gruesas vigas. En dos de las ventanas superiores se veía luz, mientras el resto permanecía a oscuras.

—¡Un conventillo! —exclamó Lena con una sonrisa.

Él se detuvo de golpe y se volvió a mirarla.

—Leí algo sobre ellos en una guía de Buenos Aires que encontré en una librería del aeropuerto —explicó ella ante su cara de sorpresa.

Él continuó observándola en silencio unos segundos más. Ella se mordió el labio inferior y apartó los ojos, un tanto incómoda pues acababa de darse cuenta de que estaba a solas con un hombre al que no conocía y que no sabía adónde la llevaba.

—Efectivamente, esta era una vivienda colonial construida al inicio del siglo diecinueve, y que un rico empresario reconvirtió en colectiva a principios del veinte. La alquilaba por habitaciones a sus empleados; en su gran mayoría italianos, españoles y polacos.

—Y compartían el baño y la cocina —indicó Lena—. Sí, lo leí —añadió con una ancha sonrisa, buscando su complicidad.

Sin embargo, el ceño de él todavía se hizo más profundo.

—¿También le interesa la arquitectura? —preguntó con ironía.

La sonrisa de Lena se suavizó hasta convertirse en una mueca. ¡Qué complicado se le hacía hablar con aquel hombre!

—Bueno, no deja de ser una manifestación artística.

—Tiene razón —concedió él, al mismo tiempo que reanudaba la marcha a través del patio.

Lena exhaló un largo suspiro de alivio y lo siguió hasta una de las puertas de la planta baja del conventillo. Él se inclinó sobre el pomo y la llave chirrió en la cerradura. Empujó la puerta, que se arrastró, abriéndose con dificultad. Al parecer, hacía mucho que nadie entraba allí. Él pasó y, tras un momento, una luz tenue se encendió en el interior.

Insegura porque no había sido invitada a pasar, Lena se asomó al umbral y echó un vistazo. Le vio moviendo cajas de un lado a otro y se apresuró a ayudarlo.

—Deje eso; pesa demasiado —murmuró él.

Lena sonrió.

—No pesa tanto.

Solo debieron apartar algunas cajas más para pasar a lo que parecía una habitación. Era como si alguien se hubiera dedicado a almacenar cosas en la entrada para impedir el acceso al resto de la estancia. La decoración del cuarto tenía unos ornamentos marcadamente femeninos. Las paredes estaban recubiertas con un papel amarillo estampado de delicadas lilas, y el suelo de madera había sido barnizado con un tono claro que aportaba aún más luz al conjunto. El mobiliario se reducía a una amplia cama con el cabecero de hierro forjado en intrincadas formas, una anticuada mesilla de noche de madera lacada a juego con un armario y un escritorio sobre el que se apilaba un montón de papeles y libros viejos. Pero lo que más llamó la atención de Lena fue la presencia de un caballete apoyado contra la pared del fondo y varios lienzos apilados junto a él.

—¿Usted pinta? —exclamó entusiasmada mientras atravesaba la estancia hacia los cuadros.

Sin embargo, una caja que había quedado olvidada se interpuso en su camino.

—Tenga cuidado —dijo él, sujetándola del brazo.

Lena se balanceó hacia delante, pero enseguida recobró el equilibrio.

—Gracias —murmuró, antes de fijar otra vez los ojos en los lienzos—. ¿Puedo ver su obra?

Él la sostuvo durante unos segundos más.

—No son míos... —respondió, y tardó un momento en explicarse, como si meditara en la posibilidad de no hacerlo— sino de mi madre.

Lena lo miró sorprendida.

—¿Pinta?

Un halo de tristeza ensombreció los ojos del hombre.

—Pintaba —corrigió—, hasta que su enfermedad le impidió sujetar el pincel. Poco tiempo después falleció.

Ella se fijó por primera vez en su rostro. La fuerte mandíbula oscurecida por la barba se contraía en un intento por controlar el dolor que todavía le producían los recuerdos.

—Lo siento mucho. Sé cómo se siente —añadió, pues a pesar de que su padre no había vivido una larga agonía, sí sabía lo que era perder a uno de los seres más importantes de su vida.

Él la escrutó con la mirada y sus ojos se prendieron en los de Lena. Entonces, algo muy extraño ocurrió: ambos reconocieron el mismo dolor en sus almas.

—¿Cómo murió su madre? —murmuró él, antes de fruncir el ceño y apartar la mirada. Soltándola del brazo, se llevó ambas manos a la cintura en espera de su respuesta.

—El que murió fue mi padre, de un ataque al corazón —explicó, parpadeando deprisa al reconocer el inoportuno escozor de las lágrimas.

Él volvió a escrutarle el rostro.

—Lo lamento.

Forzando una sonrisa, Lena volvió la mirada hacia la habitación.

—¿Puedo ver los cuadros de su madre? —preguntó, más que dispuesta a cambiar de tema.

Él asintió y la siguió a través de la estancia, hasta donde se apilaban los lienzos.

Lena se agachó y tomó uno de ellos, con el alegre cosquilleo en el estómago que siempre le producía el descubrimiento de cualquier obra de arte. La pintura representaba un paisaje urbano formado por una larga calle empedrada y frondosos árboles. Las certeras y coloridas pinceladas daban vida a varias escenas cotidianas; algunos niños jugando en la acera, dos hombres paseando y una dama sentada en la terraza de un café. La atención de Lena se centró en aquella mujer: estaba sola y parecía triste, como si pensara en tiempos pasados y mejores. Llevaba un sombrero blanco pasado de moda, un elegante abrigo de piel y joyas alrededor de su delicado cuello. Las figuras eran realistas, y la mezcla de colores y los juegos de luz resultaban extraordinarios.

—¡Vaya! —exclamó—. No está nada mal.

—¿Usted cree?

Lena le lanzó una rápida mirada por encima del hombro, pues se mantenía de pie justo detrás de ella.

—Lo creo de verdad —asintió, mirando de nuevo el paisaje—. ¿Su madre nunca expuso su obra? Tenía una buena técnica.

—Tenía un puesto los domingos en la calle Defensa, donde los vendía, aunque apenas sacaba unos pesos.

Ella fue pasando los lienzos. Los paisajes se mezclaban con imágenes costumbristas y algunos retratos; todos ellos con la misma pericia con la luz y el color. Cada uno transmitía algo. Usaba las sombras en los ojos para provocar tristeza en sus personajes e infundía movimiento a sus cuerpos con pinceladas fluidas. Además, manejaba a la perfección el encuadre y la perspectiva.

—Pues tenía muchísimo talento —reconoció, poniéndose de pie—. Me recuerda mucho al mejor Degas. —Al volverse de nuevo hacia él, sus ojos repararon en algo.

—Era uno de sus pintores favoritos —admitió él con una sonrisa nostálgica.

Sin embargo, Lena apenas reparó en sus palabras porque algo a su espalda centró toda su atención: una ventana de madera de doble hoja, cuyos amplios cristales habían sido substituidos por un hermoso vitral. La composición estaba elaborada por pequeños vidrios de colores ensamblados con varillas de plomo. La doble escena se enmarcaba en hornacinas y medallones de ricos matices, y representaba el mito de Orfeo. En el vidrio de la izquierda aparecía la muerte de su amada Eurídice por la picadura de la serpiente y su descenso al infierno. Mientras que el derecho simbolizaba el momento en que Orfeo la toma de la mano y trata de hacerla regresar al mundo de los vivos, con los brillantes rayos de sol al alcance de los enamorados.

—¡Dios mío, qué preciosidad! —musitó, esquivando a su interlocutor para dirigirse hacia el ventanal, tan hipnotizada por su belleza y colorido como una polilla por la luz—. ¿También es obra de su madre?

Sorprendido, él la siguió con la mirada y asintió.

—¿Por qué eligió una historia tan triste como la de Orfeo y Eurídice? —preguntó.

Él se encogió de hombros.

—Mi madre siempre decía que los finales felices son solo para la vida real. Para ella, las manifestaciones artísticas debían ser dramáticas y trágicas si querían considerarse verdadero arte.

Una ronca risita brotó de la garganta de Lena, mientras sus ojos vagaban por las bellas y coloridas formas del cristal.

—Creo que su madre me habría caído de maravilla; aunque no estoy de acuerdo con ella. El arte puede ser trágico, pero los artistas se pasan la vida tratando de captar la belleza del mundo.

—¿Es que la tragedia no puede ser hermosa?

—No —respondió con una sonrisa, lanzándole una mirada por encima del hombro—. El arte provoca satisfacción y eleva el espíritu, mientras que la tragedia produce desasosiego y terror.

Él arrugó el ceño otra vez. El gesto parecía esculpido en su cara.

—También hay belleza en el caos.

—Bueno, eso era lo que pensaban los dadaístas —convino Lena.

—Y sentaron las bases del surrealismo y el cubismo. Gracias al caos tuvieron ustedes a un Picasso.

Ella se volvió con una jovial sonrisa.

—Vivieron en un mundo plagado de guerras; no eligieron el caos, sino que no conocieron otra cosa. —Lo observó unos segundos y se percató de que, bajo toda la adustez de aquel hombre, había también mucha pasión—. Sabe usted mucho de arte —añadió—. ¿También es artista?

La pregunta provocó una mueca socarrona.

—No, siento mucho decepcionarla. No soy más que un simple y común camarero.

Lena pasó por alto su ironía, pues algo le decía que ni «simple» ni «común» estaban entre las características de aquella familia.

—¿Este era el estudio de su madre? —preguntó, mirando alrededor y cambiando de tema.

La burla se evaporó del rostro de él, y al momento volvió a endurecerse.

—Lo fue hasta que enfermó; luego, cuando ya no pudo subir las escaleras hasta nuestra casa, lo convirtió en su dormitorio.

—¿De qué enfermó?

Observándola en silencio, él pareció meditar en la autenticidad de su interés. Luego apartó la mirada mientras empujaba algunas cajas bajo la cama.

—Osteítis deformante o enfermedad ósea de Paget, ¿le suena? —resopló con hastío.

Lena negó con la cabeza.

—Los huesos de las piernas y las manos le crecían de una forma anormal y se le partían con enorme facilidad —explicó él con calma.

Algunas palabras de indulgencia bulleron en los labios de Lena. Sin embargo, se abstuvo de comentar nada.

—¿Y su padre? —soltó de repente, con un interés que ni siquiera sabía que sentía.

Él dejó de mover cosas de un lado a otro y se volvió para mirarla con dureza.

—Mi viejo también murió —murmuró de mala gana.

—Lo siento. —La compasiva respuesta sí le salió en esta ocasión.

Achicando los ojos, él se llevó ambas manos a la cintura.

—Oh, por el amor de Dios, basta ya de drama familiar —resopló, de nuevo con tono irónico.

Al darse cuenta de que la conversación había terminado, Lena se giró de nuevo para contemplar los bonitos vitrales, pese a que la luz que llegaba del exterior era ya insuficiente para apreciarlos correctamente.

—Puede quedarse acá a pasar la noche.

Lena se volvió hacia él.

—Si no tiene miedo de los fantasmas, claro está —añadió él con sorna.

Ella intuyó que solo quería asustarla, lo que en aquel momento le pareció de lo más cruel por su parte.

—Oh, no se preocupe por mí —contestó desenfadada, desestimando la idea con un movimiento de la mano—. Creo que los fantasmas de esta habitación y yo encontraremos muchos temas de los que hablar.

Mirando al suelo, él negó con la cabeza mientras una ronca risita brotaba de su garganta.

—Hay sábanas limpias en ese mueble —informó, señalando el armario—. Buenas noches.

Lena lo contempló atravesar la estancia hasta la entrada.

—Buenas noches —respondió—. ¿Vive alguien más en el conventillo? —añadió con nerviosismo antes de que se marchara.

Él se detuvo junto a la puerta. Su espalda se agitaba como si se estuviera riendo. Se estaba riendo de ella, concluyó airada. Resoplando para sus adentros, Lena entornó los ojos. Seguro que se estaba desternillando a su costa, creyendo que la había asustado con el cuento de los fantasmas y que tenía miedo a quedarse sola.

—En el piso de arriba a la derecha vive una anciana, y yo estoy encima del bar.

Lena asintió. No estaba asustada, aunque mejor haría en tener miedo. ¿Una anciana y un hombre que vivía solo? Aquello le sonaba al guion de *Psicosis* y, desde luego que, por su humor, él encajaba a la perfección en el papel del desequilibrado Norman Bates. Bueno, meditó con cansancio, tendría los ojos bien abiertos cuando se metiera en la ducha a la mañana siguiente.

—Por cierto, me llamo Magdalena —dijo, al darse cuenta de que ni siquiera se había presentado—. Pero todos me llaman Lena.

Con el pomo de la puerta ya en la mano, él se volvió para mirarla.

—Yo soy Alejandro Lagar. Pero todos me llaman «señor» —murmuró con sarcasmo, justo antes de marcharse.

«Mentiroso», pensó ella, achicando los ojos mientras recordaba cómo los ancianos del bar le habían llamado Alex.

—Me tiene sin cuidado tu nombre, Norman Bates —masculló para sí misma—, lo único que me interesa es el fileteado, los frescos de tu bar y ese preciosísimo vitral —suspiró, volviéndose hacia la ventana con aire soñador.

5

El caos

Lena se alisó una arruga de la cintura de aquel vestido que olía un poco a naftalina pero le servía para cubrir su desnudez hasta que su ropa se secara. Después del aciago día anterior, agradeció que la habitación estuviera provista de un buen baño. Era evidente que la habían remodelado para adaptarla a una persona con movilidad reducida, pero ella había disfrutado de una ducha reparadora y también lavado su ropa. Afortunadamente, en el armario no solo había sábanas y toallas, sino también algunos vestidos de la anterior ocupante.

La madre de Norman Bates tenía un excelente gusto para la ropa y casi su misma talla. Tal vez era un poco menos voluptuosa, lo que hacía que rellenara a la perfección aquel vestido azul marino, y que las pequeñas florecillas blancas de su estampado parecieran algo más grandes en zonas como el pecho y la cadera. El guardarropa de la señora Lagar se componía sobre todo de coloridos vestidos y gruesas chaquetas de punto. Lena había tomado uno al azar para ponérselo, ya que los vaqueros y su camiseta todavía escurrían en la ducha y aún tardarían unas horas en secarse. Felizmente, la noche anterior había lavado su ropa interior y esta sí estaba lista para volver a usarse.

Se inclinó hacia delante para sacudirse el pelo húmedo. A pesar de que la habitación contaba con muchas comodidades, no tenía secador. Así que debía resignarse a que su larga melena se secara al aire libre, con la consiguiente mata de indomables rizos que se le quedaría. Pero descartó aquella idea con la mano. Su aspecto no le importaba demasiado en aquel momento. Tenía cosas mucho más importantes en las que pensar. Como por ejemplo, por dónde iba a comenzar la labor de restauración de todos los tesoros que se había encontrado en aquel lugar. Esperaba poder hacerlo por los frescos del techo o por el interior del vitral, aunque hubiera preferido empezar por el fileteado. No obstante, al tratarse de un trabajo exterior, el inminente invierno podía complicarlo bastante. Aquello la hizo pensar que aún tenía que ultimar los detalles de su contrato con el dueño del bar. Seguramente no querría cerrar durante los meses que durara la restauración, por lo que ella tendría que trabajar por las noches.

Abstraída mientras contemplaba su reflejo en el espejito del baño, Lena pensó en cuánto había cambiado su vida. Hasta hacía solo unos días estaba a punto de unir su futuro a un hombre al que desconocía. No fue difícil alejarse del pasado y tomar las riendas de su propio destino, aunque para ello tuviera que desprenderse del lujo que la rodeaba para beneficiarse solo de lo que ella misma se ganara. Pero el caprichoso azar aún le deparaba nuevas sorpresas. En unos segundos la habían despojado de todo, hasta dejarla sin nada. Y justo cuando creyó que regresaría derrotada a la senda marcada, se topó a las puertas de El Fin del Mundo Café-Bar, donde un temible Hades protegía, con un genio endemoniado, las mil maravillas que ocultaba su universo.

La metáfora dibujó una ancha sonrisa en sus labios. Se volvió hacia la ventana, allí donde se dibujaba el mito de Orfeo, aquel mortal enamorado que bajó al infierno en busca de su Eurídice, y que acabó conmoviendo al mismísimo Hades para que liberara a su mujer y concediera una segunda oportunidad a su amor. ¡Qué lástima que Orfeo no se hubiera fiado de Hades y se hubiera vuelto para verificar que su esposa le seguía, antes de salir del mundo de los muertos! La sonrisa de Lena se transformó en una mueca de nostalgia al recordar algo que su padre siempre decía: «Al amor de verdad le falta tiempo, mientras a todo lo demás le sobra.» Una gran verdad que le había dejado una gran escasez de momentos en su compañía, y otros muchos sobrantes con Alberto.

Meneó la cabeza para sacudirse los recuerdos y se encaminó hacia el bar. Ansiaba zambullirse en la tarea de recuperar el antiguo esplendor de las obras de arte que la aguardaban, para lo cual debía ultimar cuanto antes los detalles de su trabajo con el dueño; permitiendo de esta forma que su nueva vida comenzara, al fin.

Salió al patio del conventillo, que se veía muy diferente a la luz del día. La pintura blanca de las columnas de madera que sujetaban los soportales estaba resquebrajada. A cada habitación le correspondían dos ventanas, cuyo aspecto era igualmente decadente. Tan solo las que correspondían a las viviendas ocupadas se veían reparadas y barnizadas. Las demás carecían de varios cristales que habían sustituido por gruesos tablones clavados a la pared. Al empedrado del suelo le faltaban algunos adoquines y en el centro del patio se erguía un pozo también cerrado, que en otro tiempo proveería de agua a los inquilinos del conventillo. Las molduras de la madera eran sencillas pero muy bonitas; lástima que todo se viera deslucido y marchito. Lo único que aportaba color entre tanto declive eran unas macetas repletas de coloridos pensamientos que colgaban del balcón de la derecha, donde se suponía que vivía la anciana. Su manía profesional por renovarlo todo, aunque solo fuera con su mente, la hizo imaginar lo hermoso que se vería el patio con una manita de pintura y más flores. Entonces, un tímido rayo de sol se escapó del plomizo cielo bonaerense, derramando su cálida luz sobre el conventillo. Lena sonrió antes de dirigirse al bar; al parecer, hasta el cielo conspiraba con ella para mejorar aquel lugar tan singular.

Un irresistible aroma a café inundó sus fosas nasales en cuanto traspasó el umbral de la cafetería. El local todavía estaba cerrado, aunque el dueño ya se encontraba tras la barra. De espaldas a ella, manipulaba la gran cafetera de tal forma que el aroma del reconstituyente elixir se propagaba por toda la estancia, devolviéndole la vida a cualquier espíritu adormecido que pasara cerca de allí.

—¡Buenos días! —exclamó con entusiasmo—. ¡Huele de maravilla!

Él le lanzó una rápida mirada por encima del hombro. Sin embargo, la sorpresa hizo que sus ojos se detuvieran en ella, recorriéndola de arriba abajo, hasta que la cafetera emitió una nube de vapor.

—¡Mierda! —gruñó, llevándose los dedos a la boca.

Sorprendida, Lena atravesó la estancia hasta la barra.

—¿Se encuentra bien?

—¡No! ¡Me quemé, maldita sea!

Frunciendo el ceño, ella lo observó abrir el grifo y meter las manos bajo el agua fría. Con ánimo de ofrecerle ayuda, rodeó la barra.

—Siento haberlo asustado. Déjeme ver —dijo, justo detrás de él—, tal vez necesite alguna crema antibiótica.

—No necesito nada —gruñó de nuevo, lanzándole una rápida mirada de reojo—. Váyase.

—¡Menudo genio tenemos por la mañana, eh!

Él murmuró algo entre dientes mientras meneaba la cabeza y continuó dándole la espalda.

Dispuesta a no enfadarle más de lo estrictamente necesario, Lena se dio media vuelta y se sentó en un taburete de la barra.

Tras varios minutos en silencio, él levantó los ojos del fregadero.

—¿Por qué se vistió así? —farfulló con el ceño más fruncido que ella había visto en décadas.

Lena bajó la cabeza para examinar su atuendo, y entonces se dio cuenta de que se refería al vestido. Tal vez debería haberle pedido permiso para usarlo, aunque no había tenido demasiado tiempo. Se podía decir que durante los últimos días su vida era un compendio de improvisación. No obstante, la idea de haberle reavivado dolorosos recuerdos de su madre la hizo sentirse culpable.

—Lo lamento mucho, pero he tenido que lavar mi ropa —respondió contrita—. Devolveré el vestido en cuanto esté seca y pueda volver a ponérmela.

Él cerró el grifo de un manotazo y se secó las manos sin dejar de mirarla.

—Está bien, no se preocupe —dijo, más calmado de repente.

Llevaba una camisa de cuadros remangada hasta los codos, lo que le permitió a Lena estudiar sus antebrazos. El vello castaño no ocultaba un ligero enrojecimiento en la zona que había rozado el vapor. Aliviada, constató que apenas era una quemadura superficial.

—Me encantaría probar un café de esos que huelen tan bien —se atrevió a decir. Le sonrió tímidamente, pero él volvió a arrugar el ceño.

—¿Tiene con qué pagarlo? —murmuró, huraño.

Lena no se amilanó. Apoyó los antebrazos sobre la barra y le dedicó una de sus mejores sonrisas.

—No, y de eso precisamente quería hablarle.

Él la contempló con curiosidad apenas un segundo antes de esbozar una mueca de cansancio.

—¿Qué le parece si me pone a prueba y restauro los frescos a cambio de techo y comida? —propuso Lena con otra de sus sonrisas radiantes—. Luego, cuando ya le toque al fileteado y al vitral —continuó resuelta—, podemos hablar de mi salario.

Él levantó una mano para atajarla.

—Seguramente todo eso tiene algún sentido en su cabeza —ironizó—, pero yo no tengo idea de lo que está hablando.

—Ya le dije que soy restauradora profesional, y convendrá conmigo que todo eso —dijo, señalando al techo con un dedo, aunque sin perder el contacto visual con su interlocutor— necesita una buena recuperación.

Él inspiró con fuerza y tiró el trapo sobre el fregadero.

—¡No habrá ninguna restauración, carajo! —espetó, apoyando las manos sobre la barra para inclinarse hacia ella—. ¿Qué es lo que no entiende?

Lena abrió la boca para replicar, pero la volvió a cerrar. No, no lo entendía. Pues si no iba a contratarla, ¿por qué la había dejado quedarse en el estudio de su madre? Y lo que era aún peor: si no iba a contratarla, ¿qué iba a hacer ella sin ningún otro recurso ni nadie a quién recurrir?

—Bueno, yo creí que... —balbuceó— al dejar que me quedara en el estudio de su madre... creí que habíamos llegado a un acuerdo tácito.

Al darse cuenta de que volvía a estar en el mismo y trágico punto del día anterior, la garganta se le cerró y las lágrimas comenzaron a cosquillear peligrosamente en sus pupilas. Bajó la cabeza porque, si iba a derrumbarse, odiaría tener que hacerlo frente a aquel hombre arisco incapaz de un atisbo de humanidad, ni de decir nada agradable. Un sollozo involuntario le agitó el cuerpo mientras una rebelde lágrima le resbalaba por la mejilla.

—¡Uy, la madre que me parió!

El improperio la hizo levantar la cabeza para ver cómo él comenzaba a pasearse inquieto de un extremo al otro de la barra.

—No me diga que es una de esas chicas que creen que pueden conseguirlo todo llorando —increpó, antes de lanzarle una dura mirada y llevarse las manos a la cintura.

Lena no pudo evitar otro estremecimiento. ¡Dios, cómo odiaba derrumbarse frente a ese hombre! Siempre se había considerado una mujer fuerte, aunque resultaba muy sencillo ser fuerte bajo la protección de un padre rico y cariñoso. No quería llorar, pero todo lo ocurrido durante los últimos días ponía su sensibilidad a flor de piel: la pérdida de su padre, los problemas con su madre y Alberto, su drástica decisión de lanzarse al mundo, un atraco que pudo haber sido mucho más... Todo rebosaba sus emociones, absolutamente todo. El llanto le salía ya de una forma incontrolable. Las lágrimas le anegaban las mejillas, mojándole el regazo. Era como si toda la incertidumbre, las sorpresas desagradables y la tristeza de los últimos tiempos brotaran de su cuerpo en forma de torrente. Se sentía desamparada, en el centro de un devastador caos que la zarandeaba sin piedad.

Él se revolvió incómodo. La mandíbula se le endureció y dio un paso hacia ella. Soltó una maldición y se volvió otra vez hacia la cafetera. Lena apenas fue consciente de cómo sus hombros se contraían, más rígidos que antes, mientras manipulaba la gran máquina. Se limitó a cubrirse la cara con las manos para que no la viera llorar como si el mundo estuviera a punto de terminarse.

—Tómese esto —murmuró él.

Lena apartó las manos y, a través de las lágrimas, vio ante ella un humeante tazón de café con leche. Hacía unos minutos hubiera vendido su alma por aquella suculencia, pero ya no tenía cuerpo para nada.

—Tome, una medialuna para acompañarlo —continuó él, colocando un plato con el bollo al lado del café.

El olor de la mantequilla recién horneada le hizo la boca agua. Pero aun así, sentía un nudo en la garganta que le dificultaría digerir nada.

—No... pue... —sollozó— no puedo. Gra... gracias.

Él la contempló con dureza unos segundos antes de apoyar las manos sobre la barra. Tras un largo y profundo suspiro hundió la cabeza entre los hombros.

—Oiga, no dudo de su capacidad como restauradora —dijo al fin, mirándola con un poco de remordimiento—. Pero los clientes no entrarán si esto huele a pintura, y yo no puedo permitirme cerrar ni siquiera un día.

Lena asintió, sorbiendo por la nariz.

—Estoy seguro de que en algún museo de la ciudad necesitarán una restauradora.

—No tengo nada. Ne... necesito encontrar trabajo hoy mismo.

Él la observó fijamente antes de apartar la mirada y comenzar a limpiar distraídamente la barra.

—Mire, acá solo va a encontrar laburo como camarera de bar.

Aquellas palabras la hicieron levantar el rostro. Sus miradas se cruzaron y, al momento, él comenzó a negar con la cabeza.

—No, no, no —rechazó, enfatizando su negación con el dedo—. No quise decir...

—Puedo hacerlo —se apresuró a decir ella, con el rostro lloroso iluminado ahora por el entusiasmo—. Se lo juro, puedo hacerlo.

Él continuó negando con la cabeza.

Lena juntó las manos como si fuera a rezar.

—Por favor —rogó.

Exhalando un largo suspiro, él la observó fijamente varios segundos más. Era como si estuviera meditando entre la posibilidad de acompañarla amablemente a la puerta o ponerla directamente en la calle de una patada en el trasero.

—Una semana —dijo de repente, señalándola con un dedo acusador—. Estará a prueba una semana. Si rompe algo, si algún cliente se queja, si la caga de cualquier forma o manera se irá de acá; sin lloriqueos ni quejas. ¿Estamos de acuerdo?

Lena asintió deprisa. Al notar que una amplia sonrisa comenzaba a curvar sus labios, se apresuró a tomar la taza entre las manos y dar un largo sorbo a la reconfortante bebida. No supo si fue por el hecho de que ya no vagaría más sin rumbo, o porque ya tenía un trabajo, pero aquel resultó ser el mejor café que había probado en su vida.

6

El secreto del Príncipe Charles

Era poco paciente, gruñón, y dominaba el sarcasmo como un samurái maneja su mortal catana, pero su nuevo jefe hacía el mejor café del mundo. Seguramente, aquella cualidad no compensaba su carácter, pero a Lena le transmitió cierta tranquilidad cuando se puso el pequeño delantal blanco y pasó al otro lado de la barra.

Había frecuentado muchas cafeterías en Madrid; desde las más bohemias durante su época universitaria, hasta las más modernas y lujosas en compañía de su novio. Sin embargo, jamás pensó que una camarera debiera aprender tantas cosas complicadas. Incluso mantener el equilibrio con un solo vaso en la bandeja le parecía toda una hazaña. Así que, el primer día, se limitó a lavar tazas y platos.

—Bueno, ya está —dijo, saliendo de la cocina mientras se enjugaba la frente con el dorso de uno de los guantes de goma que él le había dado—. Ya no queda ni una sola pieza de la vajilla sin lavar.

Para su sorpresa, Lena descubrió que la cafetería se llenaba al mediodía. La mayoría de la clientela eran turistas que aprovechaban un momento de descanso para tomar rápidamente un café y un ligero *brunch*; de esta forma, podían visitar los lugares más frecuentados durante las horas del almuerzo. La cafetería ofrecía un maravilloso ambiente donde reponer fuerzas con un menú a base de picaditos, minibocadillos, quiches, yogures y frutas, además de una amplia carta de cafés, tés y mates.

—Le recuerdo que tiene un lavavajillas maravilloso ahí dentro —indicó ella—. ¿Era realmente necesario que yo lo hiciera?

Su nuevo jefe continuó dándole la espalda mientras limpiaba la barra con la bayeta.

—No se me ocurría otro lugar en el que molestara menos.

—Tal vez dejaría de molestar si me enseñara cómo ayudarle.

Él dejó de limpiar y se volvió tranquilamente hacia ella.

—Tal vez podría dedicarle el tiempo que usted se merece si no tuviera la cafetería hasta arriba de gente —respondió con ironía, aunque con una especie de diversión brillando en su mirada.

A punto de resoplar, Lena miró al techo con una mueca de aburrimiento. Aquel hombre era una de las personas más difíciles que había conocido, y eso que ya era lo suficiente mayor como para haber visto de todo. Pero ansiaba aprender, ser una buena camarera, ganarse su confianza para que, cuando ya no pudiera «vivir sin ella», pedirle que la dejara restaurar el fileteado y los frescos del bar. Porque «Lena, la amante de las causas perdidas» era su segundo nombre, y porque Dios le había concedido la virtud de la perseverancia. Jamás daba una batalla por perdida; y aquella iba a ser larga y complicada, pero no imposible. Se dio cuenta entonces de que él llevaba un rato mirándola en silencio.

—Enséñeme a usar la cafetera —dijo, rompiendo el contacto visual y dirigiéndose hacia la brillante máquina dorada.

—A ver, a ver... —Él se interpuso en su camino—. Esta es una exprés Victoria Arduino original, un modelo Venus del año sesenta y ocho.

Lena lo miró como si le hablara en suajili.

—Es una reliquia que solo puede ser manejada por manos expertas —explicó su jefe—. Vayamos despacio, ¿estamos? —añadió con cautela.

Ella alzó el mentón y se llevó una mano a la cintura con actitud impaciente.

—¿Y qué puedo hacer entonces?

Los ojos de él vagaron por su rostro mientras buscaba una respuesta. Arrugando el ceño apartó la mirada. Justo entonces, algo en el exterior pareció llamar su atención.

—Bueno, por ahí viene su club de fans —indicó con un movimiento de la cabeza y una ligera sonrisa—. Veamos cómo se maneja con los clientes.

Lena miró en la dirección indicada y vio a través del cristal a los dos ancianos del día anterior. Se dirigían al bar.

—Las cuatro en punto. Siempre tan puntuales —dijo él, tras comprobar su reloj—. Tuvo suerte —prosiguió con una socarrona sonrisa, volviendo a mirarla—; le ha tocado un público facilón.

La puerta se abrió y ambos entraron, enzarzados en una discusión. Sin embargo, se interrumpieron al percatarse de la presencia de la joven tras la barra.

—Goldstein, ¿estás viendo lo mismo que yo? —dijo el más simpático de ellos, parándose en seco en mitad del local.

El otro, un poco más alto, alzó la mirada y asintió con la cabeza.

—Alguien se ha dejado abiertas las puertas del cielo, porque ya se les están escapando los ángeles.

Su jefe esbozó otra sonrisa burlona.

—Facilón, facilón... —murmuró, negando con la cabeza.

Lena ni siquiera lo miró. Recibió a sus dos primeros clientes con una sonrisa radiante y agarró la bandeja. Pero su jefe se inclinó para sacársela de las manos.

—Por ahora solo necesitará esto —indicó, tendiéndole la libretita de notas y un bolígrafo.

Achicando los ojos, ella los tomó y se dirigió hacia la mesa de los ancianos, la misma que habían ocupado el día anterior.

—Buenas tardes, caballeros —saludó, con la mejor de sus sonrisas.

—Buenas tardes, señorita —respondieron al unísono; ninguno de ellos le había quitado ojo desde que entraran.

—¿Qué desean tomar?

—Tomaremos dos menús para prófugos.

Lena apartó la mirada de su libreta para pasearla por los sonrientes rostros de sus primeros clientes. Había estudiado la carta durante la mañana y no recordaba ningún «menú para prófugos». Sin embargo, tomó nota como si no le resultara extraño.

—¿Y para beber?

—Oh, tráiganos la bebida del menú —dijo el otro, con sus ojillos brillando de diversión.

—¡Muy bien! —exclamó Lena con teatral entusiasmo, ya que no entendía nada pero no quería que sus primeros clientes lo notaran.

—Le explico lo de los menús, si luego usted me explica lo que hace acá —intervino el otro, con la misma amabilidad que había demostrado el día anterior.

Lena sonrió.

—Me parece justo —asintió, prestándole toda su atención.

—Como le dije ayer, yo vivo en una residencia, donde han contratado al peor cocinero del continente; supongo que para quitarnos las ganas de vivir —añadió con sorna—. Y aquí mi amigo tiene una esposa que opina que debe bajar de peso para gustarle más...

—Andate a cagar —refunfuñó el otro.

Su compañero soltó una carcajada antes de continuar.

—Como ve, cada uno tenemos nuestra prisión particular. Somos dos prófugos de nuestras miserables existencias, señorita —bromeó—. Y por ello venimos acá cada día a que Alex nos sirva una de sus tostadas con tuco y una cervecita. Ahora, háganos el favor de librarnos de esta curiosidad que nos corroe, y díganos a qué debemos la maravillosa sorpresa de su presencia.

Lena notó que se sonrojaba y bajó la cabeza, sin poder evitar sonreír por las simpáticas palabras del anciano.

—Soy la nueva camarera de este bar, pero aún estoy a prueba —aclaró con tono confidencial—. Por lo que espero que sean benevolentes conmigo.

—Querida niña, nos tiene enteramente a sus pies —respondió él con picardía.

Lena negó con la cabeza.

—No, no —se apresuró a aclarar—, confío en que sean ustedes exigentes. Necesito aprender, o el jefe me echará a la calle.

Los dos asintieron con sendas sonrisas pícaras en sus arrugados semblantes.

Ella giró sobre los talones y regresó a la barra.

—Dos menús para prófugos —ordenó a su jefe, que la observaba con los brazos cruzados tras la barra—. ¿Qué tal lo he hecho? —preguntó sonriente.

—Demasiado tiempo —respondió él con ceño.

Lena lo miró confusa.

—¿Qué?

—Ha invertido demasiado tiempo en atender una sola mesa. Si hubiera más clientes, se cansarían de esperar y se irían.

Ella se llevó una mano a la cintura y alzó el mentón con orgullo.

—Pero como ahora la cafetería está vacía, solo me he permitido dedicarle un poco más de tiempo a dos clientes habituales —contestó resuelta.

Su jefe resopló y se volvió para preparar el pedido. Lena se apresuró en rodear la barra y le siguió hasta la cocina.

Él comenzó a picar cebolla y tomate con gran habilidad. Llevaba la camisa remangada hasta los codos, lo que permitía contemplar cómo sus antebrazos se movían con destreza mientras manejaba el cuchillo. Tomó una gruesa pieza de pan de trigo y cortó con precisión dos rebanadas de un centímetro y medio de grosor.

—Eso es lo mismo que me preparó ayer —exclamó Lena emocionada, al reconocer el apetitoso olor que la había conducido hasta allí.

—Mmm —asintió él sin desviar la mirada de la mesa.

—Lleva carne —constató ella con cierto horror al descubrir que añadía unos trozos de lo que parecía ternera picada.

Él levantó la cabeza para mirarla directamente con una irónica sonrisa.

—Claro, ¿cómo piensa que se hace el tuco? ¿Con tofu?

—Yo no como carne —declaró indignada, aunque más consigo misma por no haberla percibido el día antes y haberse dejado llevar por el hambre acuciante.

Él soltó una risotada.

—¿Y se viene usted a la Argentina? —preguntó retóricamente, negando con la cabeza y riéndose abiertamente de ella—. Porque acá nos encanta la carne; a cualquier hora y de cualquier manera.

Lena hizo una mueca, pues ya empezaba a cansarse de ser el objeto de diversión de aquel cretino. Sin embargo, un timbre la hizo prestar atención de nuevo a las actividades que se desarrollaban en la cocina.

—Saque el pan del horno, ¿quiere? —pidió él, lanzándole una rápida mirada por encima del hombro mientras removía la salsa para que no se pegase.

Ella tomó un plato y retiró las dos tostadas de las rejillas donde se habían calentado a escasa temperatura, solo para que el calor fijara el sabor del tuco, sin que el pan llegara a recalentarse. Tal como él le había explicado hacía un rato. Al contemplar las dos alargadas y contorneadas tostadas juntas, le recordaron a dos enormes orejas.

—¡Ja! —exclamó, tomándolas y colocándoselas a ambos lados de la cara, muy sonriente—. Acabo de entender por qué llama a este plato especial *Príncipe Charles*.

Él le lanzó una rápida e inexpresiva mirada.

—¿Ah sí? Felicitaciones —murmuró con sarcasmo.

La sonrisa se le congeló en el rostro.

—¿Por qué es tan antipático? —dijo, dejando el pan en el plato.

—Porque no tengo ningún motivo para no serlo.

Dispuesta a no entablar una nueva discusión, Lena decidió callarse y cumplir con su trabajo. Tomó los platos con el pan y los depositó en la mesa que había a su lado. Él le lanzó una rápida mirada de reojo y, con la ayuda de la cuchara de madera que usaba para remover, fue depositando la salsa sobre el aromático y crujiente lecho.

—Huele de maravilla —dijo ella, incapaz de seguir manteniendo el incómodo silencio.

—El secreto está en el pan —respondió él, sin dejar de mirar los platos—. Debe estar elaborado con la mejor harina de trigo, nada de mezclas —aclaró—, y en su punto de levadura. Y, por supuesto, también tiene que estar amasado y cocido en el mismo día. No hay nada que deteste más que esa reciente tontería de comprar el pan congelado. ¿Quién, en su sano juicio, compra un producto recalentado?

Sorprendida por aquel comentario, Lena apartó la mirada de él para fijarla de nuevo en sus manos.

—Bueno, tal vez no todo el mundo tiene cerca una panadería para poder comprar pan recién hecho —se vio obligada a decir, pues, al fin y al cabo, su padre había sido el promotor de aquella idea, a la que además ella debía toda la comodidad de su existencia—. No todos tenemos tiempo de hacer la compra por la mañana. El pan congelado es una buena forma de que todos, en cualquier lugar y a cualquier hora, puedan disponer de pan caliente.

Él apagó el fuego y depositó la sartén en el fregadero antes de volverse hacia ella con una ceja levantada.

—Claro, porque a lo mejor tienen que caminar dos cuadras para llegar a la panadería —contestó con ironía—. Por eso prefieren comprarlo en las grandes superficies comerciales, donde han descubierto que comprar las piezas congeladas y recalentarlas es mucho más barato. Entonces es cuando los precios del pan caen por debajo de los límites asumibles para los panaderos, que no pueden competir y se ven obligados a cerrar sus negocios. Y entonces sí es posible que los mismos clientes ya no vayan a encontrar una panadería a la vuelta de la esquina.

Lena abrió la boca para ponerlo en su sitio, pero acto seguido volvió a cerrarla. Debía decirle que se equivocaba, que el pan congelado tan solo era una forma de disponer de una pieza crujiente y barata a cualquier hora del día. Sin embargo, jamás había visto el lado negativo de la idea de su padre. Nunca pensó que pudiera ser una competencia poco leal para los panaderos tradicionales; como primero había sido su padre, y antes su abuelo.

—Listos: dos especiales *Príncipe Charles*.

Regresando al presente, Lena contempló sorprendida los dos platos que él le tendía.

—Marchando —contestó, reponiéndose.

Sin embargo, al salir de la cocina la esperaba otra sorpresa: los dos ancianos ya no estaban en la mesa de la ventana. Se habían trasladado a la barra, desde donde la observaban sonrientes.

—¿Qué hacen?

El gruñido del jefe resonó a su espalda.

—Hoy preferimos el paisaje de acá que el de la calle —respondió el anciano más locuaz, tratando de disimular la sonrisa.

—Pues les voy a cobrar el precio de la mesa —dijo él, antes de arrebatarle los platos de las manos y depositarlos frente a ellos con tanta fuerza que las tostadas bailotearon peligrosamente en el borde.

—Nos parece justo, ¿verdad, Goldstein? —El otro asintió, mirando con apetencia el contenido del plato—. Señorita, ¿nos trae una cervecita para acompañar esta suculencia?

Un tanto aturdida, Lena le devolvió la sonrisa, a sabiendas de que aún estaba a prueba como camarera y de que su jefe se erguía amenazadoramente frente a los únicos clientes del bar en aquel momento.

—¡Claro que sí! —exclamó.

Se dirigió al dispensador de cerveza sin saber muy bien qué hacer, y aplicó los conocimientos que le dictaba su sentido común: tomó una copa, la colocó debajo del grifo y tiró del mango. Inmediatamente brotó un chorro de espuma que llenó el vaso hasta arriba. Lena lo contempló con una mueca de fastidio antes de lanzar una mirada contrariada al anciano.

—Traiga, que a nosotros nos gusta así: con mucha espuma —dijo este con una sonrisa indulgente.

Muy consciente de la presencia de su jefe observando con censura cada uno de sus movimientos, Lena le sirvió la bebida.

—Sí, aunque es posible que hoy nos tomemos otra —dijo su compañero, contemplando con consternación el blanquecino contenido de su vaso.

—¿Tampoco va a bajar hoy la señora Hilda? —preguntó el

primero, mientras ambos partían la tostada con el cuchillo y comenzaban a dar buena cuenta de la comida.

—No, no tiene un buen día.

El anciano pareció un tanto contrariado.

—¿Son sus pulmones?

Sin entender nada de aquella conversación, Lena miraba a uno y otro.

—No, solo se encuentra un poco deprimida porque su enfermero ha pedido una semana libre.

—Tendrías que visitar más a tu novia, Bukowski —intervino el otro con la boca llena.

—No hay mayor osadía que la de los necios —respondió con desdén—. Puede que no lo sepas, pero Hilda Massardi fue una de las actrices más aclamadas del país durante los años cuarenta; si hasta el mismísimo Carlos Gardel la llamó niña prodigio. Solo que nuestra memoria es tan precaria como injusta, y nadie ha dado nunca a esa dama el homenaje que se merece. —El tal Bukowski lanzó una rápida mirada hacia ella mientras formulaba su encendida defensa, y algo debió de percibir en su cara que al momento le hizo comprender que no entendía de lo que hablaban—. Discúlpenos, se nos olvida que tenemos una nueva amiga entre nosotros —dijo, mirándola fijamente—. Hablamos de una gran actriz que frecuenta este bar. Fue conocida en Hollywood y se llevó de calle a las mejores plateas de los teatros de este país, pero ahora solo la conocemos unos pocos. Bueno, en realidad solo Alex, que le sube la comida; además del enfermero de la seguridad social que la visita una vez por semana, y un servidor, que es lo suficiente viejo como para ser un rendido admirador de Hilda Massardi.

Lena sonrió con la explicación del anciano, cuyo buen humor lo convertía, al menos por el momento, en su persona favorita del país. Trató de rememorar sus clases de cine clásico en la universidad, pero el nombre de aquella actriz no se encontraba entre sus recuerdos.

—¿Ella es la anciana que vive en el apartamento de arriba? —preguntó, mirando a su jefe. Este le lanzó una rápida mirada de soslayo antes de asentir.

Los dos ancianos dejaron de prestar atención a su comida para fijarla en ellos dos.

—¿Cómo en el apartamento de arriba? —inquirió su favorito, fijando los sagaces ojillos azules en el dueño del bar, mientras una sonrisa se intuía en su boca.

—¿Sabés una cosa, Bukowski? —gruñó su jefe, lanzando la bayeta en la repisa de la barra—. No todo en este mundo es de tu incumbencia.

La sonrisa era ya perfectamente visible en el rostro del anciano.

—Te equivocás —contestó—. No te olvides que era profesor; soy un hombre de múltiples y variados intereses. ¿Cómo en el piso de arriba? —repitió, pero esta vez dirigiéndose a ella.

Lena paseó su mirada de uno a otro, sin saber muy bien qué decir. Sin embargo, ella misma era la responsable de haber suscitado la curiosidad del anciano. Además, no entendía la reticencia de su jefe en responder, pues no había nada que ocultar. Con su actitud esquiva tan solo lograba acrecentar el interés en algo inocente y carente de importancia.

—El señor Lagar ha tenido la generosidad de dejarme pasar la noche en el estudio de atrás —explicó con calma, mirando de forma fugaz el perfil endurecido de él—. Además de permitirme trabajar en el bar hasta que consiga ahorrar lo suficiente para que pueda mudarme.

Al instante notó su incisiva mirada clavada en ella. Se mordió el labio inferior y esbozó un gesto lastimero en cuanto lo oyó tomar aire para responder. Pues en realidad no habían establecido ningún acuerdo conforme a su estancia en el estudio.

—Bueno, todavía hay algunos flecos sueltos en nuestro «contrato informal» que debemos revisar.

—¿Señor Lagar? —intervino el otro anciano con una ronca carcajada, paseando de nuevo su mirada de uno a otro, como si quisiera cerciorarse de que no le tomaban el pelo.

Su compañero, sin embargo, no dijo nada. Permaneció en un reflexivo silencio durante unos segundos, mientras les observaba detenidamente.

—A propósito, mi nombre es Víctor Bukowski y este es Manuel Goldstein —dijo, cambiando de tema al comprobar cómo su interlocutor se tensaba a punto de perder la paciencia—. Es un placer conocerla, y que vaya a quedarse por el barrio una temporada.

Sonriendo con dulzura, Lena les estrechó la mano que ambos le ofrecieron.

—Yo soy Magdalena Vázquez, pero pueden llamarme Lena.

—Lena, querida —murmuró Goldstein antes de apurar su copa—. ¿Sería posible que nos sirvieras otra cervecita; con menos burbujas esta vez?

Ella se fijó en el resto de espuma que se le había quedado en la punta de la nariz y tuvo que bajar la cabeza para ocultar la sonrisa. Tomó la copa con ambas manos y levantó el rostro hacia su jefe, que observaba la escena con los brazos cruzados, tan huraño como siempre.

—¿Me ayuda, por favor?

Los ojos de él vagaron por su semblante unos segundos. Su gesto fue suavizándose, como si la pregunta le hubiera tomado por sorpresa. Pestañeó desconcertado mientras, poco a poco, descruzaba los brazos.

Lena ladeó la cabeza y levantó la copa con los restos de espuma hacia él.

—Con la cerveza.

Los ojos de él bajaron hasta la copa.

—Deme —refunfuñó, otra vez de mal humor.

Goldstein lanzó una rápida mirada a Bukowski.

—¿Qué, no vas a tomarte otra?

Él negó con la cabeza mientras concentraba toda su atención en la escena que se desarrollaba tras la barra del bar. Absolutamente fascinado, observaba cómo el hijo de sus mejores amigos enseñaba a servir una caña de cerveza, al mismo tiempo que intentaba con todas sus fuerzas no enamorarse.

7

Goldstein, Bukowski y una gran dama

Con el paso de los días, Lena fue tomando conciencia de las pequeñas rutinas de la cafetería. Las relajadas primeras horas de la mañana en que su jefe y ella preparaban el local para la marabunta del mediodía, tras la cual llegaba otra vez la calma, y con ella Goldstein y Bukowski, escapando de sus prisiones vitales. Su jefe se aburría pronto de ellos y muchas veces se marchaba a su casa, situada encima del bar, proporcionándole la posibilidad de conocer un poco mejor a los dos ancianos. En muy poco tiempo, Lena había llegado a tomar cariño a aquel extraño par que, desde su llegada, se sentaban a la barra y le daban charla hasta que se marchaban, varias horas después.

Goldstein era un hombre alto y delgado, por lo que se veía obligado a caminar algo encorvado. Había trabajado como supervisor para la compañía de ferrocarril y era mucho más tímido que su compañero. Tenía un carácter especulativo fruto, tal vez, de la convivencia en solitario durante más de cincuenta años con una dominante esposa que le mantenía totalmente a raya.

Por otro lado, Lena había descubierto en Bukowski a un hombre dotado a partes iguales de un desbordante buen humor y una exuberante vitalidad, que se complementaban a la perfección con una agudeza mental realmente envidiable para un septuagenario. Usaba unas gafas gruesas de pasta y era solo un poco más bajo que su amigo. Mantenía una buena forma física y una considerable mata de pelo blanco, que le aportaban un evidente halo de jovialidad. No había ningún tema del que no poseyera una opinión inteligente y, salvo de su hijo, estaba dispuesto a hablar de cualquier cosa. Lena había descubierto que aquel era el único tema que realmente afectaba a su buen humor. Al parecer, su único hijo se había casado y trasladado a otra parte de la ciudad, y jamás le visitaba.

La segunda mañana en la cafetería conoció a la señora Hilda Massardi, una anciana que esperaba en la puerta del patio antes de que abrieran.

—¡Buen día, señora Hilda! —saludó su jefe, yendo a abrirle en cuanto vislumbró su pequeña figura a través del cristal—. No hacía falta que bajara, le hubiera llevado el desayuno a su casa.

—Gracias, hijo, pero no puedo permanecer encerrada ni un día más —respondió con dulzura.

En cuanto se sentó a la barra y se sacó su boina roja, Lena supo que era la actriz de la que le habían hablado. De pequeña y delicada silueta, todo su ser desvelaba que se había dedicado al mundo del espectáculo; desde su bohemio vestido largo hasta los pies y el chal bordado con que se cubría los hombros, hasta los estilizados dedos recubiertos de deslumbrantes anillos de bisutería. Se movía de forma lenta y elegante, como si estuviera sobre el escenario. Llevaba el cabello blanco peinado en un elegante recogido y un ligero maquillaje que no ocultaba un perfecto y sedoso cutis, fruto de muchos cuidados y de haber usado siempre buenos cosméticos.

Tras presentarlas, su jefe fue a prepararle el desayuno a la anciana, dejándolas a solas.

—Lleva usted un mantón precioso —dijo Lena para romper el incómodo silencio.

—Muchas gracias. Es un mantón de Manila. Me lo regaló un admirador tras una representación en el Teatro Real de Madrid. Es usted de allá, ¿verdad?

Lena asintió con una sonrisa, pues le gustaba que su acento evidenciara sus orígenes. La conversación fluyó de lo más natural entre dos personas que, pese a la diferencia de edad, pronto encontraron muchas características en común; sobre todo, un amor incondicional por la belleza y el arte, además de una tolerancia natural con todo lo diferente.

Pronto descubrió que la vida de aquella señora estaba repleta de grandes historias. Así, con los codos apoyados en la barra y el mentón en sus manos, Lena trataba de ocultar su cara de embobada cuando aquella extraordinaria mujer le narraba como, durante el verano de 1943, en una gira de su compañía de teatro por París, había mantenido un *affaire* con Pablo Picasso cuando solo tenía veinte años de edad.

—Debió de ser antes de que conociera a Françoise Gilot —murmuró, atónita—. Por aquel entonces él tendría unos sesenta —agregó, mirando a su jefe, que se encontraba a su lado, con la cabeza apoyada en las manos, en su misma postura.

Él elevó las cejas con un exagerado gesto.

—¡No me diga! —se burló.

La sonrisa de Lena se fue apagando en cuanto se percató de la situación. Se incorporó de inmediato, consciente de repente de que se encontraba en su puesto de trabajo.

—¿Tendría a bien interrumpir el *chusmerío* y atender las mesas, por favor? —pidió él con sarcasmo.

Lena se disculpó con la señora Massardi y se apresuró a ocuparse de los clientes que, a aquella hora, ya llenaban el bar.

Con el paso de los días y gracias a los tres ancianos, Lena fue descubriendo algunos detalles bastante curiosos del pasado de aquel lugar; como que en la parte de atrás habían residido dos de los anticuarios más importantes de la ciudad antes de trasladarse a una zona más acomodada. También supo que los padres de su jefe habían sido una de las parejas más admiradas y queridas del barrio. El padre comenzó a regentar el bar a principios de los años sesenta, cuando el movimiento *hippie* estaba en pleno apogeo en la zona. La madre, una artista callejera que se trasladaba cada domingo hasta el mercado para vender sus cuadros, había sido una mujer de gran talento y extraordinaria belleza. Todos habían formado parte de un grupo de amigos que, por unos u otros motivos, terminaron residiendo en los antiguos conventillos de San Telmo. Lena les observaba hablar de aquellas personas y de aquel pasado que parecían recordar con tanto cariño, y no podía evitar preguntarse cómo era posible que de tanta felicidad pudiera haber surgido alguien tan amargado y antipático como Alejandro Lagar.

—Carmen era una preciosidad, todos estábamos enamorados de ella —dijo una vez Bukowski, refiriéndose a la madre de su jefe—. Tenía una larga melena castaña que siempre llevaba rizada y alborotada. Y sus antepasados italianos habían torneado su cuerpo con tantas curvas que los hombres aguantábamos la respiración cuando ella entraba en cualquier estancia. Sin embargo, apenas te dabas cuenta de esos detalles porque cuando sonreía paraba los corazones. Su sonrisa iluminaba su cara y el mundo —continuó tras un nostálgico suspiro—. Y siempre tenía una sonrisa para todos, no importaba quién fueras o de dónde vinieras. Era una de las mejores personas que he conocido. Ni siquiera cuando enfermó perdió su buen humor; se moría, y nos animaba a todos para que viéramos lo hermosa que era la vida.

Lena escuchaba con atención mientras recordaba lo que su jefe le había contado sobre lo que su madre opinaba de los finales felices. Aquello de que el arte debía ser trágico y que los finales felices los reservaba para la vida real; que fuera capaz de mantenerlo, aun cuando sabía que su enfermedad le deparaba un triste desenlace, le hizo sentir una profunda admiración por aquella mujer a quien le hubiera gustado mucho conocer.

—¿Y cómo reaccionaba su marido? —preguntó con interés.

Bukowski la contemplaba con simpatía mientras Goldstein daba buena cuenta de su *Príncipe Charles*, asintiendo con una sonrisa de satisfacción cuando estaba de acuerdo con alguna de las afirmaciones de su compañero.

—Digno merecedor de una esposa como Carmen. Juan era el mejor tipo que he conocido. Puede que no fuera el hombre más simpático, ni el más compasivo, pero sin duda era uno de los más nobles. —Hizo una pequeña pausa, como si el recuerdo todavía le emocionara—. Cuando le conocimos estaba recién llegado de Corrientes. Sus papás habían fallecido y él se vino con su pequeña herencia a probar suerte con un negocio en la capital. Me dio de comer gratis durante el año que yo preparaba el doctorado en la universidad. No era de los más amables, pero sí de esos a los que prefieres tener cerca cuando llegan los problemas. Era un tipo ahorrador, con los pies en el suelo; por eso no entiendo por qué se hizo amigo nuestro ya que, por aquel entonces, nosotros solo pensábamos en disfrutar del mundo.

—Y lo disfrutábamos, aunque solo fuera por toda la hierba que nos fumábamos —convino Goldstein con añoranza.

En el rostro de Bukowski se formó una gran sonrisa mientras asentía.

—No solo era por la hierba; eran buenos tiempos en sí mismos —protestó—. Necesitábamos muy poco para ser felices.

—Sí, solo un poco de hierba y papel para enrollarla —insistió su amigo.

Bukowski siguió riendo y negando con la cabeza.

—Yo nunca he fumado hierba —intervino de repente la señora Massardi—. Pero el mundo siempre me ha parecido perfecto desde el escenario. En escena he vivido todas las emociones posibles, y las he experimentado hasta el límite: el odio, el amor, la pasión más ardiente. Hay quien cree que los actores representamos para los demás, pero en realidad lo hacemos para nosotros mismos.

Todos la escuchaban embobados, principalmente porque Hilda Massardi tenía un don especial para captar la atención de cualquier público. Siempre elegía las palabras correctas, como si todas sus intervenciones surgieran de la imaginación del mejor dramaturgo. Las acompañaba con su voz perfectamente modulada y con aquella forma de moverse lenta y refinada de quien ha vivido gran parte de su vida sobre las tablas de un escenario.

Lena se pasaba las tardes de lo más entretenida en compañía de los tres ancianos. Su jefe se ausentaba algunas veces, y cuando se quedaba, se mantenía en un impasible silencio mientras organizaba la cafetería. El local se cerraba un poco antes de la medianoche y los dos se afanaban en dejarlo todo ordenado para el día siguiente. Él apenas le hablaba a menos que tuviera que hacerle alguna indicación, por lo que Lena se retiraba a su apartamento en cuanto terminaban de limpiar.

—Buenas noches —se despedía ella, depositando su pequeño delantal sobre la barra.

En mitad de la cafetería en penumbras, él la contemplaba indiferente.

—Buenas noches —murmuraba.

Lena se acostumbró a mirar hacia arriba cada vez que atravesaba el patio del conventillo. La tenue luz en la ventana de la señora Massardi le indicaba que todavía no se había ido a dormir. Le gustaba que estuviera allí, porque de alguna forma se sentía acompañada. Una vez en su habitación, aprovechaba para hacer limpieza y ordenar un poco el lugar. Su jefe se había llevado las cajas al día siguiente de su llegada, por lo que ahora tenía más espacio para recolocar los escasos muebles y los cuadros de Carmen. Antes de dormir, le encantaba sentarse en la cama y observar los lienzos en el suelo. Era cierto que se valía de mitos y cuentos tristes para inspirarse, pero Lena había descubierto una nota discordante en casi todas sus obras: la utilización del color casi nunca correspondía con la tristeza que pretendía transmitir. No había sombras en aquellos mundos trágicos que ella idealizaba; tal vez porque había sido una mujer muy feliz y su inconsciente se inclinaba irremediablemente hacia la luz. Lena se acurrucaba bajo la colorida colcha de almazuela y se adormecía con aquellas ideas maravillosas en la cabeza.

Curiosamente, ya no soñaba con su padre ni con Madrid. Desde hacía algunas noches, un grupo de amigos ocupaba sus sueños: un profesor polaco que la hacía reír, un judío enojado con el mundo, una gran dama de la interpretación que había sido amante de Picasso, y una inquietante sombra sin cara que no le daba miedo, pese a no tener ni un atisbo de luz en su oscura figura. Sin embargo, su presencia la serenaba, la hacía sentirse segura.

Se dormía cada noche observando la claridad del patio a través de los colores de la vidriera, con una extraña sensación de paz en el pecho. El sol la despertaba por la mañana y, afectada aún por las agradables sensaciones de sus sueños, Lena saltaba de la cama hacia la ducha. Había estado usando la ropa de la antigua ocupante de su habitación, pero su ropa interior, que lavaba todas las noches para usar al día siguiente, ya no daba mucho más de sí. Aunque todavía estaba en fase de prueba, tendría que pedirle a su jefe un adelanto.

—Tengo que comprarme bragas —murmuró con una sonrisa, mientras contemplaba la prenda colgada en la mampara de la ducha.

Durante toda la semana había pasado el día en la cafetería; tenía tantas cosas que aprender que apenas disponía de tiempo libre para descubrir el barrio. No obstante, lo que sí había descubierto era que en Argentina no hablaban el mismo castellano que en Madrid. Había llegado a esa conclusión tras algunas confusiones entre divertidas y un tanto bochornosas. Un día le tocó ir y venir por la cafetería buscando un saco, una bolsa de tela, hasta que el muchacho al que se le había olvidado dentro encontró su chaqueta. En otra ocasión, a su jefe se le cayeron varias servilletas de la bandeja y ella, que venía justo detrás, se agachó a recogerlas.

—¡Yo las cojo! —exclamó alegre.

Al incorporarse se dio cuenta de que todos los clientes de la cafetería se estaban partiendo de la risa a su costa. Su jefe, que la observaba por encima del hombro con una sonrisa pésimamente disimulada, le explicó que el verbo «coger» tenía allí connotaciones sexuales, poco apropiadas para practicar con unas servilletas frente a toda la clientela.

—¿Puede pararse? —le dijo un día que ella se había resbalado, quedándose sentada en el suelo por detrás de la barra.

Lena elevó el rostro, observándole con el ceño fruncido.

—Ya estoy parada, ¿no lo ve? De hecho, no podría estarme más quieta.

Él volvió a contemplarla con aquel gesto de no saber muy bien qué hacer con ella, antes de ofrecerle ayuda. Lena resopló y tomó su mano para incorporarse.

—Acá decimos «pararse» en el sentido de «ponerse de pie» —explicó, con la sonrisa tirando otra vez de sus comisuras.

Lena lo miró.

—Y yo que creía que hablábamos el mismo idioma.

Él soltó una risa ronca. Fue un sonido breve, casi un carraspeo, pero el gesto la pilló desprevenida. Pasmada, Lena observó el cambio que la alegría provocaba en la cara de aquel hombre. Era como si, de repente, alguien hubiera encendido un foco sobre él y el potente rayo le iluminara de lleno. Sus labios se curvaban en una ancha sonrisa que descubría parcialmente una perfecta hilera de dientes blancos. El mohín, aunque breve, formaba también dos hoyuelos en sus mejillas que le daban un aire tierno e infantil. La frente se le despejó, haciéndole parecer mucho más joven y relajado. Unas arruguitas se le formaron alrededor de los párpados, y sus ojos verdes brillaron como la superficie del mar en un día soleado. ¿Tenía los ojos verdes? «¡Vaya! Hubiera jurado que eran castaños», pensó ella antes de soltar su mano y apartar la mirada.

—Gracias —dijo, sacudiéndose el trasero para limpiarse el pantalón.

—De nada.

Él la repasó de arriba abajo, en una ojeada que apenas duró una décima de segundo. Sin embargo, fue suficiente para incomodarla. Asintiendo de forma exagerada, Lena trató de sonreír, pero se dio cuenta de que le había salido una mueca absurda en cuanto vio cómo el surco de siempre arrugaba su ceño. Se cruzó de brazos, porque nunca sabía qué hacer con las manos cuando se ponía nerviosa.

—Tenga más cuidado, ¿estamos? —gruñó él, apartando la mirada—. Lo que menos necesito en este momento es un accidente laboral.

Inspiró con fuerza antes de esquivarla para dirigirse a la cocina.

Algo ocurrió en el exterior que produjo que toda la estancia se oscureciera de repente. Lena volvió la cara hacia el escaparate para ver que una nube pasaba en aquel momento por el cielo, lo que provocaba una variación en la luz del interior.

Con la misma mueca con que había sustituido su sonrisa tan solo hacía unos segundos, volvió los ojos hacia el espacio vacío de la puerta que llevaba a la cocina. Todavía con aquella extraña sensación en el pecho, una duda se formuló de forma involuntaria en su mente: «¿Qué demonios acaba de pasar?»

Agitando la cabeza para sacudirse aquel pensamiento, Lena se dispuso a arreglar las mesas para la hora del almuerzo.

8

Una cuestión de bragas

La semana de prueba transcurrió casi en un suspiro para Lena, al igual que la siguiente; tal vez porque se había pasado el tiempo aprendiendo cosas nuevas, o porque había descubierto que las rutinas que había establecido en la cafetería le encantaban. Le gustaba la luz del local al amanecer, cuando todo volvía a la vida, cuando cada fibra de madera parecía resucitar al calor del sol, y ella se dedicaba a disfrutar del silencio mientras bajaba las sillas de las mesas y comenzaba con los preparativos del desayuno. El aroma a pan y bollos recién hechos le enardecía los sentidos en cuanto entraba a la cocina, donde su jefe llevaba ya varias horas recibiendo los suministros y disponiéndolo todo. Ella ya había aprendido a usar la cafetera, por lo que cada mañana preparaba un par de cafés y le llevaba uno.

—Gracias —decía él, observando el contenido de la taza con una apreciativa mirada que a Lena la llenaba de satisfacción.

Ambos permanecían en silencio los minutos siguientes, mientras se movían por la cafetería con la seguridad de conocer las tareas de cada uno y la confianza de saber que todo estaría perfecto para la llegada de los primeros clientes. Por eso, a Lena la sorprendió encontrar un sobre en la encimera de la cocina cuando se cumplieron las dos semanas de trabajo.

—Gracias —dijo su jefe cuando ella le tendió el café de aquella mañana—. Tómelo, es para usted —indicó, tras comprobar que los ojos de ella reparaban en el sobre.

Lena depositó su taza en la encimera y tomó el sobre. Echó un rápido vistazo a su interior y se sorprendió al comprobar que contenía dinero. Al momento levantó los ojos hacia él y, nerviosa, se mordió el labio inferior. Creía que estaba contento con su trabajo, por eso no entendía por qué le entregaba el finiquito. Volvió a observar el fajo de billetes de cien pesos y arrugó el ceño. Se mordió el labio más fuerte cuando fue asaltada por unas repentinas ganas de llorar. Al fin disponía de recursos propios, pero la apenaba enormemente tener que dejar la cafetería después de lo mucho que se había esforzado. Aunque lo que más tristeza le causaba era no ver más a Goldstein, Bukowski, y a la señora Massardi. Lena se sacó el delantal poco a poco y lo depositó junto a su taza. Llevaba puesto uno de los vestidos de Carmen, por lo que tendría que cambiarse antes de marcharse. Y en aquel momento descubrió otra angustiosa realidad: no quería dejar el conventillo.

—Lo lavaré ahora para que se seque cuanto antes —murmuró para sí misma, mientras acariciaba la ligera tela estampada con pequeños y coloridos tulipanes del vestido. Pero entonces, una idea de lo más fascinante se materializó en su mente—. Podría quedarme en el conventillo. Le pagaría el alquiler —dijo de repente, mirando de forma directa a su jefe.

Él, que la contemplaba extrañado y con el ceño fruncido, se cruzó de brazos antes de apoyarse contra el mármol de la encimera.

—¿De qué está hablando?

—Pues de mi finiquito —respondió, levantando el sobre—. Muy generoso, muchas gracias. Pero creía que lo estaba haciendo bien y que me quedaría, por eso no he buscado otro empleo. Si me deja quedarme en el conventillo puedo pagarle un alquiler; razonable, claro está —puntualizó, pues, al fin y al cabo, volvía a estar en el paro.

—No la estoy despidiendo —señaló él—, esto es un adelanto. ¿No dijo que la habían robado? Pues necesitará comprarse algunas cosas, ¿no? —continuó, observándola de arriba abajo—. Aunque, por supuesto, puede seguir usando los vestidos de mi madre; si quiere, claro.

Se calló de repente y apartó los ojos de ella. Lena percibió que se había ruborizado. Aquel cándido gesto, del todo impropio en alguien tan rudo como él, le provocó una cálida sensación en el estómago. Sin embargo, se centró en la naturaleza del mensaje.

—¿Así que no estoy despedida? —preguntó, sintiendo cómo la sonrisa comenzaba a ensanchar su boca.

Él inspiró hondo.

—No. A menos que quiera irse, claro.

—¿Está loco? —soltó sin pensar. Y en cuanto lo vio fruncir el ceño de nuevo se apresuró a explicarse—: No quiero irme, estoy muy contenta aquí. A menos que usted quiera que me vaya...

Arrugando el ceño otra vez, él bajó la cabeza.

—Puede quedarse, si quiere.

—Quiero.

Sus ojos se fijaron de nuevo en ella. Ya sabía que eran verdes, pero, por un momento, a Lena le pareció percibir un brillo especial en su mirada. Lo observó extrañada, como si se hubiera topado con algún insólito fenómeno atmosférico.

—Bueno —farfulló él, antes de dirigirse a la puerta—, ya es hora de ponerse a trabajar. Gánese el sueldo.

Aquello último lo dejó caer en un tono de broma que a Lena la hizo reír.

—Gracias por el adelanto —respondió, volviendo a levantar el sobre.

Él se detuvo y se volvió hacia ella.

—Solo son tres mil pesos, y con la jodida inflación de este país pronto descubrirá lo poco que alcanzan —señaló, rascándose encima de la ceja con el dedo índice—. Pero supuse que necesitaría comprar algunas cosas.

—Sí, lo necesito, gracias.

Su jefe hizo amago de volverse de nuevo hacia la puerta, pero pareció recordar algo que le hizo detenerse.

—Oiga, ya sé que no hemos hablado aún de su salario —murmuró, meneando la cabeza—. Le pagaré cinco mil pesos al mes y podrá quedarse en el conventillo todo el tiempo que quiera. Le ahorraré el cálculo mental —añadió con una mueca de hastío—; son trescientos euros. En este momento no puedo pagarle más. Así que, si quiere irse lo entenderé.

Lena negó enérgicamente con la cabeza. Trescientos euros al mes era muy poco, aunque ya sabía que con el cambio se perdía mucho poder adquisitivo. No obstante, aquella cantidad no era comparable a su primer sueldo como asesora legal en la empresa de su padre. Ni siquiera era comparable con nada de lo que poseía en Madrid; casi todos sus zapatos eran más caros, pensó con diversión. Sin embargo, sintió que todo aquello quedaba muy lejos, como si le hubiera ocurrido a otra persona. Por ello, en aquel momento, cinco mil pesos le parecían una inestimable fortuna, y la posibilidad de quedarse en el conventillo la mejor idea del mundo.

—Me parece bien —respondió al fin.

Visiblemente satisfecho, él asintió y se encaminó de nuevo hacia la puerta.

Mirando al techo, Lena se abrazó al sobre y suspiró feliz.

—Bueno —susurró con una gran sonrisa—, al fin podré comprarme bragas.

—Bombachas.

Su voz la sobresaltó y le hizo dar un respingo. ¡Maldición!

Creía que ya se había marchado y no podía oírla. Pero había regresado y se hallaba en el umbral, observándola con aquella desesperante mueca burlona en el rostro.

—¿Qué? —gimió.

—Acá las llamamos «bombachas», a las bragas —explicó, con los ojos brillantes de diversión.

Lena asintió deprisa mientras sentía cómo enrojecía. Para mayor mortificación, él se cruzó de brazos y continuó contemplándola con una ceja alzada y la sonrisa velada. Harta de aquella sensación de apocamiento tan absurda, lo miró directamente.

—Oh, márchese de una vez —exclamó, agitando el sobre frente a él, como si tratara de espantar a una molesta mosca.

Una sonora carcajada estalló en el pecho de su jefe antes de girarse y desaparecer. Sin embargo, todavía lo oyó reírse durante un buen rato en la cafetería. Lena apenas se dio cuenta, pero tenía una radiante sonrisa dibujada en la cara mientras volvía a atarse el delantal. Tampoco fue consciente de la enorme alegría que le colmaba el pecho, ni del tiempo que había pasado desde la última vez que se había sentido así.

9

La feria de los artistas

Al día siguiente, Lena caminaba distraídamente entre toda la gente que transitaba por la calle Defensa. Había leído en la guía de la ciudad acerca de la Feria de San Telmo, algo que había comenzado como un mercado de antigüedades y había terminado convirtiéndose en un punto de encuentro de los artesanos y artistas de la ciudad. No obstante, Lena no tenía ni idea de que, a solo dos manzanas de la cafetería, existiera aquel paraíso del arte.

Aquella mañana, mientras colocaba las sillas para dar comienzo al domingo, el día de mayor afluencia en la cafetería, se quedó pasmada cuando, a través del cristal, vio un grupo de muchachos empujando un enorme piano calle arriba. Uno de ellos se la quedó mirando y sonrió antes de saludarla con la mano y seguir a sus compañeros. Lena, todavía con una silla en la mano y la boca abierta de asombro, se aproximó a la cristalera del bar hasta que el extraño grupo y su piano desaparecieron de su campo de visión.

—Pero... —murmuró, atónita— ¿quiénes eran esos?

Su jefe, que la observaba desde la barra mientras limpiaba la superficie de madera, tardó unos segundos en responder.

—El grupo de tango.

—¿Tango? —exclamó, incapaz de disimular su entusiasmo.

—Tocan todos los domingos en la Feria de San Telmo;

aprovechan para ensayar y, de paso, entretienen a los turistas.

—La feria de los artistas —suspiró con nostalgia, volviendo a mirar a la calle.

Lena trataba de rememorar lo que había leído en la guía sobre aquella feria. Sabía muy poco de la ciudad porque, con todos los contratiempos sufridos, aún no había tenido tiempo de descubrirla, pero recordaba algunas fotos y la información acerca de las actividades de compraventa de antigüedades que allí se realizaban hasta transformarse en un «encuentro de arte y artistas». Aquellas eran las palabras textuales que aparecían en su guía, y la razón de que ella lo recordara con tanto detalle. Además de los museos, aquella era una visita que había señalado como obligatoria. Por eso, la idea de hallarse tan cerca le produjo una enorme alegría. Claro, ahora entendía por qué los domingos la cafetería se llenaba todo el día.

—Vaya a dar un vistazo.

La voz de su jefe la sobresaltó.

—¿Qué? —murmuró, volviendo el rostro para mirarlo.

Él, que seguía tras la barra, le hizo un gesto con la mano en que sostenía el paño.

—Usted es artista, ¿no? Pues seguro que encontrará muchas cosas de su interés.

—Pero hoy va a haber mucho trabajo aquí —contestó, insegura.

Llevándose las manos a la cintura, él torció la boca en una mueca irónica.

—Bueno, no le estoy diciendo que se vaya todo el día, solo que vaya a dar una vuelta.

Lena volvió el rostro hacia la calle por donde, unos minutos antes, un grupo de muchachos empujaban un piano, y no pudo resistirse a la tentación.

—Volveré en un par de horas, se lo prometo —respondió

entusiasmada mientras se sacaba el delantal—. Y esta noche me quedaré sola a limpiar y ordenar después del cierre.

Se acercó al mostrador y se subió al barrote que había en el suelo, que servía para subir con mayor comodidad a los altos taburetes. Apoyó los brazos en la barra y se inclinó hacia él con una radiante sonrisa.

—Muchísimas gracias —dijo, antes de pasarle el delantal—. Es usted un gran jefe.

—Llámeme Toro Sentado —refunfuñó con sarcasmo—. ¡Váyase de una vez!

Lena contempló un segundo su rostro ceñudo, y esbozó otra enorme y radiante sonrisa antes de salir corriendo de la cafetería.

Solo tuvo que seguir el sonido de las voces para encontrar la feria. Antes de llegar al final de la calle en que se encontraba la cafetería, pudo ver cómo un enorme caudal de personas circulaba en ambas direcciones de la siguiente avenida. Lena se llevó la primera sorpresa en cuanto, al sobrepasar la bocacalle, vislumbró a la pequeña Mafalda, el personaje de sus viñetas favoritas, sentada en un banco en mitad de la acera. Le encantaba aquella niña: su sentido común mezclado con la más ácida ironía, sin llegar a despojarla de cierto idealismo romántico. El lugar estaba lleno de turistas que deseaban hacerse una foto en la estatua. A algunos les escuchó decir que cerca de allí vivía Quino, el dibujante que había creado el personaje de Mafalda. Lena observó a la pequeña niñita y deseó poder sentarse junto a ella durante un rato. «Hola, amiga, ¡fíjate qué pequeño es el mundo!», le habría dicho, antes de acariciarle el cabello y agradecerle todas las sonrisas que le había regalado. Sin embargo, había tanta gente haciendo cola para fotografiarse con ella que descartó la idea. «Puede que en otra ocasión.»

Se puso de puntillas y trató de vislumbrar algo por encima

de la marabunta que circulaba en ambos sentidos de la calle, pero no logró ver nada. Así que echó a andar en cualquier dirección. Los adoquines irregulares del suelo la hacían ir con cuidado de no caerse. Había puestos de venta con coloridos toldos en los que se ofrecían artesanías, antigüedades y objetos singulares. Otros vendedores exponían sus productos en el suelo, junto a los músicos ambulantes que amenizaban la atmósfera con diversas melodías. Había estatuas vivientes, titiriteros y bailarines de tango que, después de su espectáculo, hacían las delicias de los turistas fotografiándose con ellos en las poses más sugerentes del baile.

Con su camiseta y sus vaqueros desgastados, en cuyo bolsillo derecho guardaba algunos pesos, Lena caminó distraídamente durante horas, camuflada entre los puestos y la gente, como una turista más. Se paraba de tanto en tanto a charlar de la obra con el artista, gozando de la maravillosa doctrina que todos ellos parecían compartir: la libertad, y la felicidad más pura al saberse parte de ella.

—¿Ves algo interesante? —le preguntó de repente un muchacho cuando se hallaba inclinada sobre uno de los puestos de artesanía.

Sonriendo, Lena levantó el rostro. Sin embargo, al otro lado del expositor no había ningún joven, sino una chica con una larguísima melena pelirroja.

—Me preguntaba de qué color tendrías los ojos —dijo ella, con la misma voz masculina—, y ahora que los veo, ya puedo asegurar que sos la mujer más linda que he visto nunca.

Lena volvió a sonreír un tanto azorada. «¡Cómo le gusta a todo el mundo en este país exagerar los piropos!», pensó divertida.

—Muchas gracias. Me gustan mucho tus tazas, ¿las pintas tú... —dudó tan solo un segundo, hasta que comprobó que todo en su aspecto era femenino— misma?

Otra sonrisa apareció en el rostro de su interlocutora.

—¿Española? —preguntó, antes de volver a sonreír cuando Lena asintió—. Me lo pareció por tu acento. Estas no son tazas, son mates —explicó, tendiéndole uno de aquellos pequeños recipientes.

Lena lo tomó entre los dedos y le dio un par de vueltas para observar los delicados grabados de su superficie.

—Y sí, los hago yo misma con calabazas —continuó ella.

—Leí algo sobre la infusión del mate, pero nunca lo he probado.

Los ojos castaños de la chica centellearon de alegría.

—Pues estaba a punto de cebar uno, te convido.

A Lena le pareció una idea tan maravillosa que fue incapaz de rechazarla. Así, presenció otro gran momento de la feria: la hora del mate; cuando un grupo de feriantes se acercó a compartir la reconfortante bebida, mientras charlaban de sus diferentes vidas, artes y oficios. Sentada en la acera, rodeada de personas que, tanto por su aspecto como por sus pensamientos, encajarían a la perfección en la definición de bohemios, Lena probó mate por primera vez en su vida. La bebida estaba un poquito amarga, pero le gustaba la ceremonia social de la que se envolvía.

De esta forma, supo que la chica de los mates se llamaba Aurora y que su mayor deseo era culminar su «metamorfosis», como ella denominaba a la transformación del cuerpo de hombre con el que había nacido en la mujer que era. Aparte de su voz grave y su considerable estatura, había que fijarse mucho para percibir otras señales de su indeseada masculinidad. Tenía una cintura delicada y unos considerables pechos que redondeaban su figura de tal forma que provocaba las miradas de admiración de muchos hombres.

Durante aquella reunión, Lena también conoció a su heterogéneo grupo de amigos: una pintora vanguardista que trabajaba en un viejo remolque abandonado; un par de músicos de la orquesta de tango que tocaban varios instrumentos con la misma destreza que bebían mate; y una chica que hacía originales figuritas de cerámica.

—¿Sos artista? —le preguntó uno de los músicos.

Lena negó con la cabeza mientras sorbía mate.

—No, tan solo soy una camarera de bar.

Aurora, que la observaba con atención, soltó una carcajada.

—Con ese aspecto es imposible que «tan solo» seas nada, querida. Estoy segura de que sos una camarera fascinante.

Esta vez, fue Lena la que se rio.

—Bueno, en Madrid estudié Bellas Artes y Restauración, aunque nunca he llegado a dedicarme a ello —reconoció.

—Hablás de Madrid como si fuera otra vida.

Lena contempló a su perspicaz nueva amiga un tanto desconcertada.

—Tal vez —respondió, y Aurora le sonrió con una ternura increíble.

Curiosamente, así era. Llevaba allí apenas unas semanas y, sin embargo, era como si todo lo vivido antes formara parte de la vida de otra persona. Su ex novio, su casi boda, las pretensiones de su madre, nada de todo aquello tenía ya que ver con ella. No solo se sentía diferente, sino que, en algún lugar recóndito de su alma, sabía que la persona que era ahora se parecía mucho más a quien siempre había querido ser.

Estaba tan contenta de haber descubierto la feria y de conocer a personas con tanto talento, que se olvidó del tiempo. Así que, cuando miró el reloj y comprobó que habían pasado más de cuatro horas desde que había salido de la cafetería, casi le da un infarto. Se despidió del grupo de artistas con los que charlaba, tomó las bolsas con sus compras y salió corriendo. El almuerzo ya había pasado y, por tanto, también la hora de mayor afluencia de clientes en la cafetería. Así, mientras esquivaba presurosa al público de la feria, rezaba para que su jefe no la despidiera.

A pesar de haber esquivado a varias personas y de correr como alma que lleva el diablo por las calles de Buenos Aires, tardó casi media hora en llegar a la cafetería. Abrió la puerta y su mirada sobrevoló la clientela del local. Dos parejas se levantaban en aquel momento para marcharse, y Goldstein y Bukowski ya estaban en su mesa junto a la ventana.

—Hasta luego. Muchas gracias.

La voz de la alta figura que se alzaba tras la barra se despidió de los últimos clientes de aquella mañana. El rostro amigable se endureció en cuanto sus ojos se posaron en ella.

Lena trató de sonreír mientras se hacía a un lado para dejar pasar a las dos parejas. No obstante, no dejó de observar el rostro malhumorado de su jefe, con una horrible sensación oprimiéndole el pecho.

—Lo siento —dijo, alzando su implorante mirada hacia él—. Lo siento muchísimo.

Él la contempló de arriba abajo, antes de comprobar la hora en su reloj y alzar irónicamente una ceja.

—Espero que, por lo menos, haya tenido tiempo de comprarse bragas.

Los clientes, que todavía no habían salido a la calle, le lanzaron una significativa mirada por encima del hombro. Lena pudo oírles reír aunque la puerta del local ya se había cerrado tras ellos. Sin embargo, no tenía tiempo para estúpidos apocamientos, cuando solo podía pensar en que no la despidiera.

—Lo lamento muchísimo —repitió, más decidida que nunca a pasar por alto su sarcasmo.

Mientras atravesaba la cafetería se topó con los ojos de Goldstein y Bukowski, brillantes de picardía y diversión. Cuando Bukowski abría ya la boca para decir algo, Lena levantó una mano.

—Ni se le ocurra —espetó entornando los ojos y en un tono que no admitía réplica. Estaba segura de que iba a soltar alguna broma inapropiada sobre su ropa interior.

El anciano mostró sus palmas en señal de rendición y negó con la cabeza, incapaz de disimular la risa que llevaba un rato pugnando por salir de su pecho.

Lena rodeó la barra y se dirigió a su jefe, que terminó de limpiar el mostrador antes de ir a la cocina, sin mirarla en ningún momento.

—Se me ha ido el tiempo sin darme cuenta —dijo, pegada a sus talones—, pero lo recuperaré. —Él se puso a picar los ingredientes para el tuco de las tostadas de los ancianos y continuó sin hacerle el menor caso—. Descuéntelo del sueldo si quiere, pero no me haga suplicarle, che.

Él se detuvo y la miró por encima del hombro.

—¿Che? —repitió, levantando una ceja—. Ya veo que no ha estado perdiendo el tiempo en la feria.

Lena continuó pasando por alto su ironía.

—Me he encontrado a un grupo de gente estupenda —reconoció—, y han intentado «argentinizarme» un poco —bromeó, tratando de buscar su complicidad, aunque sin el menor éxito, pues él seguía contemplándola con la misma mueca de antes—. He conocido a una muchacha que se llama Aurora y hace mates con calabazas, a una pintora, una artesana y a dos músicos de la orquesta de tango. Todos se han reunido a media mañana para compartir un mate y hablar de arte. Aurora me ha invitado a compartirlo con ellos y me ha sido imposible rechazar su ofrecimiento. Oiga —continuó, tras dejar las bolsas en la mesa—, sé que le dije que regresaría para el almuerzo y no he cumplido. Le pido perdón de todo corazón y estoy dispuesta a resarcírselo de la forma que sea. Pero es que... —suspiró— hacía mucho que no era tan feliz.

En cuanto la oyó pronunciar aquellas palabras, él se puso

serio y la mueca de sarcasmo se le borró. Sus ojos verdes vagaron por su rostro con un intenso brillo. El efecto duró apenas unos segundos antes de que su ceño se hundiera de nuevo, y volviera a centrar toda su atención en la cocina.

—Vaya a llevarles un par de cervezas a las viejas cacatúas de ahí fuera.

Se refería a Goldstein y Bukowski, pero Lena no hizo el menor caso a la broma. Su perfil concentrado en la elaboración del tuco captaba en aquel momento toda su atención. Su fuerte mandíbula apretada, la nariz recta y el pelo castaño, que le caía sobre la frente en desordenados mechones, provocaron que una suave sensación de plenitud se le propagara de repente por el pecho.

—¿Quiere eso decir que ya no estoy despedida? —preguntó casi en un susurro.

Molesto, él le lanzó una rápida mirada por encima del hombro.

—Nunca ha estado despedida —refunfuñó.

El corazón de Lena estalló de alegría. No supo si fue por todas las emociones vividas durante la mañana, o por la satisfacción que le produjeron las palabras de su jefe, pero la felicidad la desbordó por completo, aniquilando toda su cautela.

Se puso de puntillas y lo abrazó con fuerza.

—Muchísimas gracias —murmuró, con la mejilla pegada a su espalda.

Lena percibió como él aspiraba aire y su cuerpo se tensaba al momento. Sus músculos se pusieron rígidos antes de incorporarse muy despacio.

—¿Qué... está haciendo? —musitó, casi tartamudeó.

Ella abrió los ojos de repente. «¿Cuándo los había cerrado?», pensó atónita. Sus manos estaban abiertas sobre el pecho de él y sus brazos le rodeaban los suyos, estrechándolo en un fuerte abrazo.

—Creo que... —carraspeó, separándose ligeramente, tan sorprendida como él— estoy muy contenta de que no me haya despedido.

Él miró hacia abajo, probablemente a sus manos, que aún seguían rodeándole el pecho. Levantó la mano izquierda y rozó ligeramente la suya con la yema de los dedos.

—¿Se ha fijado en que tengo un cuchillo afilado?

Lena le soltó al instante.

—Bueno, solo es un abrazo, no es necesario que se ponga así. Yo... bueno —farfulló—. Hoy he tenido un gran día, y tal vez me haya pasado de efusiva. Lo siento.

Él se volvió hacia ella sujetando el cuchillo de picar, con las mangas de la camisa de cuadros remangadas hasta los codos.

Sorprendida, Lena abrió mucho los ojos y comenzó a retroceder. Desafortunadamente, el recuerdo de Norman Bates regresó a su mente en ese momento.

Él dejó el cuchillo en la encimera antes de empezar a negar con la cabeza.

—No voy a acuchillarla, maldita sea —gruñó—. Aunque no crea que a veces no se me ha pasado por la cabeza estrangularla.

El brillo travieso en sus pupilas le indicó que bromeaba. Lena apartó la mirada, de repente muy nerviosa.

—A ver —continuó él—, lo que quería decirle es que tuviera más cuidado. No se debe asaltar por la espalda a un hombre que tiene un arma afilada entre las manos.

Lena vio cómo se pasaba un tembloroso dedo por la ceja, parecía un poco aturdido. La miró fijamente unos segundos más, hasta que una sonrisa forzada tensó su boca.

—Siento haberla asustado.

—No me ha asustado —se apresuró a aclarar.

Él volvió a mirarla fijamente, hasta que un hondo suspiro

le vació los pulmones. Apoyando las manos en la encimera, dejó que su cabeza cayera entre los hombros. Cuando alzó la mirada de nuevo, un gesto de angustiosa impotencia le marcaba el rostro, como si no supiera lidiar con aquel tipo de situaciones equívocas.

—Muy bien, tomo nota: nada de abrazos por la espalda —bromeó ella, sonriendo abiertamente, deseosa de borrar aquella mueca de pesadumbre.

No supo por qué, pero el humor le pareció una buena forma de salir de aquella situación embarazosa. Él asintió y la sonrisa volvió a iluminarle la cara con aquel efecto mágico que, tal vez por su escasez, Lena esperaba cada vez con más afán. El mohín se le congeló y por un momento ella sintió que sus ojos la recorrían entera. Entonces, una larga inspiración ensanchó el pecho de su jefe antes de volver a arrugar el ceño y apartar la mirada.

Contemplando su cabeza gacha, Lena trató de interpretar aquella reacción. Era un hombre hermético, con un genio terrible, al que incomodaba desde el primer día. Sin embargo, en algunas ocasiones lo había sorprendido observándola con una fragilidad casi impropia para alguien de su tamaño. Por lo que deducía que no era tan fiero como trataba de parecer, lo que al instante la llevó a la siguiente pregunta: ¿Por qué se empeñaba en ocultarse con tanto ahínco tras todas aquellas capas de descortesía y mal humor?

—¡Disculpen! Acá hay dos clientes impacientes.

La voz de Bukowski desde la cafetería le hizo dar un respingo, arrancándola violentamente de su contemplación.

—Voy a ponerles una cerveza —dijo, alzando un dedo como si la idea se le hubiera ocurrido de pronto.

Él asintió y se volvió para seguir cocinando.

En cuanto regresó al bar, Lena se topó con la sagaz mirada de los dos ancianos, que se habían trasladado de su mesa a la barra, intentando captar algo de la conversación que se desarrollaba en la cocina.

Lena les sonrió como si nada, mientras se ataba el delantal a la cintura.

—Marchando dos cervecitas bien frías para mis dos clientes predilectos.

Los dos se miraron entre sí, antes de fijar su atención de nuevo en ella.

—¡Oh, por Dios, niña! —exclamó Bukowski—. Somos dos viejos chismosos sin vida propia; no queremos cerveza, lo que queremos es información. Por favor, te pedimos, te suplicamos —matizó con aquel brillo picaresco centelleando con más intensidad a través de sus gafas—, que nos digas qué les ocurre a tus bragas.

Lena resopló mirando al techo. Aquel estaba siendo un día de lo más surrealista: Mafalda sentada en un banco; una nueva amiga atrapada en un cuerpo que no era el suyo; un grupo de bohemios soñadores; un hombre emocionalmente reprimido y, para rematar, dos viejos verdes con demasiado tiempo libre.

Por supuesto, Lena no contestó a su pregunta. Se limitó a sonreírles mientras les servía la mejor cerveza del mundo.

10

Sueños por delante

Después de su salida de compras, su vestuario no había mejorado considerablemente, aunque sí disponía de algunas prendas nuevas: varias camisetas básicas y unos vaqueros nuevos. Además de, por supuesto, una amplia diversidad de ropa interior y un par de pijamas. Sin embargo, cuando refrescaba, Lena seguía usando las amplias chaquetas de lana de Carmen.

También se había comprado un pequeño cuaderno de dibujo y unos carboncillos en la feria. Así, por las noches, cuando terminaba de limpiar en la cafetería, le gustaba tomarse un tiempo para dibujar escenas cotidianas. Se pasaba más de una hora sobre la hoja en blanco trazando líneas, y otra más sentada en la vieja butaca de su habitación, observando los cuadros de Carmen mientras bebía a pequeños sorbos una reconfortante taza de chocolate caliente. Con el paso de los días, había convertido aquella pequeña ceremonia en uno de sus momentos favoritos del día.

Llevaba más de un mes repitiendo aquella rutina antes de dormir. La relajaba y, además, le hacía conectar consigo misma, o al menos con la única parte que le gustaba de la Lena de antes. Era su instante de paz, en el que nadie la molestaba. Por ese motivo, aquella noche la sobresaltó que llamaran a la puerta de su cuarto.

Se levantó de la butaca y fue a abrir descalza, a quien llamaba con tanta insistencia.

—¿Quién es? —preguntó cautelosa.

—Alejandro. Abra, por favor.

La ronca voz de su jefe llegó amortiguada por la gruesa puerta de madera. Lena sacó el pestillo, giró el pomo y abrió. Y ahí estaba él, con la misma ropa que llevaba durante el día.

—¿Qué ocurre? —preguntó agitada, observando la angustia de su rostro.

—Tiene que venir conmigo. La señora Massardi se ha caído en la bañera y no quiere que yo la ayude.

Lena no necesitó escuchar nada más. Se puso las zapatillas y salió tras él. Los dos subieron las escaleras que llevaban al segundo piso en silencio. Entró sin llamar al apartamento de la señora Massardi, iluminado parcialmente por algunas lámparas de las que colgaban pequeños cristales. Sobre una mesa había una bandeja de comida que no había sido tocada.

—Está ahí dentro —indicó él, atravesando la estancia a grandes zancadas mientras le señalaba la puerta cerrada—. Pero no quiere que entre a ayudarla. ¡Señora Hilda! —Acercó la boca a la puerta para que la anciana pudiera oírle desde dentro—. He venido con Magdalena. Va a entrar ella.

Sin esperar respuesta, abrió la puerta y le hizo una señal a Lena para que pasara. La joven se aproximó y entró al baño antes de que él volviera a cerrar.

Sus ojos vagaron por la estancia hasta toparse con el pequeño cuerpo de la señora Massardi en la bañera. Se encontraba recostada de medio lado con la cabeza apoyada en el borde y los brazos cruzados sobre el pecho desnudo. Sus ojillos asustados la buscaron mientras fuertes escalofríos la agitaban. Lena corrió a su lado.

—Soy Lena, señora Massardi, estoy aquí para ayudarla

—dijo, acuclillándose a su lado para que pudiera verla—. ¿Puede oírme?

La anciana asintió. Trató de sonreír pero el gesto se le quedó en una mueca, pues sus labios tiritaban con fuerza. Lena sacó el tapón de la bañera para vaciar el agua, que ya se había enfriado.

—Me resbalé y ya no pude pararme —murmuró la anciana.

Lena le acarició el hombro, al mismo tiempo que la observaba con una tranquilizadora sonrisa.

—La ayudaré a levantarse y la llevaremos al hospital.

—No, no quiero ir al hospital. Los viejos como yo entran allí para no salir jamás; y yo me muero si tengo que morir en un hospital —bromeó.

El hecho de que empleara el sentido del humor en aquellas circunstancias le pareció a Lena muy buena señal. Tomó una toalla y comenzó a secarle el pelo. Los ojillos azules de la anciana se fijaron en su rostro, mientras ella continuaba sonriéndole con dulzura. Su fina piel dejaba ver el tono azulado de las venas como papel transparente. Continuó secándola y, cuando la bañera se hubo vaciado del todo, la cubrió con la toalla.

—Ahora voy a ayudarla a incorporarse. ¿Preparada?

Aguardó a que asintiera y la tomó por las axilas para sostenerla mientras la sentaba en la bañera. Lena volvió a acuclillarse a su lado y le acarició el otro lado de la cabeza para comprobar que no se había herido al caer. Más tranquila al cerciorarse de que a simple vista estaba bien, le dejó un tiempo para que se adaptara a la nueva posición.

—Ya te dije que estoy bien —dijo la anciana, arrebujándose en la toalla—. Todavía estaba medio sentada cuando me resbalé y no me hice daño. Pero quedé en una postura tan mala que ya no pude moverme hasta que Alex vino por la bandeja de la cena. Quería entrar a ayudarme, pero yo no se lo permití. No quiero que él me vea desnuda. No me importaría si tuviera cincuenta años menos, pero ahora no estoy en mi mejor momento —murmuró con ironía.

Lena la observó con ternura.

—Eso no es cierto, aunque será mejor no tentar al pobre hombre. Para qué, si no, estamos las amigas —añadió para animarla.

El comentario logró su efecto porque su gesto se relajó.

—¿Podrá caminar hasta su cama?

Ella negó con la cabeza.

—No lo creo, me encuentro demasiado débil.

—Pues entonces sí que vamos a necesitarlo a él para que nos ayude. ¿Tiene albornoz, o alguna bata?

Lena se volvió hacia donde ella le señaló. Tras la puerta había una bata de seda pintada a mano que no había visto antes.

—Vaya, es preciosa —exclamó, tomando la exclusiva prenda entre las manos.

Ella asintió con una sonrisa.

—Me la regalaron en un viaje que hice a China hace muchos años. Es uno de mis pequeños tesoros.

Correspondiendo a su sonrisa, Lena regresó junto a ella. Ya no temblaba y sus labios azulados habían recuperado su habitual tono rosado. La ayudó a incorporarse para terminar de secarla y ponerle la bata.

—Siéntese aquí y sujétese al grifo, ¿de acuerdo? —indicó, mientras la ayudaba a sentarse en el borde de la bañera. Aguardó a que asintiera antes de atravesar el cuarto de baño para ir a buscar a su jefe. Aunque la señora Massardi era una mujer menuda, era incapaz de llevarla en brazos hasta el dormitorio.

En cuanto abrió la puerta, él acudió a su encuentro.

—¿Cómo está? ¿Está bien? Voy a llamar a una ambulancia.

Lena le sonrió, conmovida por la preocupación que demostraba por la anciana.

—No quiere ir al hospital. Dice que se morirá si la llevamos.

—Y si no, lo hará igual —masculló él, irritado.

—Ha sido un pequeño resbalón. Creo que se encuentra bien; solo un poco asustada.

Él la fulminó con la mirada.

—¿Qué, me va a decir ahora que también es usted médico? —murmuró.

Inspirando con fuerza, Lena decidió pasar por alto su mal humor porque, en el fondo, sabía que no se debía más que a una genuina preocupación por su amiga.

—Está asustada y se encuentra débil. Solo necesito que me ayude a llevarla hasta la cama —informó en tono desapasionado mientras se daba la vuelta y regresaba al lado de la señora Massardi.

Él la siguió y en dos zancadas estuvo junto a la anciana. Se agachó frente a ella y le acarició la cabeza.

—¿Cómo estás? ¿Por qué no vamos al médico? —murmuró en tono suave.

Lena se quedó pasmada en cuanto escuchó aquella voz tan dulce. Acostumbrada a oírlo siempre dando gruñidos, parecía otra persona. Observó la cariñosa sonrisa que la señora Massardi le dedicó antes de corresponder a su caricia, y recolocarle las rebeldes hebras castañas que caían sobre su frente.

—Porque estoy muy bien, y porque no me gustan los hospitales, ya lo sabés —respondió ella con ternura.

—Creo que no estaría de más que te hicieran un examen, para descartar cualquier problema.

La anciana meneó la cabeza.

—Por favor, no insistas más.

Entonces él la tomó en brazos sin el menor esfuerzo y la sacó del baño en dirección a su habitación. Lena dejó la toalla sobre la repisa del lavabo y les siguió.

El apartamento de la señora Massardi era más grande que el de la planta baja. Tenía un recibidor en la entrada compuesto de una pequeña salita con dos sillones de estilo barroco ricamente tapizados y una retorneada mesa dorada. De las paredes colgaban algunos tapices con escenas parisinas y antiguos carteles de teatro en los que una joven y hermosa Hilda Massardi compartía espacio con sus diversos *partenaires*. La estancia estaba iluminada de forma tenue por varias lámparas de las que colgaban resplandecientes lágrimas de cristal, que multiplicaban la luz calidoscópicamente y bañaban las paredes de mágicos destellos. Aquellos objetos atestiguaban todos sus viajes, toda su fascinante vida. Lena se sintió como cuando entraba en un templo, un lugar sagrado repleto de emociones y recuerdos.

Su jefe la conducía con pasos firmes y precisos entre los muebles. La anciana, que parecía inmensamente pequeña e indefensa entre sus brazos, observaba su perfil mientras se sujetaba a su cuello.

—Dios mío, hace tanto que un hombre no me llevaba en brazos a la cama que ni me acuerdo —dijo, al mismo tiempo que sus ojos resplandecían de picardía y diversión.

Él la miró contrariado justo antes de volver a fruncir el ceño. La anciana soltó entonces una carcajada.

—Querida Lena, ¿puede haber algo más irresistible que un hombre que se sonroja?

Lena, que ya se encontraba a su lado, observó el perfil azorado de su jefe, y un singular regocijo cosquilleó en su pecho.

—Desde luego que no —convino, con una incrédula sonrisa dibujada en la cara.

Deteniéndose un instante en mitad del cuarto, él paseó la mirada de la una a la otra.

—Dejen de fastidiar, señoras —refunfuñó.

Las dos siguieron riéndose hasta que él depositó a la anciana con mucho cuidado en su cama.

—Esto me recuerda a una escena de la obra *Invierno en París*, en la que Charles Boyer, que representaba a Picasso, me llevaba a la cama. Yo había posado desnuda para él cuando, loco de deseo, me tomaba de repente entre sus brazos y me conducía hasta su lecho —explicó la señora Massardi, con la mirada perdida en el pasado y una cálida sonrisa en el rostro.

Inclinada al otro lado de la cama para poder arroparla, Lena observó a su jefe. Aquella historia era la que ella le había contado como si fuera cierta, y no como el argumento de una de sus obras de teatro. Él captó su mirada y al momento comprendió lo que estaba pensando. Con gesto apenado negó con la cabeza para que no dijera nada.

—Voy a buscarte la cena, que está en la sala —dijo él, mientras terminaba de arroparla y le ahuecaba los almohadones a su espalda.

Ella negó con la cabeza.

—No tengo apetito, cariño. Solo quiero un vasito de jerez, y dormir toda la noche.

De pie al lado de la cama, con las manos en la cintura y el ceño fruncido, él se limitó a asentir. Sin embargo, Lena ya lo conocía lo suficiente como para saber que estaba disgustado.

—Solo necesita descansar —intervino la joven—. ¿Quiere que me quede hoy a dormir con usted? —preguntó, sentándose del otro lado del lecho de la anciana.

Ella negó con la cabeza.

—No, no duermo con mujeres. Es una norma que me impuse tras una mala experiencia en el cincuenta y seis.

Lena no pudo evitar sonreír de nuevo.

—Dormiré en el sofá —aclaró—. Y no se preocupe por mí, tendré las manos quietas —bromeó.

La señora Massardi le acarició el dorso de la mano y le sonrió con nostalgia.

—Oh, querida, no permitas que me sienta aún más inútil de lo que ya me siento.

Lena esbozó una mueca de impotencia y miró a su jefe, que parecía tan contrariado como ella. Sus miradas se sostuvieron hasta que él bajó la cabeza y suspiró.

—Iré por ese jerez —murmuró, volviéndose para marcharse.

La señora Massardi y ella le observaron hasta que desapareció tras la puerta.

—Es guapo, ¿no estás de acuerdo?

Lena dio un respingo y volvió a concentrarse en la anciana, que no le quitaba ojo. No sabía qué contestar, pero había visto el genuino afecto que los dos se profesaban, por lo que decidió no responder con evasivas y ser sincera.

—Tiene una personalidad tan fuerte que impide verlo.

La anciana sonrió abiertamente.

—¿Personalidad fuerte? —repuso y rio—. Es un buen eufemismo para decir que tiene un carácter del demonio.

Lena asintió con una sonrisa.

—Intente descansar —dijo, dispuesta a cambiar de tema.

Unos minutos después, su jefe regresó con la copita de licor. Se sentó a su lado mientras la anciana daba pequeños sorbos al líquido ambarino. Se hizo un momento de silencio y Lena creyó que querrían hablar a solas.

—Bueno, me voy a dormir —anunció, y se puso en pie para dirigirse a la puerta—. Mañana por la mañana vendré a visitarla.

La anciana asintió.

—Buenas noches.

Lena les escuchó despedirse de ella mientras cerraba con cuidado la puerta.

Salió del apartamento, dispuesta a marcharse a su habitación y acostarse. Sin embargo, las emociones vividas durante las últimas horas le iban a impedir dormirse. Sobre todo la impresión de ver a la señora Massardi en la bañera, temblorosa e indefensa.

Se sujetó al pasamanos de hierro y se sentó en el primer peldaño de la escalera que conducía a la planta baja del conventillo. Apoyando los codos en las piernas, alzó el rostro hacia el encapotado cielo de Buenos Aires antes de cerrar los ojos. El eco del tráfico lejano llegaba amortiguado por los sonidos nocturnos del patio: el chirriar de los insectos que vivían en las plantas que trepaban por las paredes; el monótono goteo del agua del pozo que ansiaba brotar como la fuente que fue alguna vez; y el arrullo de los pájaros que anidaban en los aleros del tejado.

La puerta se abrió tras ella, sobresaltándola.

—Creía que se había ido a dormir. —La profunda voz de su jefe silenció a la noche.

Lena vio cómo salía del apartamento de la anciana llevando la bandeja de la cena.

—Ver así a la señora Massardi me ha alterado un poco —reconoció—. Solo estaba intentando sosegarme antes de retirarme.

—¿Y lo consiguió? —preguntó él, dejando la bandeja en el suelo y sentándose junto a ella en el escalón.

A Lena la sorprendió aquel movimiento, pues siempre parecía deseoso de evitarla. Pero aun así se hizo a un lado para dejarle espacio. Sus brazos quedaron a escasos centímetros, al igual que sus piernas.

—Estaba en ello —respondió—. ¿Hace mucho que la señora Massardi confunde la realidad con las ficciones de sus obras? —inquirió, en relación al comentario que la anciana había hecho sobre su relación con Picasso.

Su jefe apoyó los brazos en las piernas, al igual que ella, y le lanzó una rápida mirada antes de volver la vista al frente.

—¿Y no es eso lo que siempre hacen los actores? —murmuró con una sonrisa. Sin embargo, al momento se puso serio—. Siempre tuvo momentos en los que se perdía en sus fantasías. Pero desde hace un año se le nota bastante, y cada vez le cuesta más regresar a la realidad.

—¿La ha visto algún especialista?

Él asintió.

—Varios.

Lena esperó que continuara. Aunque cuando le pareció que él no iba a decir nada más, se atrevió a insistir.

—¿Y?

Él volvió a lanzarle una rápida mirada.

—Demencia senil —murmuró, y soltó un largo suspiro.

Observando su perfil afligido, Lena se vio sorprendida por un repentino impulso de tomar su mano e infundirle ánimos. No obstante, más prudente que en otras ocasiones, consiguió refrenarse a tiempo.

—¿Por qué se encuentra aquí, sola?

—No está sola —aclaró.

—Quiero decir... —Lena trató de explicarse mejor—. ¿No tiene familia?

Él volvió de nuevo los ojos hacia ella, aunque esta vez su mirada se demoró más tiempo, como si tratara de evaluar la autenticidad de su interés por la anciana. Lena le sostuvo la mirada. Se dio cuenta entonces del escaso espacio que había en el escalón, y de lo cerca que estaban. Una extraña sensación de vértigo la hizo inspirar aire con fuerza.

—No tiene a nadie —murmuró él, volviendo de nuevo la atención a sus manos, enlazadas entre las rodillas—, y cobra una mísera pensión de cuatro mil pesos. Por lo que es difícil encontrar una residencia en condiciones.

Lena continuó observando su perfil, iluminado tenuemente por la luz que llegaba del interior del apartamento.

—Es encomiable lo que hace por ella.

Su jefe se removió incómodo.

—Solo le llevo la comida tres veces al día —gruñó—. Ojalá pudiera hacer algo más.

Lena continuó observándolo. La mandíbula se le había endurecido mientras miraba al vacío con semblante apesadumbrado.

—¿Hace mucho tiempo que la conoce?

—La conozco desde siempre. Ya vivía acá cuando mi padre compró el conventillo —respondió, volviendo la cara de nuevo hacia ella—. Le mantuvo el valor del alquiler y se hicieron muy amigos. Cuando mis padres salían de fiesta me dejaban a su cargo, y ella me disfrazaba con sus pelucas. —Aquel recuerdo le hizo sonreír.

Lena pestañeó deprisa, como siempre que era testigo de aquel gesto tan excepcional, y también sonrió, al imaginárselo con disparatados disfraces.

—Cuando mi madre enfermó, Hilda vendió todo cuanto poseía de valor para ayudarnos con las facturas de su tratamiento. Un tratamiento experimental en Houston que nos dijeron que podía salvarla. —Hizo una pausa y tragó visiblemente, todavía afectado por el triste recuerdo—. Pero resulta que el tratamiento era solo eso: «experimental», y no sirvió para nada. Solo nos ayudó a comprobar lo buenos que eran nuestros amigos; entre ellos, la señora Massardi.

Aquella declaración hizo que ella le observara de nuevo. El sentido de lealtad que demostraba por la anciana la asombraba y conmovía a partes iguales. No obstante, la cuestión de la enfermedad de su madre y la forma en que su familia la había afrontado, era algo que le interesaba cada vez más. Se moría por preguntar, pero le pudo la cautela ya que él parecía muy afectado todavía. De repente se vio asaltada por una inquietante revelación: le concernía todo lo que tuviera que ver con la señora Massardi, con el conventillo, con el bar, y todo lo que tuviera que ver con él, su jefe.

—Se siente en deuda con ella —murmuró.

Él le clavó la mirada.

—No —gruñó, otra vez de mal humor—. Estoy al lado de una amiga. ¿Se le ocurre un lugar mejor para estar?

A Lena le molestó su sarcasmo en aquel momento, porque, en el fondo, sabía que la creía una persona superficial.

—No, desde luego que no.

Ella volvió de nuevo el rostro hacia él y sus miradas se encontraron en una cota elevada de intensidad, a tanta altura que sus respiraciones se agitaron al unísono, como si a los dos les faltara oxígeno tras un gran esfuerzo físico.

—Discúlpeme —musitó ella alterada, antes de parpadear otra vez y apartar los ojos.

Percibió que él seguía observándola y eso la puso más nerviosa.

—No se preocupe —respondió él con voz queda.

Entonces, el incómodo silencio volvió a extenderse por el patio, descubriendo el eco de sus acompasados alientos.

—Al fin y al cabo, no hace daño a nadie viviendo en sus sueños —señaló Lena en referencia a la señora Massardi.

Creía lo que decía pero, sobre todo, quería romper aquel silencio que los envolvía como una incómoda llovizna de otoño.

—¿Sueños? —bufó él, recuperando su sarcasmo—. ¿De qué habla?

Lena volvió a mirarle, esta vez con el ceño fruncido.

—Pues, ya sabe, las esperanzas que todos tenemos —explicó—, esas proyecciones de futuro que nos ayudan a avanzar, o las fantasías que nos amparan de la realidad, solo para mejorarnos la vida y hacernos un poco felices.

—«Esperanzas», «fantasías» y «felicidad» —repitió él, meneando la cabeza y contemplándola con incredulidad—. Acaba de enumerar usted las principales taras del ser humano. No son más que bálsamos, falsos remedios para paliar las miserias que nos tocan. Si existe un auténtico opio del pueblo, esos son los sueños —concluyó con firmeza.

—Así habla un cínico —respondió Lena, atónita.

Sin embargo, la insolente carcajada que soltó él aún la indignó más.

—Soy realista —rebatió su jefe, con la voz todavía afectada por la risa—. Puede usted creer en lo que quiera para que su existencia sea más bonita, o más llevadera, pero no hay más de lo que hay. Todas esas boludeces solo sirven para crear expectativas demasiado elevadas, alimentadas sin compasión por las series de televisión que, cuando no se cumplen, producen frustración y depresión, empujando a media humanidad a engancharse a los barbitúricos. Mucho mejor nos iría si aceptáramos que la vida es una perra que no se domestica jamás.

A medida que avanzaba su discurso, la indignación de Lena se fue transformando en un profundo sentimiento de compasión. El sufrimiento por la muerte de su familia le había impedido avanzar y ser feliz. No había ni una pizca de optimismo en lo que decía.

—Dios mío, ¿cómo puede usted vivir sin esperanza ni sueños?

Él soltó otra perversa carcajada.

—Y ya salió Dios: la última pata del banco de los incautos.

Inspirando hondo, Lena bajó la cabeza y se miró las manos, entrelazadas entre sus piernas.

—Escuche —continuó él tras unos segundos, en un tono mucho más suave—, piense usted lo que quiera. Pero no hable de esto con Hilda; no me gustaría que confundiera más a una persona a la que ya no le quedan sueños por delante, y prefiere vivir de los pasados.

Lena volvió el rostro para observarlo. Ansiaba aclararle

que jamás haría nada que pudiera perjudicar a la anciana porque, a diferencia de lo que le ocurría con él, le caía bien y le tenía aprecio. Sin embargo, él se levantó del escalón y tomó la bandeja, dispuesto a marcharse y dar por finalizada aquella conversación.

—No creo que a la señora Massardi no le queden sueños por delante.

Su jefe, que ya había comenzado a bajar las escaleras, se detuvo e inclinó la cabeza, al mismo tiempo que exhalaba un exasperado suspiro.

—¿Me quiere decir qué esperanza, además de morir dignamente, le queda a una anciana enferma y sola? —espetó consternado.

Lena lo miró con los ojos brillantes de emoción.

—Que mañana, su mejor amigo le lleve el desayuno.

Él enarcó las cejas en un inequívoco gesto de sorpresa. Abrió la boca para decir algo, pero al momento volvió a cerrarla. Meneando la cabeza con incredulidad, continuó observándola en silencio.

—Buenas noches, Madre Teresa —respondió al fin, con una socarrona media sonrisa.

Lena contempló su espalda después de que se volviera para bajar las escaleras.

—Buenas noches, Carlos Marx.

Su risa ronca resonó en el patio, y todavía lo oyó reírse tras desaparecer bajo el umbral de la puerta que conducía al bar. Lena se quedó sentada un rato más en la escalera. Alzó la vista y comprobó que en el encapotado cielo de la ciudad se había abierto un claro. Las rutilantes estrellas ansiaban salir a brillar con fuerza, al igual que lo hacía aquella desconocida y conmovedora emoción que crepitaba en su pecho.

11

El ogro y una carta documento

Durante los siguientes días, Lena permaneció muy pendiente del estado de la señora Massardi. La visitaba por la mañana, a la tarde y también por la noche, antes de irse a dormir. Sin embargo, la anciana solo tardó un par de días en regresar a las rutinas del bar desde su accidente en la ducha. Le gustaba sentarse en su taburete de la barra para charlar con su jefe o con ella, así como con cualquiera que se le acercara. Era una mujer muy afable que pronto se ganaba la simpatía de la gente. Tenía un fino sentido del humor, mucha imaginación, y una vida tan apasionante que enseguida captaba la atención de quien quisiera escucharla.

Lena seguía acompañándola un rato siempre después de cenar, cuando su jefe se retiraba con la bandeja de su cena. Así, si a la anciana le apetecía darse un baño, ella podía supervisarla desde su habitación, permitiéndole hacerlo de forma más segura y conservando cierto grado de independencia. Después, mientras ella se tomaba una copita de jerez, las dos charlaban sobre algún episodio de su fascinante vida. Lena no sabía distinguir cuándo le contaba una experiencia real o la escena de alguna de sus obras, pero lo cierto era que no le importaba; disfrutaba enormemente de su conversación y de su compañía.

Algunas veces, cuando la señora Massardi, o Hilda, como insistía en que la llamara, se refería a los antiguos propietarios del conventillo, Lena la escuchaba con atención. De esta forma, había averiguado que los padres de su jefe habían sido una pareja muy enamorada y que, después del fallecimiento de Carmen, su esposo se había «abandonado a la pena». No sabía si aquello era un eufemismo que usaba para referirse a una depresión nerviosa, pero decidió no seguir indagando por el momento; sobre todo porque no quería que su jefe se enterara de que había estado curioseando.

Como buena artista, a Hilda le gustaba hablar sobre sí misma y no mostraba mucho interés por Lena. Sin embargo, cuando le había preguntado por su vida en España, la joven le había contado toda la verdad, aunque siempre limitando los detalles. No quería que conocieran sus verdaderos orígenes; sobre todo porque, si su jefe se enteraba de que no necesitaba el trabajo, la echaría sin ningún miramiento.

Después de su visita a la Feria de San Telmo, él le había dado libre las tardes de los lunes para «hacer sus cosas», tal como le había dicho. Así que el primer lunes, Lena decidió llamar a Aurora, la única persona que conocía en la ciudad y que no tenía que ver con el bar. Agarró la bonita tarjeta de presentación que ella le había dado, en la que se leía «Aurora Aberman – Erudita Matera», y se paró en la primera cabina telefónica que encontró.

—Normalmente, la gente me rechaza o me acribilla a preguntas —dijo su amiga, antes de dar un sorbo a su cerveza.

Después de casi dos horas descubriendo los lugares más famosos de la ciudad, las dos habían decidido descansar y tomar algo en una cafetería del centro.

—Pero vos no —continuó Aurora, observándola con admiración—. Es como si solo te interesara aquello que la gente quiere contarte.

Lena meditó un momento esas palabras.

—Bueno, ¿y eso no es lo normal?

—No me hables de normalidad —resopló Aurora—. ¿Qué significa ser «normal»? Para mucha gente yo no soy normal; es más, si preguntaras a mis padres te dirían que soy una aberración.

Negando con la cabeza, Lena arrugó el ceño.

—Tú no eres una aberración, eres una... erudita matera —bromeó, y las dos rieron.

—Algunas veces pienso que si al *Mohel* que mis padres contrataron para circuncidarme se le hubiera ido un poquito la mano, ahora no tendría este problema —murmuró, todavía riendo.

Lena volvió a mirarla y las dos estallaron en carcajadas. Sin embargo, aquella charla le confirmaba lo mucho que a Aurora le importaba completar la transformación de su cuerpo.

—¿Por qué no te has operado todavía?

Su amiga resopló.

—Llevo ahorrando toda la vida para eso —murmuró, ya sin pizca de diversión en la voz—. Pero con la inflación de mierda que hay en este país, el dinero cada vez vale menos. Además, me gasté mucha plata en el tratamiento hormonal y las cirugías de «lolas» y «cola».

Lena la contempló, un tanto confusa.

—Tetas y culo —explicó Aurora.

Tras escuchar el jadeo de indignación de una de las dos señoras que se encontraban en la mesa de al lado, Lena se llevó el dedo índice a los labios para indicarle que hablara más bajo.

—Solo son partes del cuerpo humano, señora —dijo su amiga, molesta, dirigiéndose a las dos mujeres.

—Aurora, por favor...

—¿Qué? —protestó—. ¿Por qué debo avergonzarme por hablar de tetas y culos, si ellas no tienen inconveniente en conversar sobre su colon irritable?

Acto seguido, su amiga se levantó de mal humor y salió de la cafetería.

—Discúlpenla —dijo Lena a las señoras, antes de pagar las cervezas y salir tras ella—. ¡Aurora, espera!

Ella se detuvo y se dio la vuelta.

—Me jode que la gente me mire como a un ser imperfecto y se crean mejor que yo.

Lena sonrió, desganada.

—Di la verdad: has hecho todo esto para no pagar las cervezas —bromeó, para restarle trascendencia al momento.

El rostro de Aurora se iluminó con una radiante sonrisa.

—No, en realidad lo hago porque creo que estoy un poco loca.

Esta vez fue Lena la que sonrió ampliamente. Le gustaba aquella chica, a pesar de sus inseguridades y conflictos. Tan solo era una persona que, simplemente, trataba de alcanzar su sueño sin hacer daño a nadie. Su familia la había rechazado y vivía de su talento, rodeada de amigos. Lo toleraba todo excepto la intolerancia, y hablaba sin tapujos. Todas ellas peculiaridades que la hacían digna de su confianza.

—Vivo cerca de acá —continuó—. ¿Querés venir y te presento a mis compañeras de piso? Así te invito a otra cerveza, y quedamos en paz.

Sonriendo, Lena negó con la cabeza.

—Tengo que irme.

—Bueno, te acompaño —respondió, ya sin el mal humor de hacía un rato.

Media hora después, llegaban al bar tras una larga conversación sobre el pasado gay que, según Aurora, tenían muchas de las personalidades cuyas estatuas y bustos se fueron encontrando en el camino de regreso. También le habló de Matías, el chico que tocaba en la orquesta de tango y que le gustaba desde hacía muchos años. Su nueva amiga hablaba mucho y, en aquel momento, ella prefería escuchar. Pues todavía no estaba preparada para conversar acerca de su vida y de todo lo que había dejado en Madrid.

—Muchas gracias por hacerme de guía —dijo cuando llegaron a la puerta del bar.

—No hay de qué. ¿Cuándo volveremos a vernos?

Lena se encogió de hombros.

—Pues no lo sé, depende del trabajo que tenga en la cafetería.

—¿Querés que hable con el negrero de tu jefe? —preguntó, volviéndose hacia el local. Entonces, sus ojos se abrieron por la sorpresa—. Un momento, ¿ese es tu jefe? —murmuró, casi gimiendo.

Lena siguió su mirada. Alejandro se encontraba tras la barra reponiendo las bolsitas de azúcar de los recipientes de cristal de las mesas. No había nadie todavía y él estaba distraído en su tarea; con su camiseta desgastada, el ceño fruncido y los desordenados mechones castaños sobre su frente. Se dio cuenta entonces de que su amiga todavía esperaba una respuesta y asintió.

—¿Me estás jodiendo? —preguntó Aurora, casi pegando la nariz al cristal—. Ahora entiendo por qué te gusta tanto este trabajo.

—No sé de lo que estás hablando —replicó Lena.

Su amiga volvió la cara y le clavó una incisiva mirada.

—Tu jefe tiene un lomazo; lo que significa que está buenísimo —aclaró, para que comprendiera.

Lena la había entendido a la primera. Pero al momento se vio sorprendida por la incómoda sensación que le producía la repentina admiración de su amiga por su jefe.

—No sé qué quieres que te diga —repuso, al darse cuenta de que Aurora esperaba una respuesta.

—¿Es simpático?

—No.

Aurora alzó las cejas en un gesto de asombro.

—No me digas que tu príncipe azul es un prejuicioso —dijo con un dejo de decepción.

—No es prejuicioso, y no es mi príncipe azul —puntualizó Lena, un poco molesta con la dirección que estaba tomando la conversación.

Su amiga volvió los ojos hacia el interior de la cafetería.

—¿Y en qué personaje de cuento, según vos, encajaría ese lomazo?

—En el ogro —respondió, creyendo, de manera incauta, que así zanjaría el tema.

Una ronca carcajada resonó en el pecho de Aurora.

—Así que es Shrek —dijo, cruzándose de brazos—. Invitame a tomar algo y presentámelo, dale.

Cada vez más molesta con aquella fascinación impúdica de su amiga por «su ogro», Lena alzó una ceja y también se cruzó de brazos.

—Creo que ya te he invitado suficiente por hoy, ¿no te parece?

Aurora meneó la cabeza y asintió, sin dejar de sonreír con picardía.

—Como guste, princesa Fiona —bromeó, inclinándose en una ridícula reverencia medieval—. Pero tarde o temprano tendré que conocerle —concluyó, antes de girarse de regreso a su barrio.

A Lena la fastidió aquella especie de ultimátum.

—¡Fuera de mi ciénaga, asno parlante! —gritó, para que pudiera oírla cuando ya se alejaba.

Aurora alzó una mano sin detenerse ni volverse a mirarla.

—¡Ja! ¡Te amo, Magdalena Vázquez!

Sonriendo aún, Lena empujó la puerta de la cafetería. El sonido de las campanitas del avisador hizo que su jefe levantara la vista de los sobrecitos de azúcar.

—Hola. —Lo saludó sin poder contener una sonrisa cuando su ceño se hizo profundo.

—Hola —gruñó él en respuesta.

Lena no logró evitar que la imagen del verde y malhumorado Shrek se le formara en la mente, y su sonrisa se ensanchó todavía más. Salvo por el «lomazo», Alejandro Lagar se parecía bastante al ogro verde de la película de dibujos animados: era grande, fuerte, siempre estaba enojado y algo le decía que, en el fondo, había mucho más corazón y alma en él de lo que se podía percibir a simple vista.

—¿Qué ocurre? —volvió a gruñir, y comprobó si había algo raro detrás de él.

—Nada.

Él achicó los ojos, observándola con desconfianza.

—¿Por qué se ríe, entonces?

—Porque estoy contenta —soltó con desparpajo, antes de ir tras la barra para comenzar a trabajar.

Estaba contenta, esa era la curiosa verdad; muy contenta, en realidad. Por tener un lugar al que regresar, donde había personas que la aguardaban: Goldstein y Bukowski, que ya entraban en aquel momento por la puerta, la señora Hilda Massardi y... él.

A la mañana siguiente, la cafetería se llenó mucho antes del mediodía. Por ese motivo a Lena le resultó extraño que su jefe desapareciera del local, dejándola sola ante la avalancha de clientes. Resoplando, iba de un lado a otro mientras trataba de atender todos los pedidos.

—¿El señor Alejandro Lagar?

Lena observó de forma fugaz al hombre vestido de uniforme que buscaba a su jefe. Puso otro café sobre la bandeja antes de asirla con una sola mano y atravesar todo el local. Era increíble lo mucho que había mejorado su sentido del equilibrio en aquel tiempo.

—Sí, es aquí —respondió al hombre al pasar frente a él—. Pero el señor Lagar no se encuentra en este momento.

—Tengo que entregarle una carta documento, señorita. ¿Tardará mucho en volver?

«Pues no tengo la menor idea», pensó mientras servía a la pareja que esperaba su café. Se había marchado sin avisar y sin decir cuándo iba a regresar. Así que se encogió de hombros antes de volver junto al hombre, que resultó ser el cartero.

—No sé cuándo volverá —le dijo con un suspiro.

El hombre le mostró un sobre en que se podía leer: «Correo argentino. Carta Documento», con un gran sello azul que indicaba que la misiva era muy urgente.

—Si no la reciben tendré que devolverla por ausencia del destinatario —indicó el cartero—. Seguramente es importante.

Lena suspiró y se llevó ambas manos a la cintura. Un hombre le hizo una seña desde una mesa para que le llevara la cuenta.

—Pues mi jefe no está en este momento. ¿No puede volver dentro de una hora?

—Tengo más correo que entregar, señorita —respondió el cartero, siguiéndola hasta la barra.

Mientras tecleaba el pedido de la mesa en la caja registradora, Lena levantó el rostro, molesta con el inoportuno hombrecillo que no le permitía concentrarse.

—Está bien —murmuró—. ¿Puedo recibirla yo?

El cartero sacó una terminal electrónica de su bolsa.

—Por supuesto —se apresuró a decir—, tan solo tiene que teclear el número de su DNI y firmar acá.

Lena tomó el aparato, que parecía una calculadora e hizo lo que le indicaba. El hombre le entregó la carta y se marchó del bar. Ella la depositó en la repisa interior de la barra y se olvidó de ella durante la siguiente hora, en la que continuó atendiendo a los clientes con la misma simpatía de siempre.

No fue hasta después de almacenar todos los platos y tazas usados durante la mañana en el lavavajillas, cuando reparó de nuevo en el sobre.

—Ha llegado esto para el señor Lagar esta mañana —dijo a la señora Massardi, que ya llevaba un buen rato sentada en su taburete—. Tiene pinta de ser importante.

La anciana resopló con gesto de fastidio.

—Ay, nena, por el amor de Dios, dejá de llamarle «señor Lagar»; por lo menos cuando él no esté presente.

—Es la fuerza de la costumbre —murmuró Lena, torciendo la boca.

—Pues dejá de hacerlo, al menos delante de mí. Si ese muchacho ha decidido protegerse como un puercoespín es asunto suyo, pero que no torture al resto de la humanidad.

Mordiéndose el labio y apenas prestando atención a la anciana, Lena continuó dándole vueltas al sobre. Por lo general, el contenido de las cartas certificadas en España solía ser significativo para el destinatario.

—Parece importante —repitió.

—Entonces, deberías llevárselo.

Lena le clavó la mirada.

—¿Adónde? ¿A su apartamento? —dijo, negando con la cabeza.

—Pues claro, mujer. —La perfecta dentadura postiza de la señora Hilda surgió en una ancha sonrisa—. ¿Dónde creés que se mete cada mes por estas fechas? Ojalá se fuera de pesca, pero se esconde como un oso en su cueva —repitió, antes de dar un mordisco a la porción de tarta que Lena acababa de servirle.

La joven paseó su mirada de la anciana al sobre sin saber qué pensar de aquella información, ni qué hacer con la dichosa carta. La prudencia le indicaba que dejara el sobre en la encimera y se lo diera a su jefe en cuanto regresara, pero la curiosidad por sus desapariciones periódicas le ganó la partida a la precaución. Así que, tras dejar a la señora Massardi a cargo de la cafetería, tomó la carta y subió la escalera que conducía al apartamento.

Frente a la robusta puerta de oscuro barniz dudó por unos segundos. Aquella era la sólida frontera a su mundo, a su privacidad; algo se le removió en el estómago al pensar en la intimidad de su exasperante jefe. Tras atribuir aquella emoción a unos absurdos nervios, decidió descartarla y llamar a la puerta.

Inspirando con fuerza, aguardó respuesta. No se produjo. Dudó unos segundos y pegó la oreja a la puerta. Escuchó ruidos en el interior y volvió a llamar, esta vez con más fuerza.

—Señor Lagar, soy Lena —dijo, elevando la voz para hacerse oír—. El cartero ha traído una carta documento para usted.

La puerta se abrió tan de repente que Lena casi se cae hacia atrás del susto.

—¿No la habrá aceptado? —El violento gruñido de su jefe fue casi tan amenazador como su rostro. Ocupando casi todo el espacio del umbral, su siniestra figura surgió de la semipenumbra del apartamento.

Un tanto insegura, ella levantó la mano en que llevaba el sobre.

—La madre que la parió —masculló él, apoyando bruscamente la cabeza contra la puerta.

12

La maqueta

Su jefe le quitó la carta de las manos y se dio la vuelta. Empujó la puerta, pero Lena la sujetó antes de que se cerrara.

—¡Oiga! —exclamó enojada, al mismo tiempo que entraba tras él—. ¿Se puede saber lo que le pasa?

Atravesaron un diáfano espacio que resultó ser una sala de estar, y lo siguió hasta que él se paró de pronto en el centro de la estancia.

—¿Ve lo que pone acá? —dijo, levantando el sobre y señalando las letras que indicaban el destinatario—. Alejandro Lagar. ¿Es usted? No, ¿verdad? —preguntó con ironía—. Pues entonces, ¿por qué demonios acepta una carta que no va dirigida a usted?

Lena estaba nerviosa y confusa a partes iguales. No entendía nada de lo que ocurría.

—El cartero se presentó en la cafetería y dijo que era importante —respondió, tratando de aparentar firmeza—. Si usted no se hubiera marchado sin decir nada, o me hubiera dado alguna instrucción...

—Me largué para evitar al cartero, ¡maldita sea! —Lanzó la carta con rabia sobre el sofá.

—¿Y cómo quería que yo supiera eso?

Él comenzó a pasearse con inquietud frente al gran ventanal que se abría a la calle y que ocupaba casi toda la pared de

129

enfrente. Llevaba el mismo aspecto descuidado de todos los días: el vaquero desgastado, ligeramente caído de sus estrechas caderas, y una camiseta negra de manga corta que dejaba a la vista el vello castaño de sus antebrazos. La atención de Lena se desvió momentáneamente de él a su apartamento. La sorprendió lo bien reformado que estaba. Las paredes mantenían el ladrillo blanco a la vista y llegaban hasta el techo, cruzado de vigas de madera, lo que daba una mayor sensación de amplitud y calidez. La luz, que entraba a raudales desde los ventanales, se deslizaba sobre una estancia decorada con un estilo funcional y moderno. Unos sofás negros de piel, varias estanterías bajas repletas de libros y una sencilla mesita de cristal se repartían con mucho acierto por la zona del salón. Hacia un lado, una robusta isla de madera maciza con dos altos taburetes daban la bienvenida a la cocina, que parecía seguir la misma línea sencilla y funcional del resto de la casa. Varios electrodomésticos de acero inoxidable se combinaban en forma de U con los armarios, lacados en blanco. A Lena le hubiera gustado acercarse para comprobar que, efectivamente, aquel lugar respondía a todas las necesidades de alguien que disfrutaba cocinando.

Volviendo el rostro en la dirección opuesta, comprobó que el espacio se delimitaba con una puerta corredera de doble hoja, por lo que dedujo que conducía al área privada de la vivienda. Sin embargo, algo llamó su atención en aquella zona: una gran mesa de dibujante se inclinaba frente al gran ventanal de la pared. Delante había una silla alta y, a su lado, en una especie de mesa compuesta por dos caballetes y un tablón, se hallaba la maqueta de lo que parecía una pequeña ciudad en miniatura.

Lena vio que él se había vuelto hacia la ventana mientras seguía refunfuñando, por lo que, movida por la curiosidad que sentía, decidió acercarse a la maqueta. Sobre la mesa había un enorme pliego blanco en el que una serie de certeras líneas trazaban el plano de una vivienda. Sabía lo suficiente sobre diseño para identificar el bosquejo de una sencilla casita de dos plantas. Paseó la mirada desde el papel hasta la maqueta y la impresionó la cantidad de detalles que contenía. El modelo representaba un poblado compuesto por pequeñas casas rodeadas de un coqueto huerto. Varias calles atravesaban el espacio entre las viviendas, perfectamente equipadas con árboles y farolas en miniatura. Había algunos coches de vivos colores aparcados junto a la acera, donde los niños jugaban con sus bicicletas.

—Esto está genial —murmuró, admirando el buen trabajo de reproducción.

Su jefe, que no había apartado la mirada de la ventana, volvió la cara hacia ella.

—¿Qué hace ahí? —gruñó.

En dos zancadas atravesó la estancia y se colocó a su lado. Lena le miró por encima del hombro sin dejar de admirar los detalles de la maqueta.

—¿Lo ha hecho usted?

—¿Qué demonios está haciendo? —refunfuñó, indignado.

Lena se llevó las manos a la cintura y se volvió hacia él.

—Esto está muy bien —repitió, con una naciente sonrisa de asombro.

Sujetándose el puente de la nariz con el dedo índice y el pulgar, él inspiró con fuerza, como si necesitara armarse de paciencia.

—Me alegro mucho de que le guste. Ahora, si no le importa —añadió con su habitual y punzante sarcasmo—, salga de acá.

—De modo que lo ha hecho usted —dedujo Lena, antes de volver a mirar las figuras de las casitas pintadas de colores—.

¿Por qué no me dijo que era arquitecto? —preguntó, volviendo de nuevo el rostro hacia él.

—Oh, discúlpeme, no sé cómo pudo olvidárseme. Seguramente debería dejarlo caer de vez en cuando en medio de la conversación. Tendría más éxito con las mujeres, ¿no le parece? —Alzó las cejas de forma sarcástica—. «Arquitecto» adorna mucho más que «camarero» a cualquier hombre.

Lena descartó la idea con un movimiento de la mano.

—Eso es una tontería clasista.

—Ya, seguro —bufó él, antes de lanzarle una de aquellas aniquiladoras miradas de medio lado, brillantes de diversión.

Ella sabía que estaba siendo irónico, como siempre. Sin embargo, ahora comprendía por qué tenía tantos conocimientos sobre arte. Le hubiera gustado saber por qué no ejercía su profesión cuando, a tenor de aquella maqueta, no se le daba nada mal.

—De todas formas, no soy arquitecto —suspiró—. Me falta el proyecto de fin de carrera.

Lena señaló a la mesa con el dedo, y él asintió sin necesidad de formularle la pregunta de si aquel era su trabajo.

—¿Qué es? —preguntó al fin, muerta de curiosidad.

Exhalando un largo suspiro de cansancio, él se colocó a su lado con los brazos en jarras.

—Un poblado de ecocasas.

«Parco en palabras, como siempre», pensó Lena con ironía. No obstante, su interés superaba con mucho al tedio que le producían sus pullas.

—Eso que hay sobre los tejados son paneles solares, ¿no? —Sabía que lo eran, pero quería soltarle la lengua.

Él asintió.

—Cada una sería suficiente para dar respuesta a las necesidades energéticas de consumo de un hogar normal, además de estar conectadas a un termotanque que calentara el sistema de calefacción y proporcionara agua caliente al hogar —explicó, absorto en su prototipo—. Cada vivienda tiene cincuenta y cuatro metros cuadrados y se construirían con materiales sólidos y permanentes: ladrillos, cemento, tejas y madera. ¿Sabe cuánta gente vive en chabolas solo acá, en la capital? —preguntó, lanzándole una rápida mirada.

Lena negó con la cabeza, ensimismada e interesada en lo que estaba contándole.

—Alrededor de medio millón de personas habitan en lo que acá llamamos villas miseria —continuó, en un tono serio, muy distinto del burlón que usaba normalmente—. Sus casas carecen de calefacción y aislamiento, y se abastecen del agua de un pozo, en muchas ocasiones infestado de ratas. Además, las chabolas se construyeron con elementos muy tóxicos como el fibrocemento. Todo ello produce que la población viva en unas condiciones de pésima salubridad y donde la tasa de mortalidad infantil debería escandalizarnos.

—¿Y las instituciones públicas no hacen nada? —interrumpió Lena, cada vez más implicada con lo que escuchaba.

Él esbozó una socarrona sonrisa mientras se volvía para mirarla de frente.

—No mucho, la verdad. Después de las inundaciones que destruyeron muchas villas, recibimos ayuda de varias organizaciones internacionales. Se gastaron más de cien millones de dólares instalando refugios de treinta metros cuadrados, en los que se realojó a unas diez mil personas. Estas viviendas se construyeron a base de lona sobre estructuras metálicas; un poco más sofisticadas que una tienda de campaña, pero con los mismos problemas: acabados precarios, techo que se hunde, peligrosos cables al aire libre, e imposibles de calentar. ¿Sabe cuánto costó cada uno de estos refugios?

Lena negó con la cabeza.

—Pues unos siete mil dólares.

Alzando las cejas en un gesto apreciativo, ella decidió intervenir, cada vez más consciente del meritorio propósito del trabajo expuesto en aquella bonita maqueta.

—Y, solo por curiosidad —dijo, contemplando de nuevo las casitas de colores—, ¿cuánto costaría construir una de estas viviendas?

Una sonrisa de satisfacción iluminó su cara. Seguramente por haberla hecho llegar a la conclusión que él quería.

—Siete mil cuatrocientos dólares.

—¡¿Qué?! —exclamó escandalizada—. ¿Me está diciendo que construir una casa tan bonita como esta cuesta casi lo mismo que levantar un refugio temporal de toldo?

Él asintió y siguió sonriendo con complacencia.

—Pero entonces... ¿por qué no se invierte mejor el dinero?

—Normalmente —suspiró— porque las empresas que fabrican estos refugios tienen convenios con los grandes organismos internacionales y los estados, los cuales subcontratan sus servicios, exigiéndoles apaños rápidos en caso de que se produzca una necesidad de realojo de la población. Imagínese cuántos noticieros abre un terremoto grave o una inundación, e imagínese las ganas de los políticos de aparentar que están aportando soluciones, aunque estas solo vayan a durar tres años. Pero para entonces ya no importará, porque nadie se acordará de la inundación o del terremoto —concluyó, con una tristeza que trató de disimular con sarcasmo.

Lena meneó la cabeza con incredulidad mientras contemplaba, ahora valorando mucho más su belleza, aquella maqueta en que se representaba un pueblo sencillo y feliz. Un lugar que tal vez había sido arrasado por una inundación y que, sin embargo, tenía una nueva oportunidad de forjar un futuro sólido y duradero.

—¿Cuánto podría costar construir un pueblo igual que este? —murmuró, sin apartar los ojos de la mesa.

—Bueno, con este proyecto reubicaríamos a unas veinticinco familias; ciento cincuenta personas, más o menos. Y el coste total sería de unos doscientos mil dólares.

Las cifras rodaban en la cabeza de Lena como las tuercas que se desprenden de un tornillo. Puede que no tuviera el mismo olfato para los negocios que su padre ni su habilidad para hacer dinero, pero el tiempo que había trabajado con él le había demostrado que tenía buena mano con los números.

—Eso es un gasto de unos mil trescientos dólares por persona —dedujo con voz queda—. Lo que quiere decir que, por menos de mil doscientos euros, cada uno de estos niños tendría una casa sólida con agua caliente y calefacción —concluyó atónita.

—Así es —respondió él con voz queda.

Lena meneó la cabeza, sintiéndose terriblemente culpable al pensar lo poco que costaba cambiar la vida de alguien para siempre; tan solo la necesidad básica de un hogar seguro, caliente y limpio. Ella misma se había gastado más dinero en un bolso. ¡Dios mío!, pensó consternada, se había gastado más en una noche de hotel. Algunos recuerdos de su anterior vida la asaltaron, mientras se sentía la mujer más miserable y torpe del mundo. Siempre había defendido la idea de que el arte mejoraba la vida de las personas, haciéndola más hermosa y agradable. Sin embargo, ninguna pintura ni escultura, por muy sublime que fuera, proporcionaría un cálido hogar a ningún niño.

—Si esto se hiciera realidad sería algo maravilloso —musitó.

—Lo sería, desde luego. —Una franca sonrisa asomó a los labios de él—. Además, la idea podría exportarse a cualquier parte del mundo.

Lena lo contempló entonces con detenimiento.

—Eso sería un formidable propósito.

Él asintió y sonrió.

—Un gran sueño —musitó Lena.

Él volvió el rostro hacia ella y su gesto se suavizó. Seguramente porque también recordó la conversación acerca de los sueños que habían mantenido en la escalera del conventillo. Sus miradas se encontraron y una especie de energía pareció flotar a su alrededor. Lena había estado tan ensimismada en la conversación sobre el proyecto que no se había dado cuenta de que se habían acercado hasta casi tocarse. Los ojos de él brillaron con una especie de admiración que la dejó desconcertada, ya que jamás habría dicho que su jefe pudiera sentir admiración por ella. Un tanto aturdida, se dio cuenta de que sus pupilas castañas tenían una veta verde que les confería aquel brillo esmeralda tan intenso y desconcertante.

Él abrió la boca para decir algo, y los ojos de Lena bajaron hasta sus labios.

—Un gran sueño —convino, tras aclararse la voz.

Lena notó que la mirada de él también se fijaba en su boca y sintió cómo se le erizaba el vello de la nuca; como si alguien abriera de repente una ventana y la brisa fresca sorprendiera su piel cálida. Pestañeó rápidamente, tratando de librarse de aquel aturdimiento, pero sus labios, carnosos y perfilados por la línea de la oscura barba, parecían despertarle de repente una extraña fascinación.

Él inspiró con fuerza y apartó la mirada.

—Si usted está acá manteniendo esta estéril conversación conmigo, ¿quién se ha quedado a cargo del bar? —dijo, tratando de que su voz sonara tan sarcástica como siempre tras aclararse la garganta.

Absorta después de descubrir aquel aspecto tan fascinante de su jefe, Lena se había olvidado del bar.

—La señora Massardi —contestó con un gesto apocado.

—Muy tranquilizador —respondió él con ironía antes de tomarla del brazo y tirar de ella hacia la puerta.

En cuanto atravesaron el salón, Lena vio la carta documento sobre el sofá. Motivada por el reciente descubrimiento de su oculto y meritorio talento, trató de solventar su equivocación por haberla recogido. Por nada del mundo le gustaría perjudicar a alguien que cada día que pasaba consideraba mejor persona: no solo le había dado trabajo cuando más lo necesitaba, sino que también cuidaba de una anciana enferma y empleaba su talento en idear fórmulas para mejorar la vida de los demás, y todo ello sin ningún deseo de reconocimiento.

—¿La carta documento tiene algo que ver con el proyecto?

—No.

—Tal vez sea importante —insistió Lena.

Él se detuvo de repente y suspiró con hastío, antes de lanzarle una mirada mortificada.

—Lo es —reconoció, resoplando y tocándose el puente de la nariz con la mano libre—. Es una demanda, y el demandado soy yo —concluyó, antes de continuar empujándola hasta la puerta, deseoso de despacharla.

Para su propia sorpresa, aquella revelación la preocupó. Sin embargo, Lena no logró apartar la mirada de aquellos largos dedos alrededor de su brazo. No le gustaba que la empujaran, pero fue incapaz de apartarlo, pues el contacto le produjo un placer inaudito.

—Estudié Derecho; tal vez pueda ayudarlo —dijo, justo antes de que él la soltara al sacarla del apartamento—. No conviene ignorar la correspondencia judicial, porque, al contrario de lo que mucha gente cree, un proceso no se detiene, sino que continúa su curso, haciendo perder los plazos para los posibles recursos.

Él levantó las cejas con una socarrona mueca de apreciación.

—¡Claro, si hasta habla como una abogada! Qué afortunado soy —gruñó, haciendo gala otra vez de todo su sarcasmo—.

¡Artista y picapleitos! Es usted una caja de sorpresas, además de un maldito grano en el culo —añadió, antes de cerrarle la puerta en las narices.

Indignada, Lena observó la puerta. Inspiró con fuerza y en un acto reflejo levantó la mano para llamar y decirle dónde estaría él si fuera un grano. Pero la imagen de la amable señora Massardi tras la barra la disuadió de iniciar una nueva escaramuza con su jefe. Era un hombre lleno de misterios que se protegía como un puercoespín. A ella no le gustaban las personas jactanciosas; de hecho, aquella era una de las características que más odiaba de su ex novio. Aun así, se preguntó por qué Alejandro Lagar no podía mostrarse un poco orgulloso de su trabajo. ¿Por qué no enseñaba al mundo lo que era capaz de hacer? ¿Por qué se escondía tras la barra de un bar?

Aguardando que no hubiera entrado ningún cliente durante su ausencia, Lena bajó la escalera a paso ligero pensando que, cuanto más averiguaba del señor Lagar más le gustaba, a pesar de lo mucho que él se esforzaba en ser detestable.

13

Corazones en el café

Durante los días siguientes, Lena percibió a su jefe un poco más distraído de lo normal. Con frecuencia anotaba mal las demandas, derramaba el café en los platos o se confundía de mesa con los pedidos. Sabía que le ocurría algo importante, pero era tan condenadamente hermético que sería del todo inútil intentar hablar con él. Suponía que la demanda que contenía aquella carta mantenía su cabeza ocupada. Por ese motivo, Lena decidió irle relevando en las tareas que tenían que ver con el trato a los clientes. Él pareció delegar de buen grado aquella parte del trabajo y se encerró en la cocina, de donde salía únicamente para realizar las tareas que requerían de su fuerza en la cafetería; como reponer las pesadas cajas de bebidas o los barriles de cerveza del dispensador.

Sin embargo, cada día que pasaba, a Lena le daba la impresión de que estaba más distante y huraño. Por eso no la sorprendió verlo entrar enfurruñado en la cocina aquella mañana. La había sustituido durante unos minutos en la cafetería mientras ella se tomaba un café y una medialuna antes de que llegara la marabunta de clientes del mediodía.

—¿Qué es esto?

Al escuchar su voz indignada, Lena levantó la vista de la mesa. De pie en el umbral, su inquebrantable mirada y el marcado ceño hundido entre las cejas no dejaban duda acerca de su estado de ánimo. Los ojos de ella descendieron de su rostro al platito y la taza que él sujetaba entre los dedos.

—Pues... un café, ¿no? —aventuró en tono irónico, antes de dar otro mordisco a su medialuna.

Una especie de nervio tembló en su párpado izquierdo antes de suspirar exasperado y acercarse a la silla en que ella estaba sentada.

—Creo que no me entiende, me refiero a qué es esto. —Y dejó la taza frente a ella sobre la mesa, señalando su interior.

Observando la espumosa crema que llegaba al borde de la taza sin rebasarlo, Lena se sintió orgullosa de lo bien que había llegado a manejar la cafetera Victoria Arduino original.

—Sí —dijo, levantando los ojos para mirarle a la cara—; es un café con leche.

Aspirando con fuerza, su jefe colocó las dos manos sobre la mesa y flexionó los codos de forma que su rostro quedó muy cerca del de ella.

—¿Por qué hay corazones en el café? —preguntó, achicando los ojos.

Lena ya sabía que se refería a los dibujos que ella había hecho en la espuma del café.

—A la gente le gustan —contestó y se encogió de hombros, antes de dedicarle una sonrisa.

No supo si fue por su respuesta o por la sonrisa, que no se esperaba, pero él pareció un poco desconcertado. Paseó los ojos por su rostro y luego se alejó hasta la otra punta de la cocina con el ceño fruncido otra vez.

—Pues no quiero que haya corazones en mis cafés, ¿está claro? —gruñó.

Lena lo observó volverse hacia ella con las manos en la cintura.

—Muy bien, se acabaron los corazones —convino—. Volveré a las flores y las caritas sonrientes.

El bufido indignado precedió al inquieto paseo de un lado a otro de la cocina.

—¿Sería posible que mantuviera a raya a la artista que lleva dentro, por favor? —murmuró con sarcasmo—. No quiero corazones, ni flores, ni caritas, ni nada. ¡No quiero dibujitos en mis cafés, maldita sea!

Lena lo observó gruñir y maldecir, como casi siempre. Por un momento deseó seguir torturándolo, llevándole la contraria y comenzar una de sus batallas verbales. Pero en realidad estaba preocupada por él, por el contenido de aquella carta y los problemas que pudiera acarrearle.

—Cuando sirvo un café «normal», simplemente me dan las gracias —explicó al fin, cuando él dejó de dar vueltas y refunfuñar—. Pero cuando sirvo un café con un dibujo en la espuma, además de las gracias obtengo una sonrisa.

Él abrió la boca como para decir algo, pero al punto la cerró, mientras le clavaba la mirada como si estuviera contemplando un fenómeno paranormal.

—Puede que sea una tontería, pero a la gente le gusta —continuó Lena—. En cuanto ven el dibujo su humor mejora de forma considerable, y a mí no me cuesta ningún trabajo. Así que, ¿por qué no alegrar un poquito la vida de los demás?

Él se la quedó mirando en silencio.

—Tiene razón, es una tontería —sentenció al cabo.

Acto seguido, se giró y salió de la cocina.

Sin embargo, no dijo ni una palabra más acerca de los dibujos en el café, a pesar de que durante el almuerzo de aquella mañana la cafetería se llenó de clientes y él sirvió más de cien tazas repletas de corazones.

Lena, que se ocupaba de la barra y la cafetera, lo observaba pasar entre la gente manteniendo un perfecto equilibrio con la bandeja. No era por llevarle la contraria, ni aquello era un pulso entre dos voluntades tercas, pero él no le había dado ningún motivo de peso para no dibujar en la cremosa espuma del café, y ella continuó haciéndolo. Corazones, caras, flores, árboles, y cualquier cosa que se le ocurría, siguieron decorando las tazas. Pero, quizá porque también comprobó el efecto positivo que aquel insignificante gesto ejercía en sus clientes, Alejandro Lagar no dijo ni una palabra más en contra.

No obstante, seguía de mal humor. Le hablaba solo lo necesario y gruñía a la gente. Lena trató de compensarlo como hacía siempre, derrochando simpatía y encanto con todo el mundo. De esa forma trataba de atemperar la rudeza de él y que los clientes regresaran por el local. En ello estaba cuando, por el cristal de la cafetería vio llegar a Aurora. Hacía varios días que no sabía nada de ella y se alegró de verla.

—¡Hola!

El jovial saludo de su amiga se extendió por la cafetería, en la que aún quedaban algunas personas rezagadas de la mañana.

—¡Aurora, qué alegría verte! —exclamó Lena, mientras salía de la barra para darle un abrazo y un beso en la mejilla, que era la forma con que la gente de la feria se saludaba.

—Si Mahoma no va a la montaña... —respondió en un falso tono sancionador.

Lena sonrió.

—Espero que un café resarza mi ofensa.

—Es posible —dijo, arqueando una de sus perfiladas cejas como muestra de curiosidad.

Lena la condujo hasta la barra.

—Aurora, quiero presentarte a la señora Hilda Massardi —indicó cuando su amiga se sentó junto a la anciana, de la que ya le había hablado—. Señora Massardi, ella es mi amiga Aurora Aberman.

La anciana se volvió hacia ella y le sonrió, aquella sonrisa amplia y perfecta, fruto de muchos años debiéndose a su público.

—Es un placer, querida —saludó, tendiéndole su delicada mano.

Aurora se la estrechó.

—El placer es mío. No todos los días se conoce a una gran dama de la interpretación. ¿Sabía que tiene usted más de medio millón de entradas en Google? Bastantes más que la Legrand.

—¿En serio? —preguntó la señora Massardi, sorprendida.

Aurora asintió con una radiante sonrisa.

Un tanto confusa, la anciana paseó su mirada de una a otra.

—¿Qué es Google?

Lena bajó la cabeza y también sonrió.

—Mientras se lo explicas voy a por tu café —murmuró—. ¿Quiere que le traiga otro té, señora Hilda?

Ella hizo un gesto con la mano para rechazar su ofrecimiento, sin dejar de prestar atención a lo que Aurora ya había empezado a contarle.

—¡Señorita! La cuenta, por favor.

—Enseguida.

Lena acudió con presteza a atender a los clientes que solicitaban su atención y las dejó charlando amigablemente. Parecían hacer buenas migas, aunque eso era algo de esperar ya que Aurora brindaba su amistad a cualquiera que se mostrara tolerante y amable; y la señora Massardi era la delicadeza hecha persona, dispuesta a aceptar a quien le dispensara un poquito de atención.

—Café con corazones para la dama —indicó Lena cuando volvió junto a ellas y le sirvió la bebida a su amiga.

Aurora miró la taza y una sonrisa le iluminó el rostro.

—Café con corazones —repitió emocionada—. ¡Qué maravillosa idea!

Lena correspondió con otra sonrisa al halago.

—Oh, te traje un regalo —exclamó de pronto su amiga, rebuscando en su enorme bolso hasta sacar una bolsita de vivos colores.

Ella contempló el regalo, extrañada.

—¿Para mí?

Aurora asintió.

—Pero ¿por qué? —preguntó, tomando el regalo con delicadeza entre las manos.

—Por ser una mujer fascinante y buena —respondió su amiga.

Lena tiró del lazo que cerraba la bolsita y se sorprendió al descubrir una pequeña y brillante bombilla de aluminio y un recipiente de mate ricamente decorado con grabados florales. Tomando la calabaza con delicadeza entre las manos la giró para apreciar mejor la belleza del trabajo. Entonces descubrió que muy cerca de la base había una inscripción en la que se leía «Encuentra el amor y quédate a vivir en él». Conmovida, Lena buscó con los ojos a su amiga.

—Es precioso —susurró emocionada.

Sintió que aquella frase resumía todo su periplo en pocas palabras. Al fin y al cabo, la falta de amor en su antigua vida era lo que la había empujado a marcharse en busca de algo que todavía no sabía qué era, pero que sería perfecto si fuera el amor. Claro que le iba a ser un poco difícil reconocerlo cuando lo encontrara ya que jamás lo había visto. La historia de sus padres, según su propia madre, no había sido más que pura fachada e interés, y la suya con Alberto... ni siquiera estaba segura de que hubiera sido amistad.

—También te traje una bolsita de mi yerba mate favorita —indicó su amiga, devolviéndola a la conversación—. Espero que te guste.

Lena rodeó la barra y se plantó ante su amiga.

—Seguro que me encantará —dijo, antes de estrecharla con fuerza entre los brazos.

La señora Massardi aplaudió, encantada por la escena. Lena se apartó y también abrazó a la anciana.

—Soy una mujer afortunada por haber encontrado a grandes amigas —dijo, mirándolas a ambas con afecto.

La anciana correspondió a su abrazo y también le dio un beso, que seguramente quedó impreso en su mejilla con el carmín rosado que coloreaba sus labios. Una cálida sensación se fue propagando por el corazón de Lena con los reconfortantes abrazos de aquellas dos personas que nada tenían que ver, salvo ser sus amigas, aunque poseían dos almas extraordinarias. Puede que en su viaje por la vida nunca encontrara el amor, pero desde luego sí había encontrado personas maravillosas a las que se sentiría muy honrada de considerar amigas.

Las tres se rieron, encantadas con el alegre momento que el regalo de Aurora había propiciado.

—Siento interrumpir el cacareo, señoras.

Lena dio un respingo al escuchar la profunda voz de su jefe a sus espaldas. Inspiró hondo y se apartó de la señora Massardi para volverse hacia él, con lo que pretendía ser una sonrisa.

—Lo siento —dijo con expresión de inocencia—. Pero es que mi amiga Aurora ha venido a verme y me ha regalado un mate, mire. —Tomó la calabaza y se la mostró, con la intención de involucrarlo en su momento de alegría.

Él observó el regalo con el mismo entusiasmo que miraría un escarabajo pelotero.

—Hay dos clientes esperando a ser atendidos —murmuró con hastío, señalando una de las mesas junto a la ventana.

—Así que este es el ogro —ronroneó Aurora con un tono de voz tan sensual que casi parecía femenina.

Su jefe apenas le dedicó una mirada.

—No.

—Pues entonces tiene que ser el jefe de Lena, ¿no es así? —continuó su amiga como si nada, tendiéndole la mano con sus larguísimas uñas.

Lena abrió los ojos con sorpresa y, sutilmente, dio un paso hacia atrás para colocarse fuera del campo de visión de él y hacerle gestos a Aurora de que se callara. Su amiga la vio, pero, fijando los ojos de nuevo en él, decidió ignorarla.

Él volvió el rostro y le lanzó una reprobadora mirada por encima del hombro.

—No me gusta hacer esperar a los clientes —gruñó, poniendo los brazos en jarras e ignorando la mano de Aurora—. Así que, si va a tomarse un descanso avíseme.

Acto seguido se volvió con la intención de ir hacia la mesa que esperaba su atención.

—Vaya, sí que es un ogro —murmuró Aurora en tono confidencial, para que solo ella pudiera oírla.

Sin embargo, él también la escuchó y se detuvo en seco. Mordiéndose el labio inferior, Lena aguantó la respiración, temerosa de lo que fuera a soltar por aquella boca que solía usar de forma cruel e implacable. Sin embargo, no dijo nada. Para sorpresa de Lena, se limitó a lanzarle una rápida mirada que, casi hubiera jurado, se había oscurecido con algo parecido a la tristeza. Entonces se volvió y se dirigió a la mesa. Aquel rasgo de vulnerabilidad la hizo arrugar el ceño mientras contemplaba cómo él se alejaba. Ella se sintió realmente culpable al darse cuenta de que su jefe había creído que le había hablado mal de él a su amiga.

Después de reprender en silencio a Aurora, Lena volvió detrás de la barra. Mientras tanto, su amiga y la señora Massardi charlaban amigablemente sobre temas femeninos. A Lena la sorprendió la naturalidad con que la anciana trataba el problema de identidad sexual de Aurora. Claro que era una mujer del mundo del espectáculo que había viajado mucho y conocido a personas muy dispares. Aquella experiencia le había desarrollado un respeto por todo lo diferente que otros nunca llegarían a comprender.

—Tu cuerpo es muy lindo —decía la señora Massardi en ese momento—. Una amiga que yo tenía hubiera matado por un cuerpo así; claro que los cirujanos plásticos de mi época se parecían más a carniceros en prácticas que a auténticos médicos.

La sonora risa de Aurora se elevó sobre el murmullo de las conversaciones de los rezagados clientes de la hora del *brunch*. Lena también sonrió y fue a la cocina para colocar los platos en el lavavajillas. En cuanto cargó la bandeja del electrodoméstico se incorporó. Entonces descubrió que había alguien más en la cocina y se sobresaltó.

—¡Me ha dado un susto de muerte! —exclamó, llevándose una mano al agitado pecho al descubrir a su jefe apoyado con descuido en la isleta de la cocina.

Él enarcó una ceja y se cruzó de brazos.

—Es lo que los ogros solemos hacer, ¿no? —murmuró.

Lena suspiró. Sabía que había escuchado el comentario de Aurora y que le había molestado.

—Bueno, convendrá conmigo que no siempre es usted un dechado de simpatía y cordialidad.

Él frunció el ceño e inspiró con fuerza. Una especie de sombra le oscureció el rostro y sus ojos le dedicaron una desoladora mirada cargada de impotencia antes de bajar la cabeza.

Confusa, Lena lo observó y se dio cuenta de que le importaba mucho más de lo que parecía. Eso la hizo sentirse aún más culpable pues, aunque un poco tosco en sus modos, él le había tendido una mano cuando su suerte le dio la espalda. Le había dado trabajo sin ninguna referencia ni experiencia y le había proporcionado un lugar maravilloso en el que instalarse. No entendía por qué parecía importarle tanto, pero haberle ofendido la hacía sentirse muy mala persona.

—Lo siento mucho —dijo suavemente—. El otro día, cuando Aurora me acompañó hasta aquí y le vio a través del cristal dijo que era guapo, y cuando me preguntó si era prejuicioso, yo le dije que no, que solo era... un poco ogro. Pero oiga, es que algunas veces tiene usted un carácter... —Lena continuó parloteando sin darse cuenta de que él la miraba con suma atención—. Tenemos casi la misma edad y llevamos meses tratándonos de usted; que si señor Lagar esto, que si señorita Vázquez aquello... —Se percató entonces de lo que estaba diciendo y cerró la boca.

Al momento notó incendiarse sus mejillas y apartó la mirada del rostro de él, donde ahora crepitaba una sonrisa. Aquella era la forma más rápida de perder el control de una conversación que tenía encauzada a su favor.

—Lo que quiere decir es que solo trataba usted de poner en antecedentes a su amiga —intervino él con toda su condescendencia.

Lena arrugó el ceño, pues no supo si estaba siendo irónico o no.

—Eso es —respondió concisa, dispuesta a no seguir metiendo la pata.

—Puede estar tranquila, su amiga no hubiera tenido ninguna oportunidad.

Con el ceño aún fruncido, ella alzó ligeramente el mentón.

—No sé por qué dice eso.

—Pues porque su amiga no me gusta.

Cruzándose de brazos, ella le lanzó una mirada reprobadora.

—Aurora es una mujer guapísima —afirmó tajante, porque estaba convencida de ello.

—No, no lo es —respondió, bajando la cabeza hasta su altura, como constatando una obviedad.

Inspirando con fuerza, ella achicó los ojos.

—No sea intolerante.

—No soy intolerante; de hecho, tolero todo lo que no me molesta. Me limito a ser realista.

—Eso no es realismo, sino prejuicio —respondió obcecada, absurdamente molesta porque a él no le gustara Aurora—. ¿Cómo puede saber si alguien le gusta si no le conoce?

—Porque lo sé, y punto.

Con los rostros casi pegados, los ojos de él vagaron por su cara. Su aliento le hizo cosquillas en las mejillas y el tiempo se detuvo de repente. Lena se fijó en su boca y, por un momento, la mirada de él descendió hasta la suya. En un acto reflejo ella se humedeció los labios con la punta de la lengua. Las pupilas de él se dilataron y su mirada se oscureció. Lena retrocedió hasta tropezarse con uno de los carritos de la vajilla. Los cacharros tintinearon y aquella señal pareció devolverla a la realidad. Alterada por su cercanía, no sabía en qué momento había perdido la perspectiva de la conversación, ni de la realidad.

Con un extraño hormigueo en el estómago, Lena atravesó la cocina evitando su mirada. Sin embargo, en cuanto salió al bar, otro golpe de realidad la dejó estupefacta. Aurora se había levantado la camiseta y le mostraba el sujetador a la señora Massardi, que, ni corta ni perezosa, sopesaba sus dos pechos entre las manos.

—Están perfectos —decía la anciana—, nadie podría decir que son operadas.

—¡Aurora! —exclamó Lena, abochornada.

Con el rabillo del ojo vio que su jefe también salía de la cocina y actuó con rapidez. Apoyó las manos en su pecho y lo empujó con todas sus fuerzas de nuevo hacia dentro para que no descubriera la ridícula escena, pues estaba segura de que le echaría la culpa.

—¡¿Qué demonios está haciendo?! —gruñó él sorprendido, regresando a la puerta.

Afortunadamente, Aurora ya se había bajado la camiseta.

—Bueno, es que... estaba... no podía... —Lena se esforzó en buscar una explicación convincente para su extraño comportamiento.

—La señorita Aurora estaba mostrándome los pechos, querido —intervino la señora Massardi, con todo su candor de ancianita.

Lena puso cara de sufrimiento sin atreverse a mirarlo a la cara. Lo escuchó gruñir y moverse inquieto a su lado.

—No me gusta nada —le murmuró él al oído, antes de dirigirse hacia las mesas.

Con aquella frase daba por zanjada su discusión anterior, y Lena odió que la situación le proporcionara argumentos que le dieran la razón. Resoplando, agradeció en silencio que en el bar apenas quedaran clientes, antes de volverse hacia Aurora con una mirada reprobadora.

—Ya te vale —gruñó.

14

Un señor de traje

Aurora se marchó a trabajar poco después y la cafetería volvió a la plácida rutina. Había algunos clientes más de lo normal a aquellas horas, y Lena lo achacó a que hacía un día soleado casi impropio del invierno, que invitaba a permanecer fuera de casa. La señora Massardi pidió otro té. La charla con Aurora le había hecho bien, pues estaba de mejor humor y más parlanchina que de costumbre.

—Es difícil encontrar el amor cuando eres diferente a los demás —murmuró, y dio un sorbito a su bebida caliente.

Lena la observó con ternura y sonrió. Sabía que se refería a lo que Aurora le había contado acerca de su enamoramiento por el músico.

—¿Sabés qué? —continuó la señora Massardi—. Muchos pensarían que mi gran amor fue Picasso, por ser un gran pintor y todo eso... Pero no lo fue. Me divertí con él, eso sí —aclaró, riendo.

Lena también sonrió. No le importaba si aquello que le contaba era producto de la realidad o la fantasía. La anciana le inspiraba ternura y una reconfortante calidez hogareña; desde el suave tacto de sus retorcidos dedos cubiertos de bisutería, hasta su familiar olor a lavanda. Y sus historias se habían vuelto tan familiares y tranquilizadoras como volver a casa.

—Yo tenía veinticinco años y representábamos *La vida es sueño* en el Colón —prosiguió, con el tono suave y pausado de aquellos a los que hace bien recordar—. Él era algo más joven y acababan de contratarlo como utilero en el teatro. Por aquel entonces yo era una estrella mundial y los hombres más poderosos del mundo trataban de comprar mi cuerpo con regalos. Me invitaban a las fiestas más exclusivas y depravadas. Sin embargo, solo hay algo que no conseguiré olvidar mientras viva: la primera vez que le vi. Yo regresaba a mi camerino con mi sencillo vestido de Rosaura cuando él pasó frente a mí con un montón de cuerdas en la mano. Sus ojos azules se me insertaron en el alma. Me quedé paralizada, como si alguien me hubiera golpeado con un mazo. Él se sonrojó y apartó la mirada un instante antes de volver a fijarla en mí con una intensidad casi dolorosa. Se llamaba Federico, y no era el hombre más guapo que había visto, pero tenía algo que me volvió loca.

Absorta en el relato, Lena no se percató de que a su lado alguien más escuchaba la historia con atención.

—Durante los días siguientes lo averigüé todo sobre él. Vivía con su mamá y su trabajo era el único sustento de la familia. —La mirada de la anciana se perdió en un punto fijo del pasado—. Temía que le despidieran y por eso se resistía a todas las señales que yo le lanzaba. No sé si fue el hecho de conocerlo más, o las barreras que él me ponía para conseguirlo, pero llegué a desearlo de forma salvaje. Hasta que comprendí que le amaba con la pasión más intensa que sentí en la vida.

—¿Y qué pasó?

La voz de su jefe la sobresaltó, pues no se había dado cuenta de que se había acercado. Pero, motivada por la misma curiosidad que él, no apartó los ojos de la anciana.

—Una noche me besó entre bastidores y comprendí que aquel momento era toda mi vida —respondió—. Nos abrazamos como locos, arrancándonos la ropa, hasta caer en la cama que servía de atrezo en *La Traviata*. Allí, en el lecho en que la moribunda Violetta se despide de su Alfredo, averigüé lo que significaba hacer el amor. Mi cuerpo estalló de placer y la dicha me colmó el alma, convirtiéndome en la diosa más poderosa del universo.

La señora Massardi pareció regresar del lejano mundo de sus recuerdos y observó por primera vez a su reducido público, que esperaba con ansia el desenlace de la historia.

—Aquella fue la primera y última vez que estuvimos juntos —murmuró con una desganada sonrisa—. Mi representante se enteró y firmó una gira europea que me mantuvo fuera del país durante meses. Por aquel entonces, al igual que ahora, se inventaban romances entre los protagonistas del cartel para promocionar la obra. Se dijo que Luis Sandrini y yo manteníamos un idilio, aunque por entonces él estaba casado. No obstante, eso parecía no importar demasiado. A mi regreso lo busqué, pero nunca lo encontré. Su mamá había muerto y a él se lo comió el mundo. Sin embargo, me dejó el recuerdo más bonito de toda mi vida. Fue mi gran amor.

Con el corazón en la garganta, Lena tragó con fuerza para ahuyentar las lágrimas, que ya escocían sus ojos. Pestañeando deprisa, lanzó una rápida mirada de soslayo a su jefe, que parecía igual de contrariado que ella. Con la mandíbula apretada, observaba con dureza a su amiga.

—¿Por qué nunca nos contaste esta historia? —preguntó él con voz ligeramente ronca—. Pudimos haberlo buscado.

La señora Massardi le sonrió con afecto.

—¿Para qué, para que viera en lo que me había convertido? No —se respondió a sí misma, con un aura de tristeza desoladora—. Preferí que me recordara tal como me tuvo: joven, y completamente enamorada.

Una cálida lágrima descendió por la mejilla de Lena. Sorbió

por la nariz y bajó la cabeza para que no la vieran llorar. Su jefe se removió inquieto.

—Conozco el remedio ideal en estos casos —carraspeó, estirándose para agarrar una botella de la estantería. Dispuso tres pequeños vasos y los llenó hasta arriba de licor amarillo—. Por los buenos recuerdos —dijo al fin, levantando su chupito.

Ambas le acompañaron en el brindis y apuraron el ardiente brebaje. Lena tosió para aliviar la quemazón en la garganta y los ojos se le llenaron de lágrimas, aunque no de tristeza. Su jefe se volvió hacia ella y le dio unas palmaditas en la espalda.

—¿Mejor? —preguntó con una reconfortante sonrisa.

—Sí. —Tosió—. Gracias.

Goldstein y Bukowski entraron en aquel momento discutiendo, como hacían casi siempre, y los clientes de una de las mesas requirieron la atención de la camarera. Su jefe tomó los vasos del brindis y los dejó en el fregadero.

—Voy yo —indicó.

Sin embargo, algo ocurrió entonces que le dejó petrificado. Lena lo vio fijar la vista en algo, o alguien, que pasaba por la calle. El avisador de la puerta sonó y un hombre vestido con un impecable traje entró en la cafetería. La cara de su jefe se endureció como el granito.

—¡Andate de acá, hijo de puta! —exclamó; la tensión en su cuerpo era más que evidente.

Salió de detrás de la barra y se plantó frente al hombre del traje, que, debido a la diferencia de altura, debió levantar la cara para mirarlo a los ojos.

—Alejandro, es necesario que hablemos.

—¡Fuera! —gritó, señalando la puerta por la que el otro acababa de entrar.

—Tenemos que hablar, Alejandro... Es necesario que te explique.

—¿Qué querés explicarme, pelotudo hijo de puta? —rugió—. ¿Cómo engañáis a las personas de buena fe, o cómo os aprovecháis de la desesperación ajena para ganar plata? Tomátela.

Lo agarró del brazo y lo arrastró casi en volandas hasta la puerta. El otro retrocedió de puntillas, nervioso y titubeante, ante aquella explosión de furia.

Lena contemplaba la escena, paralizada por la sorpresa. Volvió la mirada hacia la señora Massardi, que se había sumido en uno de sus reflexivos silencios, y sus ojos buscaron a Goldstein y Bukowski, que habían entrado justo antes del hombre del traje y tampoco parecían nada alterados. Atónita, volvió a fijarse en la violenta escena que se desarrollaba en mitad de la cafetería, sin saber qué hacer. Su jefe no era una persona simpática, pero jamás se había mostrado agresivo; de hecho, Lena estaba segura de que no lo era. Por ese motivo no entendía aquella reacción. ¿Quién era aquel individuo, y a quién había mentido para granjearse tanta hostilidad? ¿Habría sido su jefe el engañado? ¿Tendría algo que ver todo aquello con la bendita carta documento?

Las preguntas se acumulaban en la mente de Lena mientras salía de detrás de la barra como una autómata, al ver que los clientes de una mesa se levantaban asustados.

—Dejame explicarte —seguía balbuceando el hombre del traje, agitado y rojo como un tomate.

Abriendo la puerta con la mano libre, su jefe lo empujó a la calle.

—Andate de acá, sorete —bramó—. Porque soy capaz de llevarte a patadas en el culo hasta tu maldito banco.

«Banco.» Esa palabra atrajo la atención de Lena, pero apenas tuvo tiempo para reaccionar porque los clientes enfilaban ya el camino hacia la puerta.

—Por favor, disculpen las molestias —se apresuró a decirles—. Si vuelven a su mesa, la casa les invita a una porción de tarta y café.

Los pobres muchachos pasaron lo más lejos posible de su jefe, que los fulminó con una de sus lacerantes miradas mientras sujetaba la puerta para que salieran.

—De eso nada, acá se paga lo que se consume —gruñó, dando un portazo cuando ya estaban fuera.

Al parecer, el horno no estaba para bollos. No obstante, Lena se sorprendió a sí misma abriendo la boca para hablar.

—Pero... —murmuró— ¿por qué ha hecho algo así? ¿Quién era ese hombre?

Lo vio cruzar la cafetería tan furioso como un enorme felino enjaulado. Sin embargo, ella se mantuvo en su sitio, dispuesta a no dejarse amedrentar por su mal genio. Pasó frente a ella, lanzándole una reprobadora y desafiante mirada. Los ojos de ella buscaron de forma interrogativa a Goldstein y Bukowski. Su jefe captó aquel movimiento y se volvió hacia los dos ancianos.

—Ni se les ocurra decir nada —advirtió, señalándolos con el dedo—, o los echaré tan rápido como a ese bastardo.

Asintiendo con la cabeza, ambos levantaron las manos en señal de rendición. Satisfecho, su jefe desapareció tras la puerta que conducía a la escalera de su apartamento.

Ya no quedaba ningún cliente en el bar, salvo los tres ancianos. Lena puso los brazos en jarra y miró fijamente a Goldstein y Bukowski. La amenaza que él les había lanzado antes de marcharse desvelaba que ellos conocían el motivo por el que acababa de echar al hombre del traje.

—¿Quieren su cerveza y su tostada? —preguntó con la mejor de sus sonrisas, acercándose a limpiarles la mesa.

Los dos asintieron.

—Sí, queremos nuestro almuerzo, pero le tenemos más afecto a la vida —respondió Bukowski, con su habitual agudeza mental y sus inteligentes ojillos brillando tras los gruesos cristales de sus gafas.

—¿Y si les prometo que no diré ni haré nada al respecto? —murmuró ella en tono seductor, dibujando un mohín de inocencia.

Obstinado, él negó con la cabeza.

—Ya le has oído: no podemos contarte nada. De todas formas, es asunto de Alex, por lo que deberías preguntarle a él.

Lena los observó con calma. De modo que había algo que contar. La enternecía la lealtad de aquellos ancianos, aunque esta fuera motivada por una amenaza en absoluto velada. Sin embargo, aquello no hacía más que espolear su curiosidad por los ocultos asuntos de Alejandro Lagar: un hombre tosco que no había dejado de ser displicente con todo el mundo, capaz de lo mejor y lo peor. Alguien que tal vez estaba necesitando ayuda, aunque sería muy capaz de cortarse un brazo antes de admitirlo.

—Cuando la madre de Alejandro enfermó, su padre hipotecó todo esto para conseguir la plata para el tratamiento. —Las palabras de la señora Massardi la hicieron volver la mirada hacia ella—. Evidentemente, él no pensó en si podría devolver el dinero alguna vez; ni siquiera se quedó para intentarlo. —Lena regresó a la barra y la anciana levantó los ojos de su té para mirarla—. El muchacho está desde hace años peleando por pagar la enorme deuda que heredó, pero ahora está a punto de perderlo todo.

Lena contempló la desoladora mirada de la dama y algo muy intenso le aguijoneó el corazón. Asimiló poco a poco la información, y sus vivencias en aquel bar fueron tomando de repente un significado más intenso: la negativa de Alejandro a cerrar el local para restaurar los frescos y el fileteado; sus disculpas por no poder pagarle un mejor sueldo; el recuerdo de cómo los amigos les habían ayudado económicamente; su mal humor cuando ella había aceptado la carta documento: posiblemente una demanda de embargo. Todo fue adquiriendo de repente un sentido conmovedor y profundamente triste para Lena.

—El turismo ha hecho que las propiedades en esta zona se revaloricen más de un doscientos por ciento —intervino Bukowski, a quien, al parecer, habían dejado de importar las amenazas—. Las inmobiliarias aguardan como hienas hambrientas a que el bar y el conventillo salgan a subasta.

—¡¿Qué?! —resopló Lena—. ¿También el conventillo?

Los tres ancianos asintieron, con los rostros más apenados que ella había visto jamás.

15

Un mate a medianoche

—¡Maldita sea! —murmuró Lena, cuando las pequeñas partículas de yerba mate se esparcieron por la barra.

Llevaba un buen rato tratando de recordar los pasos que Aurora le había enseñado para preparar la infusión. Pero cuando llegó a la parte en la que debía voltear la calabaza con la yerba contra su mano, las partículas terminaron derramándose sobre la barra. Dejó el recipiente a un lado y trató de volver a juntarlas mientras recordaba en qué momento le había parecido una buena idea prepararse un mate a medianoche.

Había estado dando vueltas en la cama tratando de dormir. Todo lo vivido durante el día la había desvelado, y su charla con los ancianos había conseguido trastocarla. Permaneció horas mirando el vitral y los cuadros de Carmen, como si ellos fueran a ofrecerle una solución. Desgraciadamente, el drama de los desahucios llevaba mucho tiempo siendo actualidad en España, y Lena sabía que la única salida para evitarlo era el dinero. Si su jefe conseguía liquidar la deuda antes de terminar el juicio, el embargo se levantaría y él sería libre. Sin embargo, antes necesitaba saber cuál era la cantidad a la que ascendía la hipoteca, y para ello tendría que hablar con Alejandro.

«Alejandro», meditó, contenta de poder llamarlo así, aunque solo fuera en su pensamiento. Curiosamente, su jefe ya no era más su jefe; ahora era un hombre lleno de problemas, que brindaba un hogar y su amistad a una anciana sola, y que la había acogido a ella porque necesitaba ayuda, sin importarle quién era ni de dónde venía. Una persona que había aparcado sus sueños en una maqueta cuando sus padres le necesitaron. Y por todo eso, y aunque solo fuera en su esquema mental, su jefe ya no era más su jefe, sino Alejandro. Su amigo.

—¿Qué está haciendo?

La profunda voz la devolvió abruptamente al presente. Dio un respingo y la yerba volvió a escapársele de las manos.

—¡Maldita sea! —refunfuñó ella, cuando vio todas las partículas verdes esparcidas por el suelo—. ¿Podría alguna vez hacer una entrada normal? —resopló, volviendo los ojos al hombre que la había asustado.

Alejandro se encontraba en el umbral de la puerta que conducía a la escalera de su apartamento. Lena lo miró de arriba abajo: llevaba sus vaqueros desgastados y una camiseta blanca, aunque su cabello estaba más revuelto de lo normal e iba descalzo. Además, de su mano derecha colgaba lo que parecía un bate de béisbol.

—¿Es que iba a batear un rato a estas horas? —preguntó con cierta ironía cuando lo vio acercarse a ella.

—Solo la cabeza de algunos ladrones —respondió con una mueca antes de dejar el bate apoyado contra la pared—. ¿Se puede saber qué está haciendo acá, y por qué está armando todo este quilombo?

Aquello confirmaba que le había despertado y que él, creyendo que alguien había entrado en el bar, se había vestido rápido y bajado a plantar cara a los posibles ladrones.

—Trato de prepararme un mate siguiendo las instrucciones, pero lo derramo todo —resopló, mirando hacia abajo y sacudiéndose las partículas que se le habían adherido a la camiseta del pijama.

Se dio cuenta entonces de que no esperaba compañía durante su visita nocturna al bar y que iba en ropa de dormir. Agradeció haber comprado un pijama masculino y holgado que, salvo una pequeña porción triangular sobre el pecho, no dejaba ninguna otra parte de su cuerpo a la vista.

—Deme, experta matera —bromeó él con una sonrisa, mientras se colocaba a su lado y le sacaba la calabaza de las manos—. ¿Quién le habrá enseñado a cebar mate?

Lena contempló su brazo pasar frente a ella hasta casi rozarle el pecho y por un segundo aguantó la respiración. Alterada por la mera idea, dio un paso atrás y estuvo a punto de chocar contra su torso. Así que decidió quedarse quieta. Ladeó la cabeza y sus ojos recorrieron el fuerte bíceps que la camiseta dejaba entrever, así como la forma en que sus anchos hombros rellenaban la tela de algodón. Parpadeó varias veces, tratando de aclararse la mente y mantener a raya aquellas fantasías inadecuadas. Ya sabía que era un hombre atractivo; su sonrisa la había cautivado hacía mucho tiempo, y últimamente se había sorprendido a sí misma recorriéndolo con la mirada mientras iba de un lado a otro en la cafetería; fijándose en lo bien que le sentaban los vaqueros viejos, lo largas que eran sus piernas y su bonito trasero cuando se inclinaba para limpiar las mesas. Sus pensamientos fueron ascendiendo de grado al mismo tiempo que el rubor a sus mejillas.

Azorada, trató de poner espacio entre los dos. Se dio la vuelta en el pequeño espacio que quedaba entre él y la barra, intentando hacerse a un lado. Pero en su intento de huida volcó la bolsita de yerba y las partículas de mate terminaron esparcidas por el suelo.

—Perdón... es que no... —farfulló, mientras se apartaba de él y salía de la barra.

Con la calabaza todavía en la mano, él levantó los brazos

mientras observaba su errático comportamiento con una ceja alzada y la sorpresa reflejada en el semblante.

—Pero ¿qué hace? —gruñó.

—Es que... —Lena pensó con rapidez—. No puedo moverme en tan poco espacio —terminó por aducir, ante la falta de excusas convincentes.

Él estiró el cuello para observar el pequeño desastre que había provocado en el suelo. Lena se apresuró a tomar la escoba que había detrás de la puerta y se puso a barrer la yerba derramada. Cualquier pretexto le servía en aquel momento para no mirarlo de nuevo.

Alejandro compuso una mueca irónica mientras giraba la calabaza en su mano.

—Para cebar bien el mate hay que inclinarlo para que la yerba se mezcle bien y el polvo se quede pegado en la palma de la mano. Así, ¿ve? —indicó, ejecutando a la perfección la maniobra—. El montón de yerba debe quedar siempre un poco inclinado para dejarle sitio al agua. —Tomó la tetera en que Lena había calentado el agua y vertió un poco en el hueco, sin mojar toda la yerba—. Ahora introducimos la bombilla y rellenamos con agua más caliente. Y ya está.

Él le tendió la calabaza por encima de la barra y Lena dejó de lado la escoba para acercarse y sentarse en una butaca. Tomó el pequeño recipiente y sorbió por la bombilla metálica. La infusión estaba caliente y amarga, lo que la llevó a arrugar el ceño.

—Está muy amargo.

—¿De ahí la cara de limón? —bromeó él mientras fijaba la mirada en su rostro.

La chispa de una sonrisa le iluminó los ojos, y Lena supo que le estaba tomando el pelo, lo que le provocó un placentero espasmo en el pecho. Asintiendo, sonrió abiertamente antes de dejar el mate sobre la barra.

—Mi madre lo tomaba con una cucharadita de azúcar y le ponía un poco de ralladura de naranja. ¿Quiere probar?

Aquel recuerdo hizo que Lena centrase toda su atención en él y en la complicada situación en que se hallaba.

—Claro —respondió, deseosa de que hablara de sus padres, de la hipoteca y de las circunstancias actuales de sus problemas.

Alejandro se puso a ello enseguida. Le echó una cucharadita de azúcar a la infusión. Acto seguido abrió el exprimidor eléctrico y sacó una naranja. La lavó en el fregadero y desapareció unos segundos en la cocina para regresar con el rallador. Lena observó su rostro de concentración mientras le preparaba el mate. Añadió un poco más de agua caliente y le tendió de nuevo la calabaza.

—Pruebe ahora.

Lena sorbió y el nuevo sabor casi le hizo cerrar los ojos. Era fuerte y reconfortante a la vez, pero la amargura había desaparecido, dando lugar a una vivificante mezcla para el paladar.

—Muchísimo mejor —reconoció, mirándolo con una sonrisa.

Asintiendo, Alejandro correspondió a su sonrisa y agarró la calabaza de sus manos para probar el mate. Aquel gesto de cercanía hizo sentir a Lena un gran placer. Sin embargo, su conversación de la tarde con los ancianos seguía ocupando sus pensamientos, y la forma de encararla con Alejandro aún lo hacía mucho más.

—Su madre era una mujer muy sabia —dijo, intentando iniciar una conversación sobre sus padres.

Alejandro dio otro sorbo al mate y asintió.

—Lo era.

Arrugando el ceño, ella le miró por encima de la calabaza cuando volvió a pasársela.

—¿Y su padre? —se atrevió a preguntar antes de sorber mate.

Alejandro se la quedó mirando.

—No. Él no era sabio.

Lena trató de desentrañar lo que significaba aquella respuesta y, sobre todo, comprender la tristeza que envolvía.

—Lo dice por lo del préstamo, ¿no? —soltó, espoleada por su curiosidad y por las ganas de hablar de aquello que sabía que le preocupaba. Después de todas las peleas que habían tenido, sabía que la mejor forma de encarar algo con él era así: a bocajarro y sin red.

Alejandro inspiró con fuerza y le clavó la mirada mientras su mandíbula se contraía de forma visible.

—Esos viejos entrometidos —gruñó, en referencia a Goldstein y Bukowski.

—No fueron ellos —se apresuró a aclarar Lena.

Él se la quedó mirando hasta que pareció comprender.

—Hilda —dedujo en voz alta—. Esa mujer tiene una sospechosa claridad mental, que parece ir y venir a su conveniencia, ¿no le parece? —concluyó, con una irónica mueca de resignación.

Lena no respondió; se limitó a ladear la cabeza y observar cómo él se movía incómodo mientras se pasaba un dedo por la ceja. Entonces levantó los ojos hacia ella y suspiró; una larga y entrecortada exhalación que atestiguaba todo su cansancio.

—Mi padre era un tonto enamorado —dijo al fin—. El amor por mi madre le obnubiló la mente, incapacitándolo para tomar cualquier decisión con un mínimo de coherencia y raciocinio.

—¿Acaso no es así como se debe amar? —preguntó Lena, cuando él volvió a sumirse en otro de sus silencios—. ¿Piensa eso por lo de la hipoteca?

Alejandro negó con la cabeza.

—No. En ese caso yo hubiera hecho lo mismo. Los médicos de acá ya habían desahuciado a mi madre y en aquel momento nos aferrábamos a cualquier esperanza. Por eso, cuando supimos del tratamiento en Houston no lo pensamos dos veces. El viaje hasta allá era carísimo y la clínica y los remedios, exorbitantes. Mi viejo fue al banco para conseguir plata, convencido de que firmaría lo que fuera para obtenerla. Y así lo hizo —suspiró—. El hijo de puta al que eché hoy de acá le conocía; se crio en el barrio, y mi padre le preparó la merienda durante años sin cobrarle jamás un peso, porque su mamá se partía el lomo para sacar adelante sola a cuatro hijos. Pero ¿cree que eso le importó cuando sus jefes lo animaron a colocarle a mi viejo un préstamo con unos intereses de usura? Pues no —se respondió con una mueca de asco—. El valor de esta propiedad crecía como la espuma y, como los animales carroñeros cuando huelen la sangre, se limitaron a enchufarle la hipoteca y esperar.

Lena lo contempló tragar saliva. En un acto reflejo, se inclinó hacia delante, deseosa de ofrecerle consuelo. Sin embargo, no pudo evitar formularle la pregunta que llevaba muchas horas rondándole la cabeza.

—¿A cuánto asciende la deuda?

Alejandro la miró y frunció el ceño.

—Quince millones de pesos —murmuró rendido—. Le ahorraré el cálculo mental: son novecientos mil euros.

A Lena casi se le atraganta el mate.

—A mi viejo le dieron en mano menos de un tercio —continuó él—; los intereses usureros y los de demora hicieron el resto.

Los dos se contemplaron en silencio unos segundos.

—Es mucho dinero —dijo ella—. Pero creo que cualquiera hubiera hecho lo mismo por la persona amada.

Una incrédula sonrisa curvó los labios de Alejandro.

—¿De verdad es siempre tan naíf?

Lena arrugó el ceño.

—Los cínicos suelen confundir el sentido común con ingenuidad —murmuró, elevando el mentón con orgullo, más que dispuesta a defender su opinión—. Yo haría cualquier cosa por la persona a la que amo; iría donde fuera, rogaría, firmaría hasta un pacto con el mismísimo diablo, si con eso consiguiera salvarla.

Los ojos de él centellearon con un inusual brillo verdoso.

—Eso me suena a la épica de los finales felices, y todas esas boludeces.

—Dios mío, la pregunta bulle en mis labios —resopló Lena, mirando al techo—, pero me da auténtico pavor formulársela. Trato de contenerme, pero supongo que, en esta ocasión, la imprudencia ganará a la sensatez. ¿Qué es, entonces, lo que usted entiende por amor?

—Solo una persona que cree en los sueños, en los dibujitos en la espuma del café, y que seguramente ha visto muchas películas de esas de «beso y fundido a negro», podría preguntar algo así.

Lena lo dejó hablar intentando molestarla con su insolencia habitual. No sabía en qué momento se habían ido tanto del tema, cuando ella solo quería averiguar el alcance real de su situación económica. Sin embargo, allí estaba: en pijama, compartiendo un mate a medianoche, hablando del amor con su jefe; y lo que era aún peor, interesada en una respuesta que ni siquiera sabía que deseaba.

—¿Qué pienso sobre el amor? —continuó él—. Que no creo que sea ciego, como muchos dicen, sino que hay que mirar bien para ver quién te acompaña. Debe ser como un momento de claridad que te permite distinguir cada pequeño detalle en las sombras, hasta encontrar a esa persona que sabes que, a su lado, la vida te va a durar un suspiro. —Su mirada se fijó en ella de una forma muy intensa, antes de bajar la cabeza—. Sin embargo, justo ahí se terminan todas esas novelas y películas románticas que estoy seguro de que le encantan, y que no hacen más que alimentar la falsa idea de que, después del «fundido a negro», todo acaba. Nada nos cuentan del trabajo que cuesta el amor, al que hay que cuidar como a un hijo, con sus diferentes edades. —Hizo una pausa y volvió a mirarla—. Mi padre cargaba con mi madre en brazos hasta el baño y la ayudaba en todo cuanto necesitaba, siempre con su mejor humor, como si aquello fuera lo más normal del mundo. Al final, cuando ya no podía dormir con ella por el peligro de que se le rompiera algún hueso por la noche, colocó un colchón junto a su cama y se adormecía arrodillado a su lado cada noche. No podía dormir si ella no le tomaba de la mano. Decía que porque era su compañera en los sueños, la heroína de sus pesadillas.

Aquel recuerdo le hizo reír; una sonrisa pausada y ronca que, lejos de alegría, estaba cargada de nostalgia.

La respiración de Lena se fue agitando a medida que su discurso avanzaba. Jamás hubiera pensado que un cínico como él pudiera tener una visión tan clara e infinitamente romántica de lo que era el verdadero amor. Estaba claro que sus padres se habían amado así y, aunque él no pareciera muy de acuerdo, también esperaba lo mismo. Lena sintió una pizca de envidia porque él sí lo había conocido. Mientras que ella ni tan siquiera había estado cerca de verlo, mucho menos de sentirlo. Lo suyo con Alberto no había sido ni genuina amistad, y la charla con su madre antes de marcharse de Madrid le había dejado claro que sus padres tampoco se habían amado nunca. Ellos solo habían sido una pareja basada en el engaño, unidos por el interés económico.

—Pero si piensa así —dijo, dispuesta a comprenderle mejor—, ¿por qué dice que su padre era un tonto enamorado, cuando hizo todo lo que pudo por salvar a su madre?

Alejandro la contempló unos segundos con aquella intensidad que le cortaba la respiración.

—Por no hacer lo que debía cuando no consiguió salvarla.

Lena arrugó el ceño sin entender muy bien.

Él exhaló un largo y entrecortado suspiro.

—Encontré a mi padre muerto tan solo dos días después de enterrar a mi madre —murmuró—. El muy idiota se abrió las venas en el baño, y se acostó a morir en la bañera. Golpeé la puerta cuando supe que algo andaba mal, hasta que tuve que derribarla para comprobar lo que me temía. Cuando llegaron los del servicio médico solo pudieron confirmar su muerte —suspiró, con una resignación que a Lena le partió el alma—. Un espectáculo dantesco, un completo caos; digno del mejor dadaísta, puede creerme.

Lena no percibió la ironía, pues apenas notaba ya nada. El padre de Alejandro se había suicidado, y él lo había encontrado. La grotesca imagen se le formó en la mente y le cortó la respiración. Recordó lo que había sentido cuando había visto a su propio padre muerto en su cama, y una inmensa tristeza la embargó. Además, aquello ni siquiera era comparable, pues su padre no se había quitado la vida. «¡Dios mío, y yo hablándole sobre el verdadero amor, y creyendo que no sabía nada sobre él!», pensó mortificada.

Contemplando los surcos que el abatimiento dibujaba en su frente, Lena se levantó muy despacio de la butaca. Los ojos de él la siguieron mientras rodeaba la barra para colocarse a su lado. Levantó la cara para mirarlo a los ojos, ya que la diferencia de estatura era muy evidente cuando estaban cerca.

—Lo siento mucho —musitó, pues no encontraba mejores palabras para expresar lo horriblemente mal que se sentía.

Alejandro apartó la mirada brevemente antes de volver a fijarla en ella.

—Bueno, gracias. Es eso lo que se dice, ¿no?

Lena asintió.

—¿Puedo darle un abrazo?

—¿Qué? —gruñó—. ¿Eso también se dice?

Ella casi sonrió por el malentendido y, sin embargo, se moría por confortarlo.

—No —aclaró—, lo que quiero decir es que a mí me gustaría abrazarlo. ¿Puedo? Ahora no lleva cuchillos —añadió, tratando de restar tirantez al momento, en referencia a aquel extraño episodio vivido por los dos en la cocina cuando creyó que iba a despedirla.

Él inspiró profundamente y frunció el ceño. Tragando con fuerza, se revolvió incómodo. Lena alzó las cejas, sorprendida, al darse cuenta de que le estaba haciendo pasar un momento embarazoso. Aquella manía suya de ir abrazándolo todo... Se recriminó mentalmente, mientras no entendía que, aunque a ella le hiciera falta de vez en cuando aquella cercanía humana, a algunas personas les incomodara; y, al parecer, su jefe era una de esas personas. Supuso que cualquiera necesitaría de una palmadita en el hombro en un momento así, pero él no era alguien normal. «Maldita sea, ya tendría que saberlo.» Aquel pensamiento le espoleó la conciencia. Parpadeó varias veces y dio un paso atrás.

—Lo lamento, yo solo quería... solo pretendía reconfortarlo —musitó, un tanto apurada—. No tiene por qué abrazarme si no quiere.

Él la miró con sorpresa. Clavó los ojos en su cara mientras su pecho se henchía con una larga y profunda inspiración.

—Ay, por el amor de Dios, venga acá —gruñó, tomándola por la cintura y estrechándola entre sus brazos.

Un pequeño jadeo escapó de la garganta de Lena cuando se sintió alzada. Las grandes manos de él la asieron por la cintura hasta casi rodearla por completo y tiró de ella. Sus cuerpos chocaron en un contacto tan íntimo que un montón de chispas cosquillearon en el estómago de Lena. Sus pechos quedaron aplastados contra los firmes músculos de aquel tórax que parecía de acero.

Tras unos segundos de confusión en los que trató de ubicarse, recordando que aquel era un abrazo de consuelo, casi de pésame, Lena subió las manos poco a poco hasta sujetarse a los anchos hombros. Él era tan alto que tuvo que ponerse de puntillas para encajar entre sus brazos. Un agradable olor a suavizante para la ropa y mate mezclado con su esencia masculina le impregnó la nariz. Ladeó un poco la cabeza para percibir mejor aquella fragancia embriagadora, y a punto estuvo de cerrar los ojos. Él también inclinó la cabeza en ese momento. Su cálida respiración le hizo cosquillas en la oreja y sus labios estuvieron muy cerca de rozarle el cuello.

Lena percibió el instante exacto en que el abrazo cambió. Las manos de él se abrieron, como si deseara abarcarla mejor, ascendiendo en una exploración tan placentera de su espalda que casi la hizo gemir. Sus dedos acariciaron con disimulo sus fornidos hombros, disfrutando del calor que su piel emanaba a través de la camiseta. Notó que la respiración de él se había vuelto más rápida y entrecortada, justo antes de volver los ojos y quedar fascinada por lo rápido que iba su pulso en aquel punto del cuello. Lena se mordió el labio, tratando de reprimir las ganas de besar aquella palpitación.

Él volvió la cabeza con un lento movimiento y sus mejillas quedaron pegadas durante un instante tan breve como intenso. Lena aguantó la respiración cuando, por un momento, creyó que él buscaba su boca. Un ligero mareo la asaltó al imaginarse siendo besada por él, y entonces cerró los ojos, mecida por aquella embriagadora sensación. Lo deseaba, todo su cuerpo la atraía con un magnetismo del que no podía escapar, del que no quería escapar. Echó la cabeza atrás para mirarlo a los ojos y lo que descubrió allí todavía la excitó más. Sus pupilas se habían oscurecido como la noche. Respiraba de forma entrecortada, como si hubiera estado haciendo ejercicio. Lena sintió cómo su mirada le recorría la cara hasta fijarse en sus labios, y su corazón palpitó contra su pecho. Ella también se fijó en su boca carnosa y se aferró a sus hombros, tratando de guardar el equilibrio ante la sensación de vértigo que la asaltó. Él solo tenía que bajar la cabeza unos centímetros y la besaría.

Y ella pensaba devolverle el beso con toda el alma.

Alejandro pestañeó y sacudió la cabeza, como si tratara de librarse de un aturdimiento repentino. La tomó con firmeza de los brazos y la apartó.

—Está bien... gracias —balbuceó—. Ordene todo antes de irse. Buenas noches.

Lena lo observó recular trastabillando hasta tropezar con la barra. Levantó los brazos con torpeza y volcó la bolsita de mate, cuyos restos terminaron de esparcirse por todas partes. Trató de impedirlo y entonces empujó el recipiente que Aurora le había regalado a Lena, que cayó al suelo y rodó con estrépito.

—¡Maldita sea! —gruñó él, tratando en vano de arreglarlo.

Lena se aproximó al pequeño desastre.

—Deje, yo lo haré.

Él se incorporó al momento y se alejó, como si su cercanía le incomodara.

—Bien. Buenas noches —farfulló, antes de recoger su bate y marcharse.

Lena se quedó sola en la penumbra del bar, con el único sonido de su exaltada respiración tratando de recuperar su ritmo habitual. Miró en la dirección por la que Alejandro acababa de marcharse y se preguntó si él también habría sentido aquella intensa energía que les envolvió mientras se abrazaban. Se había escabullido a tanta velocidad que ella ni siquiera había tenido tiempo de disculparse. ¿Tenía que disculparse? En realidad no había pasado nada. Pero estaba claro que su huida se debía a algo; tal vez a que notó lo mismo que ella y no lo deseaba, o que no era el momento para desearlo. Bueno, en eso llevaba razón; le habían ocurrido cosas muy tristes en los últimos años, acontecimientos que no pudo evitar y cuya tristeza le había marcado, transformándole en un cínico huraño.

Mientras barría la yerba mate esparcida, Lena lo imaginó como un muchacho brillante en sus estudios que lo había abandonado todo para cuidar de su madre y ayudar a su padre en el negocio familiar. Supuso el desconsuelo de ver la degradación del cuerpo de su vital madre, el auténtico motor de la familia, y la preocupación por su débil padre. Se imaginó el terrible desenlace de ambos y su soledad. Y además de la desolación de la pérdida, el tormento de ver cómo las deudas se acumulaban empujándolo al inevitable abismo. No solo se iba a quedar sin casa, sino también sin todos los recuerdos que seguramente guardaba entre aquellas paredes.

Lena se agachó a recoger la calabaza del mate para colocarla sobre la barra, y notó las pequeñas hendiduras de la inscripción del borde. Levantó el mate hasta que las letras quedaron frente a sus ojos: «Encuentra el amor y quédate a vivir en él.» De repente, aquellas palabras adquirieron un significado muy distinto para ella. Una inquietante y paralizadora emoción la golpeó con violencia en el pecho. Un tanto aturdida, se sentó en la butaca y se apoyó en la escoba. Exhalando todo el aire de los pulmones, se topó con una certeza tan trascendental como inexorable: había encontrado un sitio, un lugar idóneo en el que podría quedarse.

16

La llamada del cangrejo

A la mañana siguiente, con las primeras luces del amanecer y mucho antes de que las puertas del bar se abrieran, Lena salía a la calle. La recién estrenada primavera todavía no se notaba en la ciudad, y mucho menos a horas tan tempranas. Se ajustó el jersey al cuello y caminó pegada a los soportales, para que se la viera lo menos posible. No llevaba bolso, pues todo cuanto necesitaba eran las monedas que llevaba en el bolsillo, pero igualmente era peligroso caminar tan temprano por las desiertas calles.

Su determinación era clara: encontrar otra cabina telefónica, pues la que había usado para llamar a Aurora ya no funcionaba. Tal vez en los años noventa fuera una tarea sencilla, pero ahora, con los teléfonos móviles, el cometido se hacía arduo y había que caminar mucho hasta dar con un teléfono público. Debía hacer una llamada muy importante y no podía telefonear desde la cafetería. Si lo hacía, el número quedaría registrado en la factura del bar y su jefe terminaría por enterarse de lo que se proponía; y, si había alguien que no debía saberlo nunca, ese era Alejandro Lagar.

Pasó frente a la estatua de Mafalda y torció a la izquierda. Sin embargo, algo la frenó de repente. Volvió la vista y se dio cuenta de que el banco estaba vacío a aquellas horas. Contempló a la niñita, sentada recatadamente con el vestido verde y mirándola con aquella franca sonrisa, y pensó que no habría mejor momento que aquel para pedirle consejo a la pequeña sabia.

—Hola, amiga, fíjate qué pequeño es el mundo —dijo, acariciando la cabeza de Mafalda y sentándose a su lado en el banco—. Me encantaría saber lo que dirías si supieras lo que estoy a punto de hacer.

Se acordó entonces de una de sus viñetas favoritas. Aquella en la que Mafalda está en la playa jugando en la arena con una pala, cuando ve pasar a un cangrejo caminando hacia atrás. Ella lo mira alarmada, justo antes de gritarle al crustáceo que al futuro se va hacia delante. Esbozó una sonrisa al darse cuenta de que, si Mafalda supiera lo que iba a hacer, le diría exactamente lo mismo. Pues, al fin y al cabo, estaba a punto de regresar al pasado.

A pesar de que nunca se había sentido tan libre como en los últimos meses, sabía que la única solución para salvar el bar y el conventillo estaba en su vida pasada. Había tomado la decisión la noche anterior, antes de regresar a su habitación. Pronto había llegado a la conclusión de que ella poseía la clave para resolver el problema de la deuda y el embargo: dinero. ¿Acaso no era la gran heredera de la Panificadora Vázquez?

Los motivos para hacerlo eran varios. Pero el principal era que allí había conocido a personas realmente buenas y había sido feliz por primera vez en mucho tiempo. Además, tras descubrir que Alejandro Lagar era un gran hombre oculto bajo muchas capas de sarcasmo y mal humor, tenía que ayudarle; tratando de no pensar, por supuesto, en por qué no soportaba la idea de que fuera a pasarle algo malo.

La noche anterior había hecho un esquema de todo lo que tenía que recordar antes de hacer aquella llamada, la cual iba a conectarla de nuevo con la vida de la que había escapado. Necesitaba adquirir el conventillo y el bar cuando salieran a subasta, y también asegurarse de que la cantidad que pagara fuera mayor que la deuda de Alejandro; pues, de lo contrario, él seguiría debiendo la diferencia. Sabía que era lo suficientemente orgulloso como para rechazar su ayuda, y por ello tenía que asegurarse de que no se enterara nunca de quién era la nueva propietaria. Asimismo, había diseñado una fórmula para que él pudiera quedarse en su casa y en el bar, de forma que su vida siguiera igual que siempre. No obstante, sabía que no podía hacer todo aquello sola, y por eso mismo necesitaba hacer aquella llamada.

—Bueno, allá vamos —dijo, acariciando la cabeza de Mafalda mientras se levantaba del banco—. Deséame suerte, amiguita.

Echó a andar con la esperanza de encontrar pronto un teléfono, ya que debía regresar al bar antes de la hora de abrir al público. Por suerte, solo tuvo que caminar dos manzanas más hasta divisar la preciada cabina. Rogando que funcionara, introdujo las monedas y marcó el número. En ese momento agradeció haber trabajado con su padre en la oficina, pues durante aquel tiempo había memorizado los números más importantes de su agenda.

Los tonos de llamada se escucharon tenues, sofocados por la distancia; no en vano trataba de comunicarse con su pasado, que quedaba muy, pero que muy lejos. Miró su reloj y se dio cuenta de que en Madrid debía de ser algo más de la una de la madrugada. Pero aquello no la preocupó; sabía que la persona a quien llamaba era de la antigua escuela, al igual que su padre, y se quedaba en su despacho hasta bien entrada la madrugada.

—¿Sí? Diga.

Lena sonrió al escuchar la familiar voz.

—Hola, Vicente, ¿cómo estás?

Un sonoro suspiro llegó a través de la línea.

—¿Lena, eres tú? —dijo el hombre, en un tono de alivio.

Vicente Fernández del Real había sido el abogado de su padre desde siempre y su mentor cuando comenzó a ejercer la abogacía. No solo era un gran jurista especializado en derecho mercantil, sino también un gran amigo de la familia desde mucho antes de que ella naciera.

—Sí, soy yo. ¿Cómo estás?

—Gracias a Dios, hija —murmuró el anciano, emocionado—. ¿Dónde estás? ¿Estás bien? No sabes lo preocupados que estábamos por ti.

Lena sabía que con aquel «estábamos» se refería a su madre. Un desagradable sentimiento de culpa la asaltó. No le gustaba que su madre sufriera por su culpa, pero ella jamás hubiera comprendido el motivo de ese viaje y, por supuesto, jamás le hubiera permitido tomar aquella decisión. Tendría que llamarla pronto, aunque todavía no se encontraba preparada para regresar a su antigua vida.

—Estoy bien, Vicente —aseguró—. Pero necesito tu ayuda.

—Claro, dime —respondió con presteza—, ¿qué puedo hacer por ti?

—En primer lugar, necesito que todo lo que voy a decirte quede bajo estricto secreto entre abogado y cliente.

El hombre tardó unos segundos en responder.

—Tienes mi total discreción.

Lena soltó un largo suspiro antes de comenzar a explicar el plan que salvaría el negocio y la casa de su amigo.

17

Los pastelitos de maría

Su corazón latía mucho más despacio, o al menos eso le parecía a Lena. Su visión de las mesas comenzó a desenfocarse peligrosamente, justo al mismo tiempo que el suelo pareció moverse bajo sus pies. Se sintió mareada y se sujetó a la barra, tratando de respirar de forma acompasada. Estaba empezando a sentirse muy mal.

Por desgracia, Alejandro había tenido que salir a última hora de la mañana para hacer unas gestiones, y todavía no había regresado. La señora Massardi no había bajado aún y, salvo Goldstein y Bukowski, no había ningún conocido en el bar al que pudiera pedir ayuda. Afortunadamente, apenas quedaban unos pocos clientes rezagados de la mañana en dos mesas.

—Señor Bukowski —jadeó, sujetándose a la barra como si se hallara en medio de un temporal en alta mar—, no me encuentro muy bien.

Los dos ancianos se acercaron a toda prisa. La tomaron por los brazos y la ayudaron a sentarse en una silla.

—Estimados clientes —dijo Bukowski al resto de personas—, el bar se va a cerrar por... —Dudó unos segundos—. Por indisposición del personal.

—No estoy indispuesta, solo un poco mareada —se apresuró a aclarar ella.

Goldstein la abanicó con una carta del menú.

—Es lo mismo, niña —dijo, mientras su compañero aguardaba a que los clientes terminaran de salir.

—No debiste dejar que probara los dulces —murmuró Bukowski al volver junto a ellos.

Su amigo le lanzó una dura mirada.

—¿Y quién iba a impedírselo, si se lanzó sobre ellos como un águila sobre su presa?

Lena movió la cabeza de uno a otro hasta que el significado de aquellas palabras cobró forma poco a poco en su mente. Por algún motivo, su cerebro parecía funcionar más lento.

—¿Los pasteles? —preguntó—. ¿Los pastelitos de chocolate?

Un gesto de arrepentimiento se dibujó en sus rostros, como dos niños pequeños pillados en una travesura.

—Había algo más que chocolate en ellos —masculló Bukowski.

Lena trató de recordar lo que había pasado durante las últimas horas. Alejandro había tenido que salir a hacer unos trámites en el juzgado. Sus planes para comprar el conventillo y el bar iban viento en popa. Ahora solo debía esperar a que la maquinaria legal siguiera su curso.

Los ancianos habían llegado solo unos minutos después de que su jefe saliera. Era muy raro verlos a aquellas horas en la cafetería, pues siempre venían a primera hora de la tarde. Sin embargo, llevaban un par de días comportándose de una forma muy extraña. Llegaban a la cafetería en silencio y ambos se sentaban por separado, en las mesas más alejadas.

—¿Qué les pasa? —había preguntado Lena a Alejandro mientras les observaban desde la barra.

—Esta semana juegan el Boca y el River; cada uno es de un equipo y la rivalidad es máxima.

Lena comprendió y asintió, volviendo la cara hacia él.

—Como el Real Madrid y el Barcelona.

—Peor, porque estos están en la misma ciudad —señaló él.

—Ah, bueno, entonces como el Real y el Atlético de Madrid —sonrió ella.

Los ojos de él se demoraron en su rostro durante varios segundos. Lena pestañeó y aguantó la respiración. Desde que había descubierto que le gustaba, cada vez se le hacía más complicado disimularlo. El hecho de que le gustara era fruto de una concatenación de acontecimientos, pero la electricidad que parecía producirse cada vez que se rozaban sin querer o que estaban cerca, como en aquel momento, era algo que ocurría desde aquel abrazo nocturno. Durante el día se sorprendía a sí misma observándolo de reojo en numerosas ocasiones. ¿Cómo no se había percatado de lo guapo que era la primera vez que lo vio? Una noche soñó que la besaba y se despertó con un millón de agitadas mariposas en su estómago. A partir de entonces, cada noche cerraba los ojos deseando tener aquel sueño.

—Como el Real y el Atlético de Madrid —había convenido él tras un ligero carraspeo.

Lena sacudió la cabeza, tratando de librarse de aquellas fantasías inconvenientes.

—¿Y van a estar mucho tiempo así? —preguntó, regresando al tema del enfado de Goldstein y Bukowski.

—El día después del partido fumarán la pipa de la paz y todo volverá a la normalidad.

—¿La pipa de la paz?

Alejandro sonrió y meneó la cabeza.

—Un porro.

—¿En serio? —había preguntado Lena con una gran sonrisa—. Menudo par de granujas.

—¿Cuántos se ha comido? —preguntó Bukowski, devolviendo a Lena al presente, y a la conversación que se desarrollaba frente a ella.

—Solo uno —respondió Goldstein—; no debería afectarle tanto, ni tan rápido.

Los dos ancianos habían entrado aquella mañana juntos; discutiendo, como hacían siempre. Lena comprendió que todo había vuelto a la normalidad entre ellos cuando los vio sentarse en la mesa de siempre. Se acercó a atenderles, contenta de verlos juntos de nuevo. Entonces descubrió que habían traído una bandeja de apetitosos pastelitos de chocolate.

—¡Qué detalle! Les acepto uno por todo lo que me han hecho caminar esta semana de una mesa a otra —dijo Lena antes de tomar uno de aquellos dulces y llevárselo a la boca.

—¡No! —exclamaron los dos ancianos a la vez.

Lena se los quedó mirando con cara de asustada mientras saboreaba el extraño regusto del pastel.

—No sean roñosos —protestó—, que aún les queda una bandeja entera.

Acto seguido les había tomado nota y regresado a la barra. Sin embargo, ni siquiera había sido capaz de cumplimentar su pedido cuando empezó a sentirse mal.

—¿Qué ocurre?

La voz de Alejandro desde la puerta hizo que su cerebro se pusiera alerta. Los ancianos se volvieron al mismo tiempo y él quedó frente a ella. Acababa de entrar al bar y se había topado con su empleada, sentada en una silla, mientras dos de sus clientes le daban aire con las cartas del menú. De repente, a Lena le pareció la situación más cómica de su vida y comenzó a reírse sin parar.

—Lena se ha tomado un pastelito de chocolate —explicó Bukowski con una sonrisa, contagiado por su diversión.

Alejandro arrugó el ceño y se acercó a ellos con expresión recelosa.

—¿Un pastelito?

—Sí, bueno, son unos pastelitos un tanto... especiales —expuso Bukowski, que dudó un instante y miró a Goldstein, buscando su apoyo.

Alejandro paseó sus ojos de uno a otro y luego la observó a ella, que seguía riéndose sin parar de la situación.

—¿Qué demonios tenían esos pastelitos? —gruñó, arrugando el ceño.

Ambos ancianos volvieron a mirarse entre sí como dos chiquillos sorprendidos en una fechoría.

—Marihuana —murmuraron a la vez.

Alejandro los fulminó con la mirada.

—¿La drogaron, par de tarados? —bufó.

—Te dije que era una pésima idea —murmuró Bukowski a su amigo.

—Mi mujer huele el humo de la maría a dos kilómetros de distancia. ¿Qué querías que hiciera? Si se entera de que he vuelto a fumar me mata.

Alejandro se llevó las manos a la cintura, tratando de ser paciente.

—¿Y por eso la cocinás?

—Bueno, en realidad me los hornearon en una pastelería de confianza.

—¿De confianza? Ya me gustaría saber a mí qué pastelería es esa.

Ofendido, Goldstein meneó la cabeza.

—No es nuestra culpa que esté así —resopló—. Nosotros no le ofrecimos probarlos, ella misma se autoinvitó.

—¿Pastelitos? —murmuró Lena, que no podía parar de reír, observando la cara de los tres hombres desde su silla—. ¿Qué tenían?

Alejandro miró al techo y resopló de impaciencia.

—Algo más que azúcar.

La mente de ella iba muy lenta para reconocer el sarcasmo, aunque sí comprendió lo que estaba pasando. La habían drogado; o, mejor dicho, ella misma se había intoxicado al probar el pastel. Pero ¿cómo iba a sospechar que sus mejores clientes eran los reyes del cannabis? «Si solo son dos ancianitos con una bandeja de pastelillos, por el amor de Dios», pensó aturdida, aunque sin poder evitar que la idea le hiciera mucha gracia.

—Fuera de acá —dijo Alejandro con cara de pocos amigos.

—¿Necesitás que te ayudemos en algo? —se ofreció Bukowski.

Lena seguía riendo.

—No, muchas gracias, ya hicieron suficiente por hoy —respondió irónico Alejandro, y les acompañó a la puerta.

Sin embargo, Goldstein regresó a la mesa para recoger la bandeja de pastelillos, que había quedado olvidada sobre la mesa.

—Deberían tener cuidado con eso —les recomendó Alejandro antes de cerrar la puerta.

Lena se puso de pie y, con los brazos en cruz para conservar el equilibrio, intentó caminar hacia él. El suelo se había vuelto de repente una nube de algodón y parecía estar flotando por el cielo.

—Ay, Dios mío —suspiró—. Creo que nunca más volveré a caminar en línea recta.

Alejandro se giró y en dos zancadas se colocó a su lado, justo a tiempo para evitar que se cayera al suelo. Se agachó y la tomó en brazos con una asombrosa facilidad. A punto de jadear por la sorpresa, Lena se sujetó a sus hombros. Volvió los ojos hacia él y trató de enfocar su rostro enojado.

—¿Cuántos años tienes?

Él le lanzó una rápida mirada de soslayo.

—Treinta y dos.

—¡Madre mía! —exclamó ella, antes de apoyar la cabeza en su hombro.

—¿Y eso qué significa?

—Pareces mayor —respondió con una carcajada, aunque no tenía ni idea de por qué le hacía tanta gracia.

Él arrugó el ceño.

—Muchas gracias —contestó, con un dejo de sarcasmo.

—Tienes un surco enorme entre las cejas —murmuró Lena, antes de colocar su dedo índice en aquel punto de su frente—. ¿Por qué siempre tienes un surco enorme entre las cejas?

Alejandro apartó ligeramente la cabeza, tratando de librarse de su contacto para ver por dónde pisaba.

—Quédese quieta —gruñó.

Lena retiró la mano de su cara para llevarla a su nuca. Se fijó entonces dónde estaban y se dio cuenta de que la llevaba a su habitación.

—Alejandro...

—¿Qué?

Él no pareció reparar en que acababa de usar su nombre de pila por primera vez, y ella estudió su perfil, atractivo y severo. La mandíbula cuadrada, los altos pómulos y aquella pequeña protuberancia en el puente de la nariz, que lo alejaba de la perfección de los hombres refinados.

—Alex... —susurró de una forma tan placentera que casi la hizo suspirar.

Él le clavó la mirada y ralentizó el paso. El paseo de sus ojos, sus increíbles ojos verdes, por su rostro agitaron la respiración de Lena; un efecto que, mucho se temía, nada tenía que ver con la droga. Por un momento se fijó en sus labios y creyó que iba a besarla. Y aquella idea le pareció lo más fascinante y mágico que podría pasarle nunca.

Carraspeando, él arrugó el ceño y apartó la mirada.

—¡Uuuuy! —se quejó ella con fastidio—. Ahí está otra vez ese surco enorme.

Alejandro pareció ignorarla mientras avanzaba a través del patio.

18

Comprendiendo a Orfeo

Al llegar a la puerta de su habitación, Alejandro la bajó al suelo.

—Deme la llave —gruñó, tendiendo la mano.

Resoplando para apartarse los rizos de la cara, Lena rebuscó en su bolsillo y le entregó la llave, mientras un ligero mareo la hacía apoyarse contra la pared. Sin embargo, tras unos segundos sintió que se escurría hacia un lado.

—Venga acá, señorita impertinente.

Sus grandes manos la rodearon por la cintura, evitando que cayera al suelo.

Lena se apoyó contra su costado y caminó despacio. En cuanto entraron en la habitación él se separó unos centímetros para encender las luces.

—¿Impertinente, yo? —resopló ella, tras soltar una risotada.

—Sí, además de molesta, irritante, y metida. ¿Quién le mandó probar esos pasteles, eh?

—Pues tú eres... eres... —resopló Lena, pensando en lo que era mientras se volvía hacia él—. Eres desagradable, huraño, grosero y... —farfulló, clavándole el dedo índice en el pecho, perfectamente consciente de cómo sus grandes manos la sujetaban por la cintura.

Él bajó la cabeza y observó su dedo.

—¿Y?

—Mandón —sentenció, jugueteando con las manos sobre su pecho, incapaz de controlar aquella especie de incontinencia verbal.

Alejandro se agitó con una risa ronca.

—¿Eso es todo? —ironizó.

—Sí —contestó ella, asintiendo exageradamente con la cabeza—. Pero entonces...

Los ojos de él pasearon por su cara con un resplandeciente brillo de diversión y... algo más.

—¿Entonces? —la animó a seguir.

Lena levantó el rostro para mirarlo a la cara.

—Entonces sonríes... y la habitación se ilumina como por arte de magia. —Menos mal que cerró los ojos ya que, de haber visto la intensa expresión de él, no habría continuado.

Su pecho se hinchó con una larga inspiración, lo que la llevó a mirarle de nuevo. La observaba con una grave intensidad, como si aquello que acababa de decir le causara algún tipo de sufrimiento.

—Está drogada y dice tonterías. —Alejandro le apartó un suave mechón de la frente. Lo tomó con delicadeza entre los dedos y lo acarició con lentitud, como presa de una repentina ensoñación.

Ella dejó caer la frente contra su pecho.

—Estoy drogada —convino, aturdida por la ternura de aquel gesto—, pero no son tonterías. Me encanta tu sonrisa. ¿Es que no puedes aceptar un simple cumplido? Entiendo que no estés acostumbrado a recibirlos, pero... —Lo miró y se calló de repente—. ¡Oh, no! Ahí está otra vez —murmuró con fastidio.

—¿Qué?

—Ese enorme ceño exterminador. Haz que vuelva la magia, por favor —rogó, antes de posar los dedos sobre su boca y tirar de las comisuras hacia arriba.

Él exhaló un largo suspiro y su expresión se aflojó por la sorpresa. Sin embargo, Lena dejó de prestarle atención para concentrarse en lo infinitamente suaves que tenía los labios. Los miró fijamente mientras los exploraba con sus yemas, como una invidente reconoce el braille. Se había fijado muchas veces en su boca, pero jamás había imaginado que pudiera ser tan sedosa y cálida. Se concentró al máximo en su exploración, ajena a las reacciones que estaba provocando en él.

—Lena, ya basta —gruñó con tono ronco.

Ella compuso una mueca de disgusto antes de enfocar de nuevo su cara.

—Es la primera vez que pronuncias mi nombre —dijo, asombrada de cómo sonaba en su voz.

Alejandro la miraba con una intensidad casi violenta. Su pecho subía y bajaba tan agitado como si acabara de correr un maratón. Y ahora sus brazos no solo la sujetaban sino que la envolvían, constriñéndola con fuerza, obligándola a arquearse contra él. El intenso resplandor de sus ojos la hizo parpadear.

—Dilo otra vez —musitó, fijando la mirada en sus labios, en espera de aquel milagro.

Él suspiró de forma entrecortada y dejó caer los párpados, como un resignado cautivo frente a su tormento.

—Lena.

Toda su piel hormigueó al escucharlo de nuevo. El modo en que el nombre marcaba su boca era algo tentador, completamente hipnótico.

—Otra vez —susurró.

Su cabeza descendió sobre ella.

—Lena.

El nombre flotó entre los dos como polvo de estrellas en

un hechizo, envolviéndolos de una energía tan intensa que los estremeció a ambos. Con un gruñido desesperado él bajó la cabeza y la besó en la boca. El contacto fue sorprendente y embriagador. El mundo tembló a sus pies y la habitación comenzó a girar muy deprisa. Lena tuvo la sensación de que se lanzaba al vacío, como si acabara de saltar a un precipicio. Sus labios, sus maravillosos labios se movían sobre los de ella con un deseo tan intenso que no pudo resistirse. Su barba le hizo cosquillas en la punta de la nariz cuando la obligó a inclinar la cabeza, pero el movimiento le dio un mejor acceso a su boca. Su lengua, sedosa y acuciante, la tanteó de forma lenta y profunda, incendiándole la sangre. Repentinamente, Lena deseó estar más cerca de él, formar parte de él. Se enganchó a su cuello y le devoró la boca con una avidez que no había sentido jamás. Introdujo la lengua entre sus labios, iniciando la caricia de forma tímida al principio, pero más osada a medida que él la tentaba con movimientos deliberadamente lentos.

La levantó en volandas como si no pesara nada sin dejar de besarla. Su cuerpo quedó extendido a lo largo del de él mientras sus respiraciones se confundían en una, igual de ardiente y excitada. Sus pies se separaron del suelo y ella sintió que volaba, liviana y libre como una pluma mecida por el viento. Nunca jamás había experimentado nada parecido solo con un beso. Aquel hombre era auténtico fuego, pura tentación. Enredó los dedos entre las sedosas hebras castañas de su nuca y se deleitó con su tacto. Los músculos del cuello de él se tensaron, y Lena notó que aflojaba el abrazo. Protestó entonces, abrazándose aún con más fuerza.

—Por favor —musitó él, interrumpiendo el beso. Parecía tan turbado y alterado como ella—. Por favor, tenemos que parar.

Su pecho subía y bajaba agitado. Lena inclinó la cabeza y comenzó a acariciarle el cuello con la punta de la nariz.

—Por el amor de Dios —gimió Alejandro—. Tenemos que parar.

La tomó por los brazos y la apartó tan de repente que un leve mareo la hizo balancearse. Él la sujetó por los hombros para que recuperara el equilibrio. Lena abrió los ojos y parpadeó, tan alterada y confusa que apenas percibía la realidad.

—¿Por qué? —resolló, observándolo con confusión—. ¿No lo deseas?

Alejandro respiraba sofocado y parecía igual de aturdido que ella.

—¡Ay, Dios mío, soy idiota! —exclamó Lena de repente, antes de bajar la cabeza, arrepentida—. ¿Cómo no me he dado cuenta antes? Perdóname, por favor, perdóname.

Él arrugó el ceño.

—¿De qué hablas?

—Eres gay.

—No soy gay —espetó indignado.

—¿Entonces? —murmuró Lena, dando un indeciso paso al frente—. No me digas que eres un santo.

Él le apretó los hombros para mantenerla lejos.

—Ningún santo —renegó con firmeza—. Te haría tantos pecados que no habría penitencia que me metiera en el cielo. —Su voz se había enronquecido y sus ojos despedían un intenso brillo—. Pero, sorprendentemente, no soy el tipo de hombre que se lleva a la cama a una mujer drogada.

¿Irse a la cama? La idea le pareció tan arrebatadoramente tentadora que casi la hizo gemir; no por la idea en sí, sino porque no fuera a ocurrir. Su corazón bombeaba sangre a tanta velocidad que los fuertes latidos resonaban en su cabeza. Miles de mariposas se volvían locas en su estómago y su piel ardía en deseos de tocarlo. Estaba drogada. Él llevaba razón. Aquello que sentía tenía que deberse a los efectos de alguna poderosa droga. No era normal. Se moría por empujarlo hasta su cama y, una vez allí, arrancarle la ropa y morderlo entero. Saborearlo de arriba abajo deteniéndose en cada músculo de aquel cuerpo que prometía placeres desconocidos. «Tengo que parar», se dijo, mientras su alma entera se sublevaba contra aquella idea. Claro que la forma en que Alejandro la miraba, como si resistirse le causara un sufrimiento atroz, no estaba ayudando en absoluto a su autocontrol.

Continuaron mirándose en silencio durante casi un minuto, tiempo en el que sus respiraciones se fueron moderando acompasadamente. Él la sostenía por los hombros manteniéndola lo más lejos posible. La mente de Lena comenzó a serenarse y los latidos de su corazón se fueron regulando. La realidad fue tomando forma poco a poco en su cabeza y una enorme tristeza la embargó de repente. Puede que aquel fuera el conocido bajón de la droga porque, si hacía un momento todo le hacía gracia, ahora tenía unas enormes ganas de llorar. Parpadeó varias veces para contener las lágrimas y tragó con fuerza, intentando que aquel enorme nudo que se le había formado en la garganta desapareciera.

—Creo que me está dando el bajón —murmuró, elevando el rostro para mirarlo a la cara.

Inspirando con fuerza, Alejandro se agachó y la tomó en brazos. La levantó del suelo con sorprendente facilidad y atravesó con ella el pequeño cuarto.

—Hora de dormir, entonces —indicó, dejándola junto a la cama—. Dormirá toda la noche y mañana no se acordará de nada.

Lena arrugó el ceño y volvió a mirarlo a los ojos. Se contemplaron fijamente unos segundos en los que, para desconcierto de ella, Alejandro pareció decepcionado porque aquello fuera a suceder. ¿Era posible que lo olvidara? Si así era, no pensaba dormirse en toda la noche, no volvería a dormir nunca. ¿Cómo iba a borrarse aquel beso de su mente, si su boca todavía latía, hinchada y palpitante? No. Por suerte o por desgracia, algo le decía que el sabor de sus besos era una droga mucho más intensa que la marihuana.

Alejandro la ayudó a sentarse en la cama y se arrodilló frente a ella para desatarle las zapatillas. Lena observó su cabeza gacha tan cerca que a punto estuvo de gemir de pura frustración. Se metió las manos bajo las piernas para no ceder a la tentación de enredar los dedos entre las sedosas hebras castañas. Él se irguió y le sostuvo la espalda mientras la ayudaba a recostarse. Sus miradas volvieron a encontrarse justo antes de ser arrollados por otra enorme avalancha de tensión. Aquello era agotador. Anhelaba alzar los brazos, agarrarlo del cuello y atraerlo hacia ella. Solo la idea de sentir su peso encima la hizo arquearse de placer.

Alejandro pareció percibir la sutil invitación porque sus ojos centellearon y su respiración se agitó de nuevo. Lena observó que su garganta subía y bajaba para tragar con dificultad, al mismo tiempo que su mandíbula se volvía dura como el granito. Él apartó la mirada, agarró el edredón y se lo echó por encima con tanta torpeza que le cubrió la cabeza.

Sonriendo, Lena sacó los brazos por encima de la colcha y se apartó el pelo de la cara.

—Me quedaré acá hasta que se duerma. Es posible que necesite vomitar —indicó él, atravesando la estancia para sentarse en la butaca que había frente a su cama y donde ella dibujaba por las noches.

—Mi compañera de facultad solía decir que los verdaderos amigos son aquellos que te sujetan la cabeza mientras echas la papa.

Él rio mientras apoyaba el codo en el apoyabrazos y la cabeza en la mano. Una sonrisa ancha y genuina, una muestra de alegría que ella le había provocado. Aquella idea casi la hace explotar de placer. Estuvo a punto de hincar los tobillos en el colchón, agitarse y gritar de pura frustración; lo haría, por Dios que lo haría, si no fuera por el miedo a que él saliera huyendo al creer que se había convertido en la niña de *El exorcista*.

—Considéreme entonces su amigo —dijo él con la voz todavía afectada por la risa.

Ya lo hacía, aunque eso no se lo dijo. Sin embargo, aprovechó la coyuntura para tratar de acercarse un poco a él.

—Oiga, si vamos a ser amigos, ¿no es hora de que empecemos a tutearnos?

Alejandro la observó unos segundos en silencio.

—Es más seguro que no lo hagamos.

Aquella respuesta la dejó pensativa. ¿Por qué? ¿Por qué era más seguro que no se tutearan? ¿Cuál era el riesgo? ¿Cuál era el peligro? Las preguntas comenzaron a amontonarse en su embotada mente hasta aturdirla, así que decidió descartarlas; al menos por el momento.

—Si vamos a ser amigos tengo que contarte una cosa sobre mí.

—Shhh, este no es el momento.

—Quiero contártelo —protestó Lena.

Él exhaló un suspiro exasperado.

—Está bien —cedió.

«Soy una rica heredera que hasta hace unos meses no sabía qué hacer con su vida. He comprado tu negocio y tu casa para salvarlas de las especulaciones inmobiliarias, aunque también porque tengo la insólita esperanza de quedarme aquí... contigo.» Pensó que aquella era la mejor confesión, pero eligió otra.

—Jamás he conocido el amor.

Él se revolvió incómodo en la butaca.

—Duérmase —dijo, con la voz nuevamente enronquecida.

—Mi prometido se acostó con la *stripper* de su despedida

de soltero —soltó ella—. Alguien lo grabó y me lo mandó al móvil. Al día siguiente cancelé la boda y el compromiso, porque me di cuenta de que aquello no me importaba como debería importarme. —Lena se llevó un brazo a la frente mientras seguía mirando al techo—. Nuestras familias eran amigas y llevábamos saliendo desde el instituto. Creí que, simplemente, los dos nos habíamos acostumbrado el uno al otro. Sin embargo, creo que él tenía otros intereses en mí.

Se interrumpió al darse cuenta de que había estado a punto de desvelar un detalle inoportuno en aquel momento: su verdadera posición económica. Lo miró y se sorprendió al ver que él se había enderezado en la silla y la escuchaba con toda su atención.

—Mi novio no me amaba, y yo no le amaba a él —resumió entonces, tratando de no descubrir más de lo conveniente—. Mi madre se enfadó mucho cuando decidí romper el compromiso; tanto, que acabó revelándome que mi padre siempre la había engañado y que ella también le engañaba, y que su matrimonio solo se había basado en mentiras. Así que puedo decir que, a mis veintiocho años, jamás he conocido el verdadero amor; ni siquiera lo he tenido cerca —suspiró entrecortadamente—. Por eso el otro día, cuando me hablaste de cómo se amaban tus padres y de su triste final, sentí un poco de envidia.

—¿Envidia? —Sorprendido, él alzó las cejas.

Lena hizo una mueca de disgusto mientras sentía que su cuerpo iba relajándose y sus párpados comenzaban a pesarle cada vez más.

—Sí, ya sé que suena terrible. Perdóname —murmuró con voz pastosa, antes de volver la vista al techo—. Pero al menos tú lo has visto, has sido testigo de que existe ese tipo de amor. Seguro que es imposible haberlo conocido y salir indemne de él. Tal vez por eso despides esa luz; es como si te hubiera tocado un ángel, como si te picara una araña radioactiva. —Y mientras los párpados se le cerraban, añadió—: Tienes el extraño poder de cautivarme...

Un entrecortado jadeo escapó de los labios de Alex. Menos mal que ella se había dormido y no podía ver la reacción que aquellas palabras le habían provocado.

—Es la droga —musitó, tratando de sosegarse con aquella explicación—. Tiene que ser la droga.

La luz del atardecer se coló entonces a través del vitral que su madre había pintado, y una explosión de colores inundó la estancia. Los tonos dorados bañaron su perfil sereno mientras dormía, haciendo que su piel resplandeciera de una forma casi irreal. Los rizos rubios desparramados sobre la almohada le enmarcaban el rostro con el halo de perfección de una ninfa, la belleza de una diosa pagana digna de ser adorada. Alex se arrellanó en la silla y levantó los ojos hacia la pintura de la ventana. Ahora más que nunca entendía al pobre Orfeo. Su desesperación al perder a su Eurídice y la decisión de bajar hasta el mismísimo inframundo por ella. Incluso comprendía su impaciencia por girarse a mirarla antes de haber salido del infierno.

Sus ojos volaron de nuevo hasta la cama.

Simplemente, había seres de los que era imposible apartar la mirada. Mujeres por las que valía la pena ser condenado por toda la eternidad.

19

Una almendra y un productor budista

Lena observó su reflejo en el espejo del baño y luego el estuche de maquillaje que Aurora le había prestado. Hacía tanto tiempo que no se maquillaba que no sabía si recordaría cómo hacerlo. Miró la paleta de colores y el pincel, pensando que tampoco se diferenciaba tanto de un cuadro. Así, con una sonrisa en los labios por su ocurrencia, impregnó el pincel, dispuesta a restaurar la obra de arte de su rostro. La ocasión lo merecía pues, después de muchos años, la señora Massardi regresaba a los escenarios por todo lo alto.

Aquella era una noche muy especial, y el bar se había cerrado mucho antes de la hora habitual para acudir al gran estreno de la función en el fabuloso teatro Colón. Lena se tocó la mejilla. La imagen que el espejo le devolvía era la misma de siempre, pero ella se sentía muy diferente a la mujer que hacía unos meses había dejado Madrid. Aquel tiempo en El Fin del Mundo la había cambiado, o puede que la verdadera causa del cambio se debiera a las personas que había encontrado allí.

Había ido atando cabos acerca de sus emociones en los dos últimos meses; sobre todo después de aquella noche en su habitación. La noche de la que «en teoría» Lena no recordaba nada y que, sin embargo, no dejaba de evocar; por el día trataba de controlar los sonrojos cuando veía a Alex, o las descargas de energía que sentía cada vez que sus cuerpos se rozaban sin querer tras la barra. Pero la noche era otra historia; cuando estaba sola y se acostaba, cuando no tenía que disimular que no se acordaba de nada, se permitía rememorar con todo lujo de detalles aquel abrasador beso. No obstante, los dos prefirieron hacerse los tontos a la mañana siguiente; él fingiendo que no había ocurrido, y ella que no se acordaba.

Creía que la atracción había surgido de sus diferencias y de las peleas constantes. Y que luego, más tarde, se había fijado en el hombre que era; no solo por ser guapo y endemoniadamente sexy, sino porque sus nobles actos hablaban por sí solos. Era una persona noble, íntegra, y con un sólido sentido de la lealtad, que lo diferenciaba de cualquiera que Lena hubiera conocido hasta entonces. Le gustaba, desde hacía mucho le gustaba. Y solo tuvieron que pasar dos semanas después del beso para saber que aquello que sentía era algo mucho más serio y trascendente.

El suceso había tenido lugar en la cafetería, a una hora punta en la que estaba tan repleta de gente que no daba abasto con los pedidos. Era sábado y el barrio se hallaba atestado de turistas. Además, el inicio de la primavera animaba a los vecinos a salir y prodigarse por los lugares públicos; como Goldstein y Bukowski, que habían llegado más temprano de lo normal y se habían sentado en la barra al encontrar su mesa ocupada. Desde el episodio de los pastelillos se mostraban tímidos y arrepentidos con ella, lo que no dejaba de enternecerla.

—Tengan: un par de porciones de tarta de almendra cortesía de la casa, sin «aditivos especiales». —Lena dejó los platos ante ellos y, sonriendo, observó su azoramiento.

Los dos ancianos la miraron y, al instante, se contagiaron de su risa. Lena siempre había pensado que el humor era la mejor forma de superar cualquier situación embarazosa. Sus ojos se movieron de forma involuntaria, buscando al protagonista de sus pensamientos. Lástima que ella no se aplicara aquel cuento para acercarse a él, e intentar así derrumbar aquella alta barrera que había entre ellos, y que Alejandro parecía defender aún con más ahínco desde el beso. En aquel momento él intercalaba su trabajo en la cocina para ayudarla con las mesas. ¿Qué podía hacer? ¿Plantarse frente a él y decirle algo así como: «bésame o te echo»? Resoplando mentalmente, Lena apartó aquellas ideas penosas mientras trataba de poner atención a todos los pedidos.

Él llevaba pensativo varios días. Aunque no dijera nada, Lena sabía que estaba al tanto de las noticias acerca de la subasta del conventillo y el bar. Aquello la molestaba y la aliviaba a partes iguales; por un lado, su hermetismo la fastidiaba porque no le confiara sus preocupaciones; por otra, sin embargo, prefería que no le mencionara nada. No se fiaba de sus dotes de actriz cuando debiera disimular que todo aquello la sorprendía tanto como a él.

Lena conocía el procedimiento y también sabía que Vicente Fernández era un abogado tremendamente metódico que seguiría el plan que ella había diseñado al pie de la letra. Primero se había asegurado de que el abogado de Alejandro solicitara quedarse como depositario de los bienes mientras durara el juicio. En la subasta, Vicente debía hacer cuanto estuviera en su mano para subir el precio hasta cubrir el total de la deuda; incluso pujar contra sí mismo. Una vez que el juicio concluyera y el juez ordenara el embargo, Lena había hecho diseñar un contrato para que Alejandro y la señora Massardi pudieran quedarse allí para siempre, sin ningún tipo de obligación por su parte. Toda aquella ingeniería legal, así como el estudio de las leyes argentinas en tiempo récord, solo habría sido posible gracias al mejor abogado; y Vicente lo era.

—Están ahí toda la mañana, ocupan dos mesas y solo se tomaron un café —refunfuñó Alejandro, arrancándola de sus cavilaciones—. Los voy a echar a todos.

Lena miró en su misma dirección para comprobar que se refería a un grupo de seis hombres que se encontraba en dos de las mesas de la ventana.

—No puede hacer eso, les he oído hablar y creo que están trabajando en una gran producción —murmuró en tono confidencial.

Alejandro negó con la cabeza.

—Me da igual. Se marchan ya de acá.

—Espere, déjeme a mí —dijo, reteniéndolo por el brazo.

Él dio un pequeño respingo y rompió el contacto enseguida, como siempre hacía cuando se rozaban.

Lena cortó unas porciones de la misma tarta a la que había invitado a Goldstein y Bukowski y las sirvió en varios platos.

—¿Qué está haciendo? —gruñó Alejandro sin dejar de observarla.

—Les voy a invitar a una porción de tarta.

Él alzó las cejas en gesto de sorpresa antes de comenzar a negar con la cabeza.

—¿Está loca? —protestó—. Le digo que no consumieron nada, ¿y les quiere invitar?

Lena se plantó frente a él con un plato en cada mano.

—Esta es la tarta de almendra que siempre sobra —alegó en tono confidencial.

Llevándose las manos a la cintura, Alejandro negó con la cabeza.

—Me da igual. Prefiero tirarla a la basura que regalársela a unos amarretes.

—No menosprecie el poder de la culpa —susurró, guiñándole un ojo.

El gesto lo desconcertó, lo que Lena aprovechó para esquivarlo y dirigirse a la mesa.

—¿Culpa? ¿De qué demonios está hablando? —gruñó él, siguiéndola de cerca.

—Mi madre siempre dice que no hay que desestimar el poder de la culpa. —Lena le lanzó una rápida mirada de soslayo—. Si quieres algo de alguien, hazlo sentir culpable. No falla.

—¡Tonterías!

Ella desestimó la increpación y continuó como si nada.

—Caballeros —dijo al llegar a las mesas, con su tono más dulce—, la casa les invita a tarta de almendras.

Los seis hombres se volvieron hacia ella con sendas sonrisas, apartando los papeles que tenían sobre las mesas para hacer sitio al agasajo.

—Muchísimas gracias, señorita —respondió el que parecía el jefe—. ¿Qué os parece si pedimos unos chupitos para celebrar que todo esto se ha concretado al fin? —continuó, señalando los documentos en los que habían estado trabajando—. Tráiganos una botella de Chivas para acompañar esta deliciosa tarta.

Lena le sonrió y se dispuso a retirar las tazas de café vacías de su primera consumición. Acto seguido se volvió para ir en busca de la bandeja y contempló a Alejandro en medio del local, con una indescifrable expresión en la cara.

—Han pedido una botella del whisky más caro para acompañar a la tarta —murmuró, con una sonrisa de complacencia al pasar frente a él.

Alejandro volvió a pegarse a sus talones.

—Si no tienen con qué pagarla se la descontaré del sueldo.

—Te digo que es gente importante. —Su tuteo iba y venía, según se acordaba—. Y están trabajando en algo también importante.

—¡Ja! Me parto de la risa cuando escucho que alguien es importante —exclamó él con su inherente sarcasmo—. Más importante que qué, que quién.

Lena puso los ojos en blanco y fue por la botella, situada

en un lugar privilegiado de la estantería de los licores. Levantó el brazo y rozó el cristal con la yema de los dedos, pero era demasiado bajita para alcanzarla. Se puso de puntillas y lo intentó de nuevo, en vano. Notó entonces que Alejandro se acercaba por detrás y se estiraba a su lado. Ella regresó a su posición normal, muy consciente del fuerte costado de él extendido a unos centímetros de distancia. La camiseta se ajustó a su cuerpo, marcando sus dorsales y dejando a la vista la cinturilla de sus vaqueros. Olía a jabón y a algo más, a aquella fragancia que había descubierto la noche que lo besó, una esencia a madera virgen antes de ser recubierta de barniz. Aquel hombre olía a roble, a enorme y macizo roble. Si se inclinara un par de centímetros podría tocarlo con la punta de la nariz e impregnarse de aquel aroma. La idea le pareció tan arrebatadoramente tentadora que cerró los ojos.

—La pagará usted —advirtió Alejandro, sujetando la botella delante de ella.

Lena abrió los ojos, dándose una colleja mental por permitirse fantasear en un momento tan inoportuno. Observó el líquido dorado balancearse contra el cristal de la botella, y sus ojos se fijaron en el hombre que la sostenía.

—Que sí... —murmuró con cansancio.

Agarró la botella por el cuello y fue por seis vasos de chupito. Pero cuando volvía a la mesa para servir el licor, se percató de que algo no marchaba bien. Un pequeño revuelo rodeaba las mesas donde estaban los hombres. Todos se habían levantado y rodeaban a su jefe, que permanecía en su silla mientras se sujetaba el cuello con las manos y abría la boca. Sosteniendo la bandeja, Lena contempló la escena, paralizada por la sorpresa. Entonces, una alta figura pasó presurosa por su lado.

Alejandro se dirigió hacia el pequeño grupo.

—¡Apártense! —rugió con su habitual «delicadeza».

Agarró del brazo al individuo que se retorcía en la silla, y cuyo rostro comenzaba a teñirse de un preocupante tono azulado, y tiró de él hacia arriba. Se colocó a su espalda y le rodeó el torso con los brazos antes de apretar los puños contra su abdomen, a la altura del estómago. Tan solo debió repetir el movimiento dos veces antes de que una almendra saliera expulsada de la garganta del hombre, quien comenzó a tomar aire a grandes bocanadas mientras tosía convulsivamente.

Alejandro le dio unas palmadas en la espalda mientras el otro se inclinaba sobre la mesa.

—¡Dios mío! —resolló el hombre—. Muchísimas gracias. Me ha salvado usted la vida —añadió, observándole por encima del hombro.

Arrugando el ceño, Alejandro pasó entre la reducida aglomeración que se había formado alrededor de las mesas.

—No es nada —masculló.

Al pasar frente a ella bajó los ojos, como si en su mirada hubiera descubierto toda la admiración y el afecto que sentía por él. Lo contempló dirigirse a la barra, y la fastidió que no se quedara a recibir las felicitaciones y aclamaciones que se merecía.

—Discúlpeme, por favor. Pero quisiera agradecérselo.

—El señor al que acababa de hacer la maniobra de Heimlich salió tras él.

—Le he dicho que no es nada.

Lena, que sabía lo poco que le gustaba ser el centro de atención, acudió a la barra enseguida, temerosa de que fuera a hablarle mal a aquel pobre hombre que solo trataba de hacer lo correcto y ser amable.

—Ahora mismo mi estado es luminoso y de felicidad. Por favor, no me oscurezca el karma. Dígame cómo puedo compensar su heroico gesto.

—¿Qué? —soltó Alejandro, observándolo con perplejidad.

—¡Oh! ¿Es usted budista? —intervino Lena, antes de que su jefe tuviera ocasión de decir aquello que estaba pensando.

El desconocido asintió, dedicándole una amplia sonrisa.

—¿Usted también lo es?

Dejando la bandeja sobre la barra, Lena correspondió a su sonrisa y negó con la cabeza.

—Me lo estoy pensando —respondió.

No mintió, pues durante una época de su vida había estudiado la doctrina y, de entre el amplio catálogo de religiones y creencias, el budismo era con la que más identificada se sentía.

—Me llamo Mauricio Veronese, y soy productor de espectáculos.

—Yo soy Magdalena Vázquez, camarera —respondió, estrechando la mano que él le ofrecía—. Y este es Alejandro Lagar, mi jefe.

Con una sincera sonrisa, el hombre se volvió y tendió la mano sobre la barra. Afortunadamente, Alejandro correspondió a su saludo, aunque con un gesto de hastío en el rostro.

—Déjeme compensarlo de alguna forma, por favor —insistió Veronese.

Exhalando un suspiro de hartazgo, su jefe se llevó de nuevo las manos a la cintura.

—Bébanse ese whisky —dijo, señalando con un dedo la botella de la bandeja—. Y páguenlo.

Veronese pareció algo confuso.

—Eso ya pensaba hacerlo antes del incidente.

—Por supuesto que sí —intervino Lena, tratando de que no se sintiera ofendido.

—Entonces, ¿no hay nada más que pueda hacer?

Lena sonrió y negó con la cabeza.

—Vuelva a la mesa. Enseguida les serviré el whisky.

Mauricio Veronese pareció un poco decepcionado.

—Está bien. Leo —dijo, dirigiéndose a uno de sus acompañantes—, quiero que regales unas entradas VIP para el estreno de la obra a estas personas.

—¿Obra? ¿Qué obra? —preguntó Lena, entusiasmada por la posibilidad de aquel nuevo plan.

—*Hamlet* —respondió—. Será la más grande de las producciones hecha hasta el momento; y será acá, en nuestra Buenos Aires. El diecisiete de diciembre vestiremos el teatro Colón con sus mejores galas —respondió, alzando ligeramente el mentón, orgulloso de su trabajo.

—Un momento. ¿Teatro? —interrumpió su jefe—. ¿Es usted productor de teatro?

Veronese asintió.

Un brillo astuto resplandeció en la mirada que Alejandro le lanzó.

—Entonces sí hay algo que puede hacer por mí.

20

El hada del vestido rojo

Unos golpes en la puerta de su habitación devolvieron a Lena al presente. Comprobó de nuevo su reflejo en el espejo para acreditar, con satisfacción, que no había perdido su buena mano con el maquillaje. Se veía muy favorecida con tan solo un poco del que Aurora le había prestado. Volvieron a llamar y Lena se apresuró a abrir.

—¡Va! —exclamó, dirigiéndose a la puerta—. Señora Massardi, ¿qué está haciendo aquí todavía?

Hilda sonrió y pasó a su dormitorio con una gran bolsa en las manos.

—El coche y el chófer de la productora me esperan fuera, pero yo soy la estrella. Así que, ¡qué diablos!, que esperen.

Lena rio. Aquel regreso a los escenarios le había sentado de maravilla a la anciana. Se había pasado semanas estudiando su papel de Gertrudis; el cual, a pesar de no ser extenso, poseía un complejo mundo de soledad, tal como Hilda lo había definido, que exigía de una gran labor de concentración interpretativa. Aquel nuevo reto la había mantenido más lúcida y mucho más feliz. Lena observaba la vitalidad de la anciana, y su corazón rebosaba de amor por Alejandro Lagar. Porque todo aquello se lo debían a él.

El día que salvó la vida al señor Veronese y se enteró de que este se dedicaba a la producción teatral, le había sugerido que debería contratar a su amiga para el principal papel femenino de la obra, así como anunciarlo como «el regreso de la gran Hilda Massardi». Claro que aquel acuerdo solo sería para la noche del estreno, las intervenciones futuras de la anciana dependerían de los deseos de ella. Además, tendría que ser el productor quien se presentara a ella, diciéndole que había sido idea suya, dada la gran importancia de su figura para el teatro argentino. Veronese estaba obligado a cumplir sus deseos si deseaba «recuperar la luminosidad de su karma», según las palabras que Alejandro había utilizado, dispuesto a sacar partido de las creencias budistas del productor.

Lena recordaba nítidamente la forma en que Alejandro se había apoyado en la barra mientras exponía con tranquilidad su propósito a Veronese. Sus ojos entornados y el mentón ligeramente alzado, al mismo tiempo que enumeraba las reglas de su maquiavélico plan, valiéndose de cualquier medio para lograr su fin, que no era otro que hacer realidad el sueño de su mejor amiga. De pie frente a la barra, Lena se había quedado atónita al contemplarlo manipular a aquel productor para conseguir su propósito de hacer feliz a una anciana maravillosa, una mujer a quien quizá no le quedaran demasiadas oportunidades de serlo. Y justo allí, en aquel instante de deslumbrante clarividencia, Lena supo que estaba absoluta e irremediablemente enamorada.

—No podía irme al teatro sin saber qué te vas a poner esta noche. —La señora Massardi devolvió a Lena al presente.

—Aurora me ha prestado algunos vestidos —respondió, señalando con la mano las prendas que había sobre su cama.

La anciana chasqueó la lengua y negó con la cabeza.

—Vos sos mucho más pequeña y menuda que ella; no te quedarán bien.

Lena había llegado a la misma conclusión mucho antes incluso de ver los vestidos. Y era una pena, ya que todos eran preciosos y muy deslumbrantes; esto último, por el número de lentejuelas que llevaban.

—Bueno —dijo tras un suspiro de resignación—, hay un vestido negro de Carmen en el armario que sería bastante apropiado.

Sacó la prenda y la sostuvo pegada al cuerpo para que la vieja actriz pudiera intuir cómo le sentaría. Era un sencillo vestido negro de escote subido en forma de caja, con un corte entallado.

—Sí, ya me acuerdo; era el vestido de los entierros —informó la señora Massardi, tras echarle un rápido vistazo de arriba abajo. Entonces se rio, seguro que al ver la mueca de aflicción que ella puso—. A Carmen le sentaba de maravilla, y a ti te quedaría incluso mejor, pues lo llenarías más. Pero, por favor, no me vayas a gafar mi gran vuelta a los escenarios poniéndote el vestido de los entierros.

Hundiendo los hombros, Lena volvió a suspirar antes de dejar la prenda sobre la cama.

—Pues me he quedado sin opciones.

—¿Me querés decir entonces para qué estamos las hadas madrinas, niña? —bromeó la anciana, ofreciéndole la enorme bolsa que llevaba en las manos.

En realidad se trataba de una funda de traje, una de aquellas que usaban algunas marcas de lujo y que también se empleaba para ir de viaje. Lena tomó la funda y la colocó sobre la cama, antes de abrir la cremallera para descubrir la maravillosa sorpresa que ocultaba.

De una forma casi reverencial, sacó la prenda y la colgó de la puerta del armario. Se trataba de un vestido rojo de finos tirantes y marcado escote triangular realizado en seda natural. Era sencillo, pero de un corte y una caída tan buenos que casi era imposible que le sentara mal a nadie. Además, de la percha también colgaba un mantón de Manila beis con un exquisito bordado de flores azules, verdes y rojas.

—Señora Massardi —suspiró—, es precioso.

—Hilda, por favor —reconvino, acercándose por detrás y tomándola de los hombros—. Me lo puse por última vez en mil novecientos cincuenta y nueve durante una velada en Madrid. Ya era hora de sacarlo a pasear de nuevo. Probátelo, por favor.

Lena la miró por encima del hombro.

—Pero ¿tiene usted tiempo para esto?

—Por supuesto que sí. No pueden empezar la obra sin mí —contestó con un movimiento de la mano.

Lena se sacó a toda prisa el albornoz que se había puesto después de la ducha.

—Mire que no quiero que llegue tarde por mi culpa —insistió, mientras trataba de no estropearse el maquillaje—. De todas formas, vamos a vernos en la fiesta de después.

—Nunca confíes al azar las cosas importantes —respondió de forma enigmática la anciana mientras le subía la cremallera por la espalda.

En cuanto Lena contempló la imagen que el espejo le devolvía, dejó de prestar atención a la conversación. El corpiño del vestido se ajustaba a la perfección a su talle, marcándolo y haciendo que pareciera aún más estrecho, al mismo tiempo que elevaba sus pechos para que formaran un asombroso escote. El fruncido le confería un favorecedor vuelo que se abría en su cintura, finalizando justo a la altura de las rodillas.

—¿No será demasiado? —preguntó insegura, tras inclinarse ligeramente hacia delante para verse el canalillo.

La cabeza de la señora Massardi surgió por detrás de ella.

—Lo llenás más que yo, de eso no hay duda. —Rio, observando su reflejo en el espejo—. Pero te queda muchísimo mejor. Además, si te sentís insegura, cubrite con el chal y jugá con él. Dejándoles ver solo lo que te conviene, serás el centro de todas las miradas.

Lena no estaba muy segura de que supiera hacer eso, ni de desear ser el centro de nada.

—La atención no tiene que centrarse en mí esta noche —respondió, guiñándole un ojo.

—Hoy seré Gertrudis, la reina madre, y voy a llevar un verdugado bajo las sayas y una enorme corona sobre la cabeza. Sinceramente, creo que tengo toda la atención asegurada.

Hilda sonrió y Lena la correspondió, hasta que la mirada de la anciana captó la suya a través del espejo. Entonces se puso seria, contemplando su reflejo de una forma tan intensa que a Lena se le quebró la respiración.

—Me alegro al fin de verte en tu elemento —aseguró enigmáticamente.

Lena se volvió hacia ella con un gesto que expresaba su confusión.

—¿Mi elemento?

—El lujo —respondió, contemplándola de manera insondable—. ¡Ay, no hace falta que disimules conmigo, niña! Me di cuenta la primera vez que te vi. A la gente de clase se os nota en la forma de moveros; es como si flotarais, como si nada feo en el mundo pudiera tocaros.

Lena pestañeó, perpleja.

—Señora Massardi, no la comprendo.

—Hilda —insistió, tomándola de las manos—. Me di cuenta en cuanto te vi. Pero tranquila, tu secreto está a salvo conmigo. Sé que hay momentos en la vida en que es necesario escapar. Aunque vivas en una cárcel de oro, sigue siendo una cárcel, ¿no es cierto?

Mirando por encima de su plateada cabeza, Lena pensó en un millón de excusas. Sin embargo, las descartó todas; al fin y al cabo, no era nada vergonzoso tener dinero, aunque en aquel momento no era muy conveniente que Alejandro se enterara.

—Mi intención jamás ha sido engañar a nadie; cuando llegué me robaron y me dejaron sin nada.

—Y doy las gracias a Dios por guiarte hasta acá, niña. No sabés la falta que nos hacías.

Lena miró el hermoso rostro de Hilda, surcado de las líneas que conformaban el mapa de su paso por el tiempo, y un súbito impulso la llevó a abrazarla.

—Sentía que mi antigua vida me ahogaba —reconoció la joven, dispuesta a no seguir disimulando más.

La anciana rio mientras correspondía a su abrazo.

—A mí no me lo tenés que explicar, ya lo entiendo. Pero no tardes mucho en contárselo a él.

Lena se separó lo suficiente para mirarla a los ojos.

—¿A quién? —Sabía a quién se refería, pero aquello era mucho más de lo que podía admitir.

—A Alex —contestó, tomándole las manos—. Y no te demores tampoco en decirle lo que has hecho por él.

Lena abrió la boca para decir algo pero, al no encontrar palabras, volvió a cerrarla. ¿En qué momento aquella mujer había desarrollado tanta perspicacia? ¿No estaba enferma; tanto que le costaba mantenerse aferrada a la realidad? Pues al parecer no. ¿Cómo lo habría averiguado? Y, sobre todo, ¿sabía antes que ella hasta dónde llegaba su afecto por Alex y por eso le había contado la gravedad de todos sus problemas?

—Hilda, yo no he hecho nada —respondió tras decidir que aquellas eran demasiadas preguntas sin respuesta.

Otra sonrisa volvió a curvar sus perfilados labios.

—Lo has hecho todo, niña —murmuró, levantando una mano para acariciarle la mejilla—. Sos un ángel; y no solo para él, sino también para mí. Esta también es mi casa, ¿sabés? No podría pagarme ninguna residencia, y tampoco irme de acá. Alex es toda la familia que me queda, por eso te digo que no te demores en contárselo. Sabrá aceptarlo porque no es ningún machista, aunque tiene su orgullo, como cualquier persona.

Inspirando hondo, Lena observó cómo las lágrimas centelleaban en sus ojos. Había tanto amor en aquellas palabras que una intensa emoción le envolvió el corazón. Sin poder evitarlo se abrazó a ella con tanta fuerza que prácticamente la estrujó.

—La quiero mucho, Hilda.

—Y yo a vos, niña, pero dejá de abrazarme así o me romperás en dos. —Lena la soltó—. Bueno, ahora sí tengo que irme. No quiero llegar tarde a mi gran noche. Ah, por cierto —continuó, mirándola por encima del hombro mientras se dirigía a la puerta—, dentro de la bolsa encontrarás una cajita con unos pendientes y tus zapatitos de cristal.

—Muchas gracias. Nos vemos luego.

La señora Massardi no respondió porque ya había salido.

Una hora después, Lena atravesaba el patio del conventillo con cuidado de que los tacones de sus bonitas sandalias plateadas no se clavaran en los irregulares adoquines. Se cubrió los hombros con el chal, cuyas flores azules hacían un precioso contraste con el rojo del vestido. No tenía frío, pues hacía una calurosa noche de verano. En unos días sería Navidad, y a ella todavía se le hacía muy raro no ponerse un jersey en aquellas fechas. No obstante, las altas temperaturas estaban conllevando una serie de problemas en la ciudad, como por ejemplo los cortes de luz por las sobrecargas que los aires acondicionados provocaban en la red eléctrica.

Lena agradeció haber tenido el buen tino de maquillarse antes de elegir el vestido, porque la falta de luz le imposibilitaría del todo la tarea tan solo treinta minutos después, lo justo para tratar de domesticar su maraña de rizos en un moño en la nuca y colgarse los bonitos pendientes de plata estilo años veinte que Hilda le había prestado.

—Te voy a hacer un nudo Windsor. A nadie en la Argentina le sale el Windsor como a mí.

Lena oyó la voz de Bukowski antes de entrar en el bar. Todos, incluida Aurora, habían quedado allí para ir juntos al teatro en el coche de Goldstein; y, al parecer, los dos ancianos ya habían llegado.

—Pero si vos nunca usaste corbata —decía Goldstein en aquel momento, siempre al quite para lanzarle una pulla a su amigo.

Asomándose al umbral, Lena observó a los tres hombres a la tenue luz de varias velas que habían dispersado por la barra. Alex se encontraba de espaldas y los dos ancianos frente a él.

—Mi elegancia es innata, no necesito cultivarla como vos —respondió Bukowski mientras mantenía toda su atención en el cuello de Alex.

Él levantaba la cabeza mientras se balanceaba impaciente.

—¿Están seguros de que hoy en día no es una grasada llevar corbata al teatro?

—¡No! —exclamaron los dos ancianos a la vez.

—No es vulgar cuando es un estreno, ¿entendés? —matizó Bukowski.

Alex asintió con la cabeza.

—Te dejo el primer botón de la camisa suelto. Así parecés más canchero.

Abrigada por la semipenumbra que los anaranjados reflejos del atardecer producían en el bar, Lena observó la forma en que sus hombros llenaban la chaqueta del traje y de cómo el corte de la prenda se adaptaba perfectamente a su espalda, descendiendo hasta entallarse en su cintura. Su mirada subió de nuevo hasta la nuca, donde los rebeldes remolinos castaños se ensortijaban con gracia por encima del blanco cuello de la camisa.

—La reputa madre... —farfulló Goldstein, cuando reparó en ella.

Bukowski volvió la cabeza para ver lo que había llamado la atención de su amigo y sus ojos se abrieron de forma apreciativa. Lena dio un inseguro paso al frente para salir de la penumbra y quedar iluminada por el fulgor de las centelleantes velas. Alex se volvió entonces y quedó frente a ella. Una especie de impresión lo paralizó, como si de repente colisionara con un muro invisible. Sus azorados ojos bajaron por su cuerpo en un fugaz reconocimiento que a Lena le encendió la sangre. Cada centímetro, cada fibra de su piel hormigueó bajo aquel breve escrutinio, como si en realidad fuera capaz de tocarla, de acariciarla con la mirada. Se quedaron frente a frente, y el aire a su alrededor pareció crepitar con una extraña y hechizante energía que los envolvía como si solo existieran ellos dos, como si el resto del mundo hubiera desaparecido. Lena estaba segura de que aquel era uno de esos momentos perfectos de la vida, un instante lleno de signos para interpretar que recordaría el resto de sus días.

Los ancianos se acercaron a ella con la misma cara de admiración.

—Acaba de salir el sol y aún está anocheciendo —murmuró Bukowski, inclinándose para besarle la mano—. Extraño fenómeno este, ¿no les parece?

Goldstein hizo lo mismo con la otra mano.

—Eso es que alguien se ha dejado el cielo abierto —dijo—. Mirá, se les están cayendo las estrellas.

Lena les sonrió con cariño, pues sus empalagosos piropos estaban desprovistos de toda grosería. Su mirada regresó a Alex y la sonrisa se le congeló al darse cuenta de que había fruncido el ceño, mientras con un dedo se rascaba nerviosamente bajo la ceja.

—Hola —dijo ella, insegura, tratando de suavizar su aparente incomodidad.

Lena intentaba que sus ojos no se quedaran fijos en cómo su pantalón negro se ajustaba a sus estrechas caderas, o cómo el cinturón marcaba su firme cintura.

Él carraspeó para aclararse la voz.

—Hola.

21

Mi gran tragedia griega

Las cabezas de Goldstein y Bukowski se movían de uno a otro como en un partido de tenis. Sin embargo, la intensidad en la mirada de Alex había sido sustituida por una especie de preocupación. ¿Se habría vestido de más para aquella ocasión? Lena se sintió incómoda y trató de sobreponerse. Lástima que decidiera hacerlo con palabras.

—Está muy guapo —soltó sin pensar lo que decía. Al momento sintió incendiarse sus mejillas—. Quiero decir... así, con corbata, está muy bien —aclaró, valiéndose de la conversación que los tres hombres mantenían antes de que ella entrara, para disimular su imprudente piropo.

La cabeza de los ancianos se volvió hacia él, que parecía aún más violentado que ella.

—Bueno, sí. Esto... gracias —murmuró, mirando hacia abajo para comprobar su atuendo—. Vos estás... —Levantó los ojos y volvió a carraspear, aclarándose la garganta—. Estás... —Inspiró con fuerza y apartó la mirada un instante antes de fijarla de nuevo en ella—. Muy linda.

Lena se dejó mecer por aquellas palabras, como si de repente alguien abriera la ventana y una ráfaga de suave y fresca brisa sosegara sus mejillas. No por el halago en sí, que retendría para siempre en su memoria, sino porque acababa de tutearla; y aquel voseo le pareció lo más exquisito que sus oídos habían escuchado nunca.

—Linda sos cualquier día, pero esta noche quitás el sentido, nena —precisó Bukowski tras lanzar una significativa mirada a Alex, cuyas mejillas se habían sonrojado. Eso hizo que Lena afianzara los tacones en el suelo para no ir hasta él, rodearle el cuello con los brazos y besarle con toda la pasión que le pedía el cuerpo.

La puerta del bar se abrió de repente.

—¡Hola a todos!

La jovial voz de Aurora rompió el mágico momento.

—¡Caramba! Están muy elegantes —exclamó, mientras se acercaba para dar un beso en la mejilla a cada uno.

Los ancianos parecieron encantados con el piropo y con el beso. Pues, a pesar de pertenecer a otra época, habían normalizado bastante rápido la identidad sexual de su amiga. Al igual que Alex, que ladeó ligeramente el rostro para recibir el saludo con un resignado suspiro. Lena sintió envidia del desparpajo de Aurora, porque a ella le hubiera encantado hacer lo mismo.

Dado el afecto que le tenía y que también había tomado a la señora Massardi, Aurora había frecuentado más el bar durante las últimas semanas. Por lo que Alex y ella parecían haber firmado una especie de tregua indefinida. Aunque a Lena le encantaba la forma en que su amiga le cerraba la boca con algún comentario picante y subido de tono. En más de una ocasión había tenido que darse la vuelta para que no la viera reír, por la cara de desconcierto que se le quedaba con las ocurrencias de su amiga.

—¡Madre mía! —exclamó atónita, cuando le tocó el turno de ser besada—. ¿Lena? ¿Sos vos?

Ella se acercó para devolverle el beso y sonrió.

—Al final me puse este vestido de la señora Massardi —dijo,

tratando de disculparse por no haber usado alguno de los trajes que le había prestado.

Aurora la tomó por los brazos, observándola de arriba abajo.

—Ay, esa mujer tiene un gusto exquisito. Estás arrebatadora. Preparate, porque esta noche vas a ser la fantasía de muchos hombres; y algunos hasta querrán hacerla realidad —concluyó, guiñándole un ojo antes de lanzar una rápida mirada a Alex por encima del hombro.

—Ay, Dios —resopló él, mirando al techo.

—Tú también estás preciosa —se apresuró a intervenir Lena, intentando librarse tanto del bochorno que le provocaba su amiga como de la atención de todos.

—¿Te parece?

Lena asintió con una sonrisa. En verdad estaba muy guapa con su cortísimo vestido de lentejuelas color champán y una ligera estola de encaje blanco. Los dorados zapatos de tacón que llevaba hacían que sus piernas parecieran aún más kilométricas de lo que ya eran.

—¿Qué me dicen ustedes, caballeros? —preguntó, colocando una mano en la cintura y dando una vuelta para exhibirse.

Alex hizo una mueca de cansancio mientras Goldstein y Bukowski asentían con sendas caras embobadas.

—Estás... estás... —farfulló Bukowski, que parecía haberse quedado insólitamente sin palabras— hecha toda una mujer.

Aurora chilló encantada antes de inclinarse para volver a besar al anciano en la mejilla.

—Pues si resulta ser cierto algo que hoy me llegó al celular, quiero anunciarles que, además de parecerlo, pronto lo seré del todo. —Aurora hizo un alto para mirarlos uno a uno, haciéndose un poco la misteriosa. Sin embargo, apenas tardó dos segundos en explicarse—. Resulta que fui elegida para un programa de reasignación de género de una organización española sin ánimo de lucro, con la que trabaja uno de los mejores cirujanos del mundo. ¿Vos sabés algo? —preguntó a Lena.

Esta sintió todos los ojos fijos en ella. Alzó las cejas con sorpresa, en todo un alarde de dotes interpretativas.

—¿Yo? ¿Por qué yo?

—No sabía que estaba anotada en un concurso internacional para la concesión de un subsidio. Y como el donativo y el cirujano vienen de España... —contestó con un encogimiento de hombros.

—Tal vez en el sorteo entraran las personas anotadas en las listas de todos los sistemas de salud del mundo.

—Bueno, solo espero que no sea una broma pesada —murmuró, tomándole las manos y observándola entre esperanzada y desolada.

Aquello pulverizó el corazón de Lena. Se moría por darle un abrazo y consolarla, decirle que todo era verdad y que, cuando ella quisiera, su sueño podía hacerse realidad.

—Bueno, no tiene por qué ser ninguna broma —respondió, apretando sus manos para confortarla.

Aurora asintió, no demasiado convencida, y Lena se sintió un poco culpable por engañar a su amiga. Porque ella sí conocía el origen de aquel dinero que serviría para que pudiera cumplir su sueño de la forma más segura posible. El mismo día que había dado instrucciones a Vicente sobre la compra del conventillo y el bar, también había hablado con el abogado para que creara la mejor forma de ayudar a Aurora sin que esta supiera de dónde salía el dinero. Estaba muy satisfecha de que Vicente estuviera moviéndose con tanta diligencia y discreción en todo cuanto le había pedido. Sabía que tarde o temprano tendría que decir toda la verdad, pero no todavía.

—Es hora de irnos, o llegaremos tarde.

Alex abrió la puerta del bar y la sostuvo para que salieran todos. En la calle les esperaba el pequeño coche de Goldstein.

—¿Dónde cree tu mujer que estás? —preguntó Alex cuando consiguió acomodarse con cierta dificultad en el asiento delantero del vehículo. Tenía unas piernas tan largas que le fue imposible hacerlo en la parte de atrás.

—En una partida de póker en la residencia de este —contestó, haciendo un gesto con la cabeza hacia su amigo Bukowski, que compartía asiento trasero con Aurora y Lena.

Bukowski rio.

—Contales cómo sacaste el auto de casa.

Tras ponerse el cinturón de seguridad, Goldstein suspiró con aire cansado.

—Simulé marcharme para regresar luego, abrir el garaje, poner el punto muerto y llevarme el auto empujándolo más de un kilómetro.

—Contales por qué tuviste que empujarlo más de un kilómetro —azuzó Bukowski, introduciendo la cabeza entre los asientos delanteros.

Goldstein volvió a resoplar.

—Porque mi mujer reconoce el ruido de nuestro auto a más de un kilómetro.

Bukowski soltó una carcajada mientras volvía a reclinarse entre Lena y Aurora. Alex sacudió la cabeza y también rio. El pobre Goldstein soportó las bromas estoicamente, sabedor de que las chanzas de sus amigos no eran nada comparadas con el genio de su esposa. Lena había oído hablar de ella, pero no la conocía aún. Al parecer era una persona de armas tomar que mantenía a Goldstein a raya, controlando todos los aspectos de su vida; aunque el anciano tenía, como aquella noche, sus pequeños ramalazos de rebeldía.

Varios minutos después y en un tiempo récord, Goldstein pisaba el freno frente al gran edificio del teatro Colón. Alex bajó primero y apartó el asiento delantero para que ellos se apearan. Lena sacó el pie fuera y bajó gracias a la ayuda de él.

—Gracias —resopló, y no le quedó más remedio que sujetarse a su brazo durante unos instantes, lo justo hasta que sus piernas dejaron de temblar y el estómago se le acomodó de nuevo en su sitio.

—¿Está bien? —preguntó Alex, cubriéndole la mano con la suya.

Lena asintió y trató de forzar una sonrisa.

—Solo necesito un momento para reponerme.

Meneando la cabeza y bufando en polaco, Bukowski descendió el siguiente y se volvió para ayudar a Aurora.

—Manejás como el culo, Goldstein —dijo por fin, cuando ya todos estuvieron fuera.

—Te traje en menos de diez minutos, ¿no?

—Casi nos matás a todos, pelotudo. ¿Quién te creés que sos, Fittipaldi? No me extraña que tu mujer no te deje agarrar un auto.

—Será desagradecido el viejo hinchapelotas —rumió Goldstein mientras cerraba el coche y se unía al resto del grupo en la acera—. No fue para tanto, ¿verdad, Alex?

—Manejás como si te persiguiera una banda de mafiosos. Te agradecemos que nos hayas traído, pero a la vuelta nos regresamos todos en *remís*. ¿Se encuentra mejor? —preguntó de nuevo, viendo el rostro descompuesto de Lena.

Ella asintió y sonrió. El gesto le salió mucho mejor esta vez, pues el cuerpo se le había ido asentando y las piernas ya no le temblaban. No obstante, el tacto de la palma de aquella mano contra la suya, la forma en que encajaban juntas, la hacía desear que aquel contacto no se terminara. Aun así, y para no seguir mortificando al pobre Goldstein, se soltó de su brazo y se irguió todo cuanto pudo. Aunque le costó, porque lo cierto era que el anciano conducía de forma kamikaze; volaba entre el tráfico a toda velocidad, se colaba por espacios por los que parecía imposible que cupiera un coche, no advertía a los otros conductores de los cambios de carril y hacía chirriar las ruedas en las curvas. A Lena se le habían hecho eternos aquellos diez minutos dando tumbos en el asiento trasero del pequeño vehículo. Por ese motivo, la idea de volver en un *remís*, un coche de alquiler con conductor, le pareció lo más acertado.

—¡Guau! —exclamó Aurora, riendo y levantando los brazos en señal de triunfo antes de acercarse a abrazar a Goldstein—. Usted sí que sabe cómo liberar adrenalina. ¡Estoy a cien!

Todos la obviaron y se volvieron hacia el imponente teatro Colón, cuya ecléctica fachada recibía a los espectadores iluminada para la ocasión. A pesar de ser un edificio pensado para los espectáculos musicales y hallarse fuera de temporada, estaba a rebosar de público. Al final, el señor Veronese había demostrado ser un empresario con mucha intuición al aprovechar la visita de numerosos extranjeros a Buenos Aires; al parecer, un turismo cultural con mucho poder adquisitivo, como él mismo había dicho. Los coches y taxis paraban frente al edificio de inspiración helénica para que decenas de personas descendieran de ellos. Un enorme cartel rodeado de luces anunciaba el gran estreno de la tragedia del príncipe de Dinamarca, escrita por Shakespeare, así como el glorioso regreso de la reina de los escenarios: Hilda Massardi.

Habría una única función que no comenzaría hasta las ocho, pero las inmediaciones del teatro bullían de expectación. Después de todo, Mauricio Veronese resultó ser un rendido fan de la señora Massardi, y también supo sacar un alto rendimiento a la reaparición de la mítica actriz en su obra. Tanto la prensa como los críticos habían reaccionado muy positivamente ante aquella noticia, lo que había servido para generar un gran interés en la obra y, por consiguiente, convertirla en todo un éxito de taquilla.

Al contar con invitaciones del productor, el pequeño grupo entró al teatro sin necesidad de ponerse a la cola. En cuanto Lena entró en el vestíbulo creyó haber regresado a Europa; más concretamente, a la Ópera de París. La pequeña escalinata de mármol que llevaba a las salas estaba rodeada por anchas columnas del mismo material, cuyos frisos lucían motivos florales en un color más oscuro que el resto del conjunto. Lena miró al techo para captar el último rayo de luz natural, que acababa de proyectarse a través de la enorme vidriera octogonal ricamente decorada de la cúpula. En cada uno de los ocho lados se representaba a una musa, que reinaba entre un sinfín de coloridos ornamentos.

—¿Viene, o qué?

La profunda voz de Alex llegó desde arriba, arrancándola de su contemplación. Lena siguió el sonido con la mirada para descubrirlo en lo alto de la escalera, solo y vuelto hacia atrás en actitud de espera. El resto del grupo se había adelantado sin percatarse de que ella se retrasaba admirando el *foyer* del edificio. Sin embargo, él sí había reparado en ella, deteniéndose a esperarla.

Lena comenzó a subir por la mullida alfombra roja que cubría los peldaños, sin apartar los ojos del hombre que la aguardaba al final de la enorme escalinata, absolutamente imponente con su traje oscuro. Entonces volvió a tener la hechizante sensación de que solo existían ellos dos en el mundo, la inexorable certeza de que aquel era uno de esos instantes únicos que recordaría para siempre. Se paró a mitad de camino, asaltada por una repentina falta de equilibrio. Estaba muy enamorada de aquel hombre. Mucho. En realidad no comprendía cómo se había colado tanto en tan poco tiempo. Jamás le había pasado nada ni remotamente parecido. No obstante, no había pensado en sus sentimientos. ¿Y si no la amaba? ¿Y si nunca llegaba a corresponderla? Era imprudente exponer su corazón de aquella forma temeraria; era precipitado, alocado e insensato.

—Por el amor de Dios, ¿se encuentra bien?

Lena se vio de repente envuelta en sus brazos. Observó su rostro a tan solo un palmo del suyo y parpadeó, sorprendida. Se había quedado tan absorta que era posible que se hubiera tambaleado peligrosamente en mitad de los peldaños.

—Sí, no se preocupe —musitó, colocando una mano sobre su pecho para empujarlo.

Los ojos de Alex recorrieron su rostro con avidez. Lena sintió que le faltaba el aire y lo empujó con más fuerza. Él se miró el pecho y la tomó de la mano antes de soltarle la cintura.

—Fue realizada por la Casa Gaudin de París —informó, señalando al techo con una mano mientras tiraba de ella con la otra, creyendo que su aturdimiento se debía a la bonita cúpula—. El arquitecto Julio Dormal la hizo traer desde allá a principios del siglo pasado.

—Es impresionante. Me recuerda un poco a la Ópera de París.

Asintiendo con la cabeza, Alex esbozó una ancha sonrisa; una de aquellas que quitaban el sentido.

—Esa era la idea —reconoció mientras ambos reanudaban la marcha—. A finales del siglo diecinueve, Buenos Aires era considerada capital de la cultura en América del Sur, pero le faltaba un edificio esplendoroso que emulara la majestuosidad de aquellos que los emigrantes habían contemplado en su Europa natal.

Lena lo seguía por el pasillo que conducía al palco que el productor había reservado para ellos, encantada de ver salir de nuevo al arquitecto que se empeñaba en ocultar.

—Tardaron más de veinte años en acabarlo y dos de los arquitectos a quienes se les encargó la obra fallecieron antes de verla terminada: Tamburini y Meano —continuó él—. Pero entonces, la obra pasó a manos de Dormal, un belga que había llegado a la Argentina con el propósito de hacerse rico en el negocio de la carne y que, sin embargo, pasaría a la historia por construir el edificio con mejor acústica del mundo. ¿Sabe cómo lo consiguió? —Lena negó con la cabeza y él volvió a sonreír antes de detenerse en mitad del corredor—. Además del mármol para el embellecimiento del vestíbulo, de su Bélgica natal también hizo traer yeso proveniente de viejas capas geológicas para el revestido de la cúpula, logrando así una reverberación perfecta del sonido.

—Te gusta mucho este edificio —constató Lena con una sonrisa, feliz de verlo nuevamente emocionado con algo.

—Mucho.

Ambos se detuvieron en ese instante. Alex miró hacia abajo y algo pareció llamar su atención. Ella imitó su gesto y se quedó paralizada al descubrir que sus manos seguían unidas. Habían recorrido todo el pasillo cogidos de la mano como una pareja más. Notó que él levantaba el rostro para mirarla. Con la respiración agitada, ella lo imitó. Sus ojos se encontraron en un intenso momento que a ella le erizó la piel. Alex pareció expectante, como si esperara a que ella rompiera el contacto. Pero Lena no lo hizo, aguardando a que fuera él quien tomara la iniciativa. Estaba loco si pensaba que ella iba a hacerlo. La calidez de aquella palma unida a la suya había pasado a su corriente sanguínea, abrasándole las venas, haciendo que el calor le subiera a las mejillas y su corazón ardiera en llamas.

—Cuando estaba en la universidad y no tenía que ayudar en el bar, me venía acá todas las tardes con mi cuaderno de dibujo. —Su voz sonó rara, como si le costara articular las palabras—. Era lo más parecido a la grandiosidad de la vieja Europa que podía permitirme. —Algo ensombreció su mirada de repente—. Es todo cuanto puedo permitirme —repitió con firmeza, como si no estuviera hablando con ella.

Acto seguido frunció el ceño y la soltó.

En cuanto notó que sus manos se separaban, Lena se sintió profundamente sola, abandonada y desamparada. Deseó aferrarse a él para que continuara guiándola a través de aquel laberinto de mármol belga. Anheló poder rodearlo con los brazos y alejar sus sombras, mientras borraba su aura de tristeza a fuerza de puros besos. ¿Cómo decirle que estaba dispuesta a poner el mundo a sus pies? ¿Cómo decirle que le amaba y que, si algún día pudiera corresponderla, sería la mujer más feliz sobre la faz de la tierra?

—Es por acá, vamos —indicó él, reemprendiendo la marcha.

Lena observó su espalda, con la horrorosa sensación de que su vida comenzaba a parecerse de manera inquietante a una gran tragedia griega.

—¡Maldita sea! —gruñó con frustración, antes de seguirlo a través del largo pasillo.

22

Hola y adiós, señora Massardi

—¡Morir es dormir! ¡Dormir! ¡Tal vez soñar! ¡Sí, ahí está el obstáculo! ¡Porque es forzoso que nos detenga el considerar qué sueños pueden sobrevenir en aquel sueño de la muerte, cuando nos hayamos liberado del torbellino de la vida! ¡He aquí la reflexión que da existencia tan larga al infortunio!

Lena se arrellanó en su butaca, disfrutando del maravilloso espectáculo que se desarrollaba ante sus ojos. Ya estaban en el tercer acto, pero el actor que interpretaba a Hamlet había estado sublime durante toda la obra. El tormento del joven príncipe desde que el fantasma de su padre le revela su asesinato a manos de su tío, quien se había quedado con su reino y su esposa, era tan real que los espectadores llegaban a sentirlo. El público evolucionaba con el personaje a través del dolor, la ira, la locura fingida y la real, de una manera intensa. Se había mantenido una gran fidelidad al texto de Shakespeare, donde el poder y la ambición se manifestaban como los grandes corruptores del ser humano.

Sin embargo, lo más sobrecogedor había sucedido hacía algo más de una hora. Transcurría la segunda escena del acto primero cuando una imponente dama hizo su aparición. Era una mujer de la alta sociedad, ataviada con vestido de mangas largas y estrechas, realizado en terciopelo y adornado con perlas, que portaba sobre su cabeza una toca transparente y sobre esta, el peso de una gran corona.

—Mi buen Hamlet... no así tu semblante manifieste aflicción... véase en él que eres amigo de Dinamarca... ni siempre con abatidos párpados busques entre el polvo a tu generoso padre... Tú lo sabes... común es a todos... todo lo que vive debe morir, pasando de la naturaleza a la eternidad.

La primera aparición de Gertrudis duró casi diez minutos. Y en cuanto la actriz que la interpretaba apareció en escena, el teatro entero se levantó a aplaudir. Ella se detenía cada pocas palabras, hasta que volvía a hacerse el silencio en la sala para poder continuar.

Dos horas más tarde, cuando la representación terminó y los personajes principales hallaron su triste final, el elenco al completo salió al escenario a recibir el merecidísimo premio del público. Impresionaba escuchar un aplauso tan sonoro y sentido, señal de que los actores habían agitado muchas emociones con su magnífica interpretación. Pero en cuanto le tocó el turno de saludar a la reina Gertrudis, la sala se vino abajo. Dos mil personas se levantaron de sus butacas para aplaudir a la legendaria y fabulosa Hilda Massardi; calificativos con los que la prensa la había rebautizado durante las últimas semanas. Ella se adelantó al resto de sus compañeros, se sacó la corona de reina y, con una elegante reverencia, se inclinó ante su rendido público. Y entonces sí, el teatro explotó en un sobrecogedor delirio de vítores.

Puesta en pie y aplaudiendo hasta más no poder, Lena contempló la totalidad de la sala desde su palco. El teatro entero vibraba bajo sus pies por la fuerza de la ovación. Volvió sus ojos al escenario para no perderse detalle de la alegría de su amiga, cuando el perfil del hombre que tenía al lado captó su atención. Puesto de pie, alto e imponente, Alex aplaudía a Hilda con los ojos inundados de emoción. La sorpresa la paralizó y el gesto le conmovió el corazón. Como si hubiera notado su mirada, él volvió el rostro y le sonrió. Una lágrima se soltó entonces de sus párpados para descender, brillante y húmeda, por su mejilla.

—Se lo merece —murmuró, con la voz quebrada por la emoción—. Ya era hora, carajo.

Era tierno hasta el delirio. Eso, o que el momento los desbordaba a todos. Lena no pensó en lo que hacía: se puso de puntillas y le plantó un contundente beso en la mejilla, borrando el rastro húmedo de su lágrima. Alex se apartó hacia atrás, sorprendido por el gesto. Pero la impresión duró solo un segundo, el tiempo que tardó en tomarla por la cintura y abrazarla tan fuerte que a Lena le faltó el aire. De puntillas y pegada a su cuerpo, ella le rodeó el cuello con los brazos y pegó su mejilla a la de él.

«Te quiero.» Las palabras bulleron en sus labios, deseosas de librarse de su prisión. Bastaría con susurrárselas al oído. Nadie lo sabría jamás, ni siquiera Alex estaría seguro de haberlas oído. Sin embargo, las mantuvo cautivas, pues eran suyas, solo suyas; tan íntimas que solo le pertenecían al alma.

Él volvió la cara y depositó un beso en su mejilla. Acto seguido la soltó y continuó aplaudiendo a su mejor amiga, que seguía recibiendo su merecida ovación en el centro del escenario. Lena descartó pensar qué significaba aquel gesto, pues tal vez también a él le había salido de forma involuntaria. El momento era tan conmovedor que las emociones afloraban de forma natural. Puede que en su caso no fuera amor, pero seguro que estaba muy agradecido.

Dispuesta a no pensar más en todo aquello, Lena se volvió y continuó aplaudiendo hasta que le dolieron las manos.

Una hora después, Mauricio Veronese le explicaba algo sobre una de las estatuas que había en la pared del corredor que comunicaba con el salón Dorado, donde se celebraba la fiesta del estreno, y que estaba a rebosar de asistentes; desde los miembros del elenco hasta la prensa y personalidades del mundo del espectáculo y la vida pública de la ciudad, se daban cita en aquella reunión.

—Ese es Wagner, a quien situaron justo enfrente de Verdi. Pero como puede ver, los colocaron de forma que sus miradas jamás se crucen porque no se soportaban —explicó el productor, riéndose de su propio comentario.

Lena sonrió por amabilidad, un tanto abrumada por todas las atenciones que el productor le dispensaba desde que la había visto llegar a la fiesta. Alzó la cabeza y buscó a sus acompañantes con la mirada.

Goldstein y Bukowski se habían lanzado a por el bufet en cuanto entraron, y allí seguían todavía. Aurora bailaba prácticamente adherida a un crítico a quien ya le había echado el ojo durante la representación, y al que se presentó cuando tuvo oportunidad. A diferencia de muchos miembros del elenco, la señora Massardi todavía no había hecho acto de aparición. Lena escudriñó el resto de la sala, sin dar con la persona que buscaba.

Alejandro Lagar había desaparecido en cuanto tuvo ocasión de hacerlo. No se caracterizaba precisamente por su sociabilidad, y mucho menos disfrutaba de las grandes multitudes que se congregaban en aquellos eventos. El cristal de una galería captó un rayo de luz, proyectando el reflejo del hombre que buscaba. Lena se disculpó con el productor y se dirigió a su encuentro.

Apoyando el brazo contra la pared de la galería, contemplaba la vista del imponente vestíbulo de entrada mientras bebía una cerveza directamente de la botella. Una sonrisa se dibujó en el rostro de Lena cuando lo imaginó explicándole al elegante camarero que no usaría vaso.

Ella salió a la galería, desde donde había una interesante panorámica del vestíbulo de entrada, y se colocó frente a él.

—Hola —dijo.

Alex le lanzó una rápida ojeada antes de dar otro sorbo a su cerveza.

—¿No disfrutas de la fiesta? —preguntó ella, empeñada en conversar.

—Para nada —respondió, tan huraño como siempre.

Lena frunció el ceño al darse cuenta de que el hombre tierno y accesible de antes había desaparecido.

—Pues hay gente muy agradable.

Él hizo una mueca de cansancio.

—Regrese junto a ellos, entonces —murmuró, apoyando la espalda contra la pared. Sus ojos se desviaron, esquivando su mirada—. No querrá estropearle el karma a su productor, ¿verdad?

Lena lo miró con extrañeza. Entonces, una intensa emoción le atravesó el corazón.

—¿«Mi» productor? —preguntó, mientras una sonrisa comenzaba a tirar de sus comisuras—. Señor Lagar, ¿no estará usted celoso?

Arrugando el ceño, Alex levantó la botella y se terminó la cerveza. Tragó con fuerza el líquido al mismo tiempo que a ella le lanzaba una rápida mirada de arriba abajo.

—Si jugara bien sus cartas, podría salir de acá con un novio rico.

Lena se limitó a observarlo durante casi un minuto.

—¡Es increíble cómo lo hace! —resopló al fin con hastío—. Es tan condenadamente hermético y sarcástico que no sé si me está halagando o si, por el contrario, solo intenta ofenderme.

—La halago, claro.

—Pues con un «estás muy guapa esta noche» hubiera bastado —respondió ella, ajustándose el escurridizo chal sobre los hombros.

Él la contempló unos segundos en los que pareció reflexionar.

—Guapa sos —convino, haciendo una pausa que Lena rogó que se convirtiera en un mutis—, pero esta noche estás a la altura de las mujeres que gustan a los poderosos: empresarios, políticos... productores.

Lena aspiró con fuerza. En cualquier otro momento se hubiera tomado aquella tontería con humor y sarcasmo, pero la fuerza de sus sentimientos por él la volvían inoportunamente vulnerable; tanto, que en aquel instante le hubiera encantado abofetearlo.

No la conocía, no la conocía en absoluto. ¿Cómo podía pensar que era una persona tan codiciosa como para elegir a una pareja en función de su cuenta corriente? No la quería, ni siquiera le interesaba. El aire abandonó sus pulmones, al mismo tiempo que la esperanza vaciaba su corazón. Era una ingenua por pensar que él podía estar celoso.

—Tiene razón —suspiró, aparentando una tranquilidad que estaba muy lejos de sentir. Se sacó el chal y lo sujetó entre las manos mientras con el dorso de las muñecas se acomodaba el escote—. Creo que iré a ver qué puedo cazar.

Solo tenía la intención de alejarse de allí a toda prisa. Él mantenía los ojos entornados mientras su pecho subía y bajaba agitado. Estaba claro que no deseaba compañía. Apretando los labios, Lena levantó el mentón y se encaminó a la puerta de la galería. Pero en cuanto pasó por su lado, Alex la asió del brazo y tiró de ella. Un grito se ahogó en su garganta cuando se sintió empujada hacia delante. Chocó contra su vigoroso torso de una forma tan brusca que la hizo resollar.

—¿Adónde vas? —gruñó él, con la respiración estremecida y jadeante.

Sus centelleantes ojos verdes le recorrieron el rostro con avidez hasta posarse en sus labios. Lena sintió su cálido aliento en las mejillas mientras sus largos dedos la ceñían por el brazo, inflamando su piel desnuda como abrasadoras lenguas de fuego. La mirada de ella se fijó en su boca y todos los sentidos se le crisparon hasta el límite.

Pudo haber beso, y pudo haber sido salvaje, porque ambos parecían igual de desesperados por besarse. Pero un fuerte revuelo en el *hall* de entrada rompió el hechizo. Los dos estaban igual de alterados, por lo que tardaron unos segundos en recomponerse y asomarse al balcón. Un grupo de paramédicos ataviados con sus equipos sanitarios empujaban una camilla a través del vestíbulo. Se abrían paso entre la gente guiados por varios empleados del teatro. Se miraron el uno al otro sin entender y decidieron ir a ver qué ocurría.

Regresaron a la sala al mismo tiempo que el señor Veronese abandonaba la fiesta por una de las puertas que conducía al escenario. El rumor de que la señora Massardi se había desmayado en los camerinos corrió como la pólvora entre los asistentes. Goldstein, Bukowski y Aurora se acercaron a ellos para comunicarles la mala noticia. Alex salió disparado en la misma dirección que había tomado el productor.

—Tranquilos, seguro que no será nada —dijo Lena, volviéndose hacia su grupo de amigos, antes de ir tras él.

—Solo médicos y miembros del equipo —repetía el utilero que se encontraba en la puerta del almacén de decorados.

Alex se revolvió, nervioso.

—Oiga, somos su familia —explicó Lena al hombre, que

pareció pensarlo un par de segundos antes de hacerse a un lado para que accedieran al gran espacio que había bajo la sala del escenario, donde se construían y guardaban los decorados de todas las obras.

Habían seguido al productor hasta la zona de camerinos. Sin embargo, al llegar allí una asistenta les había indicado que la señora Massardi no había regresado del escenario para cambiarse y entonces habían ido a los almacenes, donde la dama había sufrido el desmayo. Lena recordaba lo sucedido en la bañera, por lo que aquello le pareció muy factible. La anciana había trabajado mucho durante los últimos meses para aprenderse el papel y regresar a los escenarios por todo lo alto. Había sido un gran esfuerzo y estaba enferma, aunque eso solo lo sabían Alex y ella. Era posible que, después de la descarga de adrenalina de la función, se hubiera desorientado y sufrido un desmayo, como aquel día en su baño.

La asistenta guio al equipo médico, al productor y al director a través de los estrechos corredores repletos de cuerdas y poleas, que conformaban las tripas del teatro, acompañados de Alex y Lena.

En cuanto el utilero les permitió pasar al gran almacén, los dos siguieron el sonido de las voces a través de los gigantescos artilugios de escenografía hasta dar con una cama blanca, ribeteada en oro, sobre la que se hallaba tendida la señora Massardi. Todavía llevaba puesto el vestido de terciopelo negro, que los médicos habían abierto sobre el pecho para realizar el masaje cardíaco, que repetían con insistencia en aquel momento. Alex se llevó un puño a la boca y dio un paso al frente. Pero se detuvo, seguramente para no interrumpir la labor de los médicos.

La imagen paralizó a Lena. Esperaba encontrársela desorientada, tal vez desmayada, pero no así. La memoria le hizo revivir la imagen de su padre sin vida en la cama de su cuarto, y el recuerdo le cortó el aliento. «Por favor, Dios mío, por favor», rogó en silencio mientras contemplaba, aterrada, cómo el menudo cuerpo de su amiga se agitaba con los fuertes impactos del masaje.

—La pobrecita buscó un lugar donde tenderse a descansar —dijo el utilero que estaba en la puerta y que, al parecer, se había acercado para ver qué sucedía.

Alex y ella apenas le dedicaron una mirada fugaz, antes de volver la atención a lo que realmente importaba.

—Y encontró la cama de *La Traviata* —continuó el hombre.

El significado de aquellas palabras les alcanzó como un tiro. Ambos volvieron la cabeza al mismo tiempo y le clavaron los ojos al utilero.

—¿Qué? —preguntó Alex, como si necesitara cerciorarse de que había escuchado bien.

—Es la cama que usamos para la ópera de Verdi desde hace más de un siglo —respondió el hombre, meneando la cabeza. Acto seguido se dio la vuelta y regresó a la puerta.

Atónitos, Alex y ella lo observaron alejarse hasta que desapareció entre la utilería. Sus rostros se volvieron el uno al otro al mismo tiempo. Sus ojos se encontraron en una mirada directa, demoledora, prueba de que en sus mentes acababa de formarse el mismo recuerdo.

—El lecho en el que la moribunda Violetta se despide de su Alfredo —murmuró Lena, utilizando las mismas palabras que Hilda había usado cuando les contó la historia de Federico, su utilero.

Alex asintió, perplejo.

—Donde averiguó lo que significaba hacer el amor.

—Hora de la muerte: las doce.

El temido diagnóstico médico sobrevoló el gran almacén, corroborando el funesto presagio que ambos acababan de presentir.

Un largo y entrecortado jadeo vació el pecho de Lena mientras volvía la atención hacia la cama. Los dos médicos recogían el equipo que habían usado para la reanimación y le cubrían el pecho con la camisola interior del vestido. Observó el cabello plateado de su amiga extendido sobre los almohadones y su sereno perfil de porcelana. Y a continuación sus ojos buscaron a Alex.

De pie a su lado, contemplaba la escena con el mismo estoicismo que un general al atravesar el campo de batalla donde su tropa yace abatida. Su mandíbula se contrajo visiblemente antes de pasarse la mano por el pelo.

—Créanme que lo siento —dijo el productor, que acababa de despedir a los médicos y se había acercado a ellos—. Si me lo permite, me gustaría ocuparme de los detalles del funeral.

Alex estrechó de forma mecánica la mano que le ofrecía.

—Lo pensaré, gracias —respondió impasible.

El señor Veronese se alejó acompañado del director, dejándolos a solas con el cuerpo de su amiga. Lena no había apartado la mirada de Alex. No lloraba, pero se le veía afligido, desamparado, e inmensamente triste. Dio un paso adelante con la intención de ofrecerle consuelo, pero él levantó la mano para detenerla. Ella se quedó quieta y vio cómo él se acercaba a la cama. Se inclinó y comenzó a abrochar la larga hilera de botones del vestido de reina. Tomó las manos de su amiga y las juntó sobre el pecho. No podía verle la cara, pero sus movimientos eran metódicos, precisos, y carentes de cualquier emoción. Se inclinó entonces sobre ella y la besó en la frente. Acto seguido, se volvió y se dirigió a la puerta. No lloraba.

Él se detuvo a su lado y Lena buscó su mirada. Trataba de contenerse, pero la tristeza le brotaba por los ojos en forma de manantial. Su cuerpo se estremecía en sollozos, deseoso de ser consolado. Se abrazó a sí misma, sintiendo la suave seda del vestido rojo bajo los dedos. «Su vestido», pensó.

Alejandro levantó la mano y le secó las lágrimas torpemente.

—Shhh, no llore.

Ella inclinó la cara buscando que aquella caricia durara lo máximo posible.

—Iré a arreglarlo todo —murmuró él—, ¿de acuerdo?

Lena asintió y él se alejó. Escuchó el eco de sus pasos, lánguidos y tristes, a su espalda, mientras ella volvía la atención a la señora Massardi. Su rostro expresaba la placidez de quien contempla la belleza, alguien que ha encontrado un lugar del que no querría regresar.

Allí, entre las ciudades legendarias que fueran escenario de grandes historias, suntuosos muebles que decoraban palacios y demás atrezo que evocaba los sueños de miles de espectadores, Lena rogó que la gran dama de la interpretación, la señora Hilda Massardi, se hallara por fin en los brazos de su Federico. Allí donde había conocido el amor, allí donde les decía adiós.

23

No quiero que te vayas

—¿Cree que ella lo hubiera querido así?

Lena volvió el rostro y observó su perfil. Parecía realmente intranquilo.

—Estoy segura de ello —respondió con sinceridad.

Y en verdad lo creía. No tenía dudas de que a la señora Massardi le habría encantado el ostentoso funeral que Mauricio Veronese había organizado en su honor. El productor dispuso una capilla ardiente en el teatro Colón durante una noche, para que el público que lo deseara pudiera dar el último adiós a la legendaria actriz. Y había cedido una urna en su panteón en el cementerio de Chacarita, donde las cenizas de Hilda descansarían al lado de figuras como Carlos Gardel o Alfonsina Storni.

Evidentemente, el gesto del empresario no era del todo altruista, pues sacaría mucho rédito de él; en primer lugar, por las circunstancias en que se había producido el fallecimiento de la señora Massardi, justo después de su última interpretación como Gertrudis. Y por otro lado, porque aquellas circunstancias habían mantenido durante muchos días el interés de la prensa, causando una gran expectación por la representación de *Hamlet*, para la que ya no quedaban localidades a la venta.

Alex miró hacia abajo y jugueteó con algo que había en la

acera. Acababan de llegar del funeral y él se había sentado en el escalón de la puerta del bar, ajeno a que todavía llevaba el traje y la corbata negros. Lena se había sentado a su lado, sin importarle tampoco el vestido negro de Carmen que se había puesto para la ocasión.

—Tampoco tenía muchas opciones —dijo él, aflojándose la corbata—. No era justo para ella terminar en algún nicho húmedo de uso general.

Lena jamás habría permitido algo así. Si no supiera que a Hilda le habría encantado la despedida que Veronese le había organizado, ella misma le hubiera construido un enorme panteón en el centro del cementerio de La Recoleta, junto a la mismísima Eva Perón.

—Se hubiera emocionado al ver a toda la gente que ha venido al teatro para despedirla.

Esta vez fue él quien le lanzó una rápida mirada de soslayo.

—Fue bonito, ¿verdad?

Lena asintió y sonrió, su primera muestra de alegría en los últimos días, lo que la sorprendió.

—Mucho —reconoció, volviendo la cabeza para mirarlo de frente.

Asintiendo, él también sonrió, antes de volver a concentrar su atención en el suelo.

Pasaron varios minutos en silencio en los que Lena reflexionó sobre lo callado que estaba él desde hacía dos días. Ella había buscado su compañía, deseosa de ofrecerle apoyo, pero Alex se había mantenido deliberadamente lejos desde la noche en que Hilda falleció.

Durante el entierro se apartó del grupo de amigos que formaban Bukowski, Goldstein, Aurora y ella, que habían recibido el pésame de cientos de personas, como si fueran de su familia. Pero él se había mantenido solo en una esquina del cementerio. Se alejaba a propósito, como si rechazara todo contacto personal. Los ojos de Lena no se habían apartado de él ni por un minuto. Había personas que, como ella, en momentos como aquel necesitaban del contacto humano; sin embargo, otras preferían todo lo contrario. Alex se amparaba en su soledad para sobrellevar aquella dolorosa circunstancia, y a Lena no le quedó otra opción que aceptarlo, pues solo era su amigo, aunque anhelara acercarse y confortarlo.

Exhalando un suspiro, él se sacó la corbata con aire cansado.

—Bueno —resopló, mirando hacia el bar—, ahora sí que nada me une ya a este lugar.

Lena se giró para mirarlo.

—¿Qué quieres decir?

Él le lanzó una rápida mirada antes de negar con la cabeza.

—Después de la muerte de mi padre me quedé acá para intentar reflotar todo esto —respondió, señalando el bar con la mano—. Sí, ya sé que era imposible. —Rio sin ganas—. Pero siempre fui un poco amante de las causas perdidas.

Lena no le quitaba ojo de encima. Una sospecha porfiada surgió en su corazón para ponerla alerta.

—Mi abogado dice que el bar y el conventillo han ido a parar a manos de un grupo inversor español. —Ella abrió mucho los ojos y apartó la mirada—. Quieren que me quede a explotar el bar a cambio de un alquiler mucho más bajo de lo que pagaba de hipoteca, con una opción de compra en el futuro.

Lena notó que él la observaba. Ella continuó contemplando el suelo, como si fuera lo más interesante del mundo, temerosa de que descubriera su secreto.

—¿No le parece raro?

Ella negó con la cabeza.

—No veo por qué —respondió, fingiendo indiferencia.

—¿No ve por qué? —preguntó él, incrédulo—. ¿Me quiere decir qué clase de grupo inversor gasta plata en una propiedad con la única intención de obtener pérdidas?

Mordiéndose el labio inferior, Lena lo miró fugazmente y volvió a negar con la cabeza.

—Pues yo se lo diré: eso solo lo hace quien quiere lavar dinero conseguido de forma ilícita —continuó él, jugueteando con la corbata entre los dedos—. No quiero ser parte del chanchullo de gente corrupta.

—No creo que sea ningún chanchullo... —repuso Lena, ofendida. Sin embargo se calló a tiempo, antes de descubrir la incómoda verdad.

Tal vez aquel era un buen momento para desvelar el auténtico origen de los fondos que habían comprado el bar y el conventillo. No quería perder su amistad. En realidad, no quería perder nada de lo que había descubierto allí durante los últimos meses. Adoraba su rutina diaria, aunque fuera lo único que podía tener. Solo quería estar con él. Temía perderlo si le contaba que había pagado su deuda; por no haberle consultado, pero, sobre todo, por haberle engañado todo aquel tiempo en el que él creía que era otra persona: una chica insolvente que solo necesitaba un trabajo.

—La señora Massardi era lo único que me retenía en este lugar y... bueno, ella ya no me necesita.

Esas palabras la hicieron aguantar la respiración. Ahí estaba la confirmación del horrible presentimiento que la rondaba desde que habían iniciado aquella conversación.

—¿Y Goldstein y Bukowski?

Él sonrió sin alegría.

—Ya va siendo hora de que se emancipen.

—¿Qué está tratando de decirme? —preguntó ella al fin.

Alex continuó jugueteando con la corbata, con la mirada ausente. Como si aquel trozo de tela negra fuera lo más interesante del mundo.

—Creo que voy a cerrar el bar.

Ella resopló. Se volvió hacia él para decir algo, pero volvió a cerrar la boca al no encontrar las palabras. Pestañeó varias veces, tratando de contener las lágrimas.

—¿Quiere decir que tendré que buscar otro empleo? —musitó.

Él asintió.

—Este lugar está lleno de recuerdos dolorosos para mí.

—Y también felices —contraatacó ella, arrepentida por no haber introducido una cláusula en su compra del bar por la que obligara al antiguo dueño a permanecer en él para siempre—. Maldita sea, Alex, este lugar ha sido un buen refugio para muchas personas. Tú mismo me contaste la historia de tus padres; cómo se quisieron y fueron felices aquí. ¡Tiene que valer de algo todo tu empeño por salvarlo! —exclamó apasionada—. ¡Creí que todo esto significaba mucho para ti!

Las lágrimas de Lena descendían por sus mejillas, incapaz de resistirse al sufrimiento que le provocaba aquella noticia. Se las enjugó deprisa, sin darse cuenta de que él la contemplaba con una extraña intensidad.

—Ya no queda nada —murmuró derrotado—. ¿Para qué quedarme?

«¡Por mí!», bramó mentalmente Lena. Le hubiera gustado agarrarlo por las solapas del traje y zarandearlo para que entrara en razón. Podía quedarse allí pagando un alquiler razonable que le permitiera vivir de su trabajo, sin sentir que le regalaban el dinero, y más adelante recuperarlo todo. ¡Maldición! Tendría que haberle bastado. «Si te amara, le bastaría.» La clave se presentó ante ella con una claridad afilada y contundente. Él mismo acababa de expresarlo en palabras: allí ya no le quedaba nada. Ella no era nada para él. Tendría que asumirlo cuanto antes, o no podría soportar el dolor. Y el daño no sería como el que le habían hecho su madre o Alberto; aquello era algo que la afectaba a un nivel esencial, vital.

Se apoyó en la puerta del bar para ponerse de pie.

—Bueno, si ya está decidido —musitó, un tanto tambaleante—, mañana me iré a primera hora. Le dejaré las llaves y el dinero del alquiler sobre la barra del bar. Buenas noches, señor Lagar.

—Espere, no es necesario...

Lena ya no quiso escuchar más. Se volvió y entró en el local para dirigirse a su habitación. Necesitaba un refugio porque estaba herida. Herida y abatida.

Más de dos horas después, Lena arrastraba los pies por su cuarto, completamente apesadumbrada. Si fuera una noche normal ya habría ido por una taza de cacao, y se la estaría tomando mientras dibujaba un rato antes de acostarse. Pero aquella no era una noche normal, porque era la última allí. Pestañeó varias veces para contener las lágrimas. Llevaba llorando desde que había entrado en el bar. Sus ojos estaban hinchados y sus mejillas mojadas, pero no quería seguir así, por lo que continuó parpadeando y fue al baño para lavarse la cara con agua fría. Agradecida por el alivio que sintió en sus irritados ojos, pensó en los siguientes pasos a dar.

Se iría al amanecer, y tendría que recurrir a su amiga Aurora; por lo menos hasta encontrar un empleo y algún otro lugar donde vivir. Regresó a la habitación, donde sobre la cama descansaba su pequeña mochila, en la que había guardado su vaquero y sus camisetas. Por la mañana solo tendría que guardar el pijama que llevaba puesto, su cepillo de dientes y el cuaderno en que dibujaba todas las noches. Aquel nuevo pensamiento acerca de las agradables rutinas que había establecido allí y que iba a perder volvió a deprimirla.

—Ya basta, Lena —murmuró, parpadeando y mirando al techo para contener otra cascada de tristeza.

Tomó la funda con el vestido rojo de la señora Massardi y la colgó en el armario, junto a los vestidos de Carmen. Estarían bien juntos. Las prendas de dos mujeres que le habían hecho bien. A una ni siquiera la conocía, pero sentía que la había acompañado desde su llegada a aquel lugar. Volviendo la cabeza, observó los cuadros apoyados contra la pared y sonrió. Eran bonitos, incluso aunque Carmen se sintiera la persona más desgraciada del mundo. No había conseguido transmitir tristeza en sus tragedias; había sido demasiado feliz. Cerró el armario y atravesó el cuarto para acuclillarse ante los cuadros. Se había acostumbrado a dormirse mirándolos, ¿cómo haría cuando no los tuviera?

—Os voy a echar muchísimo de menos —suspiró.

Tragó con fuerza y se incorporó. Iba a meterse en la cama, cerrar los ojos y pensar que su vida volvía a comenzar a la mañana siguiente. Iba a sufrir, pero tenía que visualizar cuanto antes el futuro o no sería capaz de superarlo. Se había enamorado hasta el tuétano y no la habían correspondido. Era la primera vez que le pasaba, y rogaba al cielo que no volviera a pasarle. La próxima vez tendría que estar más segura de los sentimientos de la otra persona antes de exponerse tanto. Y eso era lo raro, porque, en esta ocasión, ni siquiera sabía cómo había sucedido.

Unos golpes en la puerta la hicieron detenerse en mitad de la habitación.

—¿Quién es? —preguntó, aunque no había muchas opciones.

—Alejandro.

Su voz ronca al otro lado de la puerta la estremeció hasta el alma. El corazón comenzó a palpitarle, lo que significaba que no estaba preparada para verlo. «Tal vez dentro de cinco o diez años pueda encontrármelo sin sufrir un *shock*.»

—Ya es muy tarde —dijo, mordiéndose el labio inferior.

—Abrí, por favor.

Sus piernas tomaron el mando y la condujeron hasta la puerta. Agarró el pomo con las dos manos y cerró los ojos, rogando a Dios que le permitiera salir de aquella encrucijada de la manera más digna posible.

Giró el picaporte y abrió la puerta. La elevada silueta de él se recortaba contra la semipenumbra del patio.

—¿Qué? —murmuró.

Alex avanzó dos pasos. La lámpara lo iluminó y su alta figura tomó forma frente a ella. Iba descalzo, pero aún llevaba los pantalones del traje y la camisa blanca por fuera del pantalón. Se había abierto dos botones del cuello y remangado hasta los codos. Su pelo estaba revuelto, como si se lo hubiera mesado varias veces. Lena pestañeó varias veces, tratando de sacudirse la cara de embobada. Se apartó de la entrada y retrocedió hasta el centro del cuarto.

—¿Qué ocurre? —repitió, tratando de no mirarlo.

Él dio otro paso y se detuvo. Tomó aire con fuerza, antes de exhalarlo de forma entrecortada. Lena levantó entonces el rostro y lo observó. Parecía agitado y muy nervioso. Dio un nuevo paso y se detuvo, para volver a retroceder. Suspiró y le lanzó una mirada de impotencia que la sorprendió.

—No quiero que te vayas.

Aquellas palabras se elevaron en el aire y cayeron al suelo como el maná en pleno desierto. Su razón le gritó que fuera cauta, pero su corazón se desbocó.

—No me quiero ir... —Un sollozo le quebró la voz.

Alex la miró y sus ojos verdes centellearon con la mirada más frágil que ella había visto nunca. Lena dio un titubeante paso al frente y él hizo lo mismo.

—Shhh, no llorés —murmuró Alejandro, levantando una

temblorosa mano hasta su mejilla—. No puedo verte llorar.

Aparte del hecho de que la estaba tuteando, la miraba de una forma que le aflojaba las rodillas. Sorbiendo por la nariz, Lena se acercó más a él. La mano de Alex se paseó por su mejilla hasta la parte posterior del cuello. La yema de sus dedos, suaves como alas de mariposa, se enredaron en su cabello y la presionaron ligeramente para acercarla. Su moño improvisado se deshizo y el pelo se soltó sin orden ni concierto. Enredando la otra mano entre sus rizos para revolverlos, él la contempló con la misma fascinación de un niño ante un espectáculo de magia.

Los dos se aproximaron a la vez hasta quedar a apenas unos centímetros de distancia. Alex le tomó la cabeza con una mano y la atrajo hacia su pecho, mientras con la otra le rodeaba la cintura, sujetándola contra él. Lena sintió su respiración entrecortada en la frente. Levantó la mirada y comprobó que él tenía los ojos cerrados. La besó en la frente y bajó los labios por su pómulo, donde se detuvo para besarla de nuevo. Tenía el rostro contraído, como haciendo un gran esfuerzo por contenerse.

La boca de él siguió bajando hasta que sus respiraciones se mezclaron en un solo aliento, húmedo y jadeante. Lena cerró los ojos y dejó que sus instintos la guiaran. Se puso de puntillas para ajustar el abrazo y elevó ligeramente el rostro. No quería dar el primer paso, no quería volver a equivocarse, aunque una repentina falta de equilibrio le indicaba que ya no había vuelta atrás. Alex volvió a gemir y le apretó aún más la cintura. Su boca se deslizó por su mejilla y le rozó los labios. Un ronco suspiro escapó de la garganta de Lena antes de subir las manos por su pecho. Sintió el calor de su piel a través de la camisa y su corazón latiendo desbocado, al igual que el suyo. Tras un gemido desesperado, Alex buscó su boca. Sus labios se unieron tan intensamente que ambos perdieron cualquier noción de espacio y tiempo.

Alex la devoró con un profundo y apasionado beso. El placer más puro explotó en el pecho de ella, expandiéndose por su sangre con cada latido. La caricia se hizo más profunda y carnal, mientras las manos de él recorrían su espalda de arriba abajo. Lena apartó ligeramente la cabeza hacia atrás para recorrer su perfecto labio superior con la punta de la lengua. Tenía ganas de hacer aquello desde que lo había visto sonreír por primera vez. Otro ronco gruñido brotó de la garganta de él y el beso se hizo voraz. Su lengua buscó la de ella atrapándola, haciéndola mecerse en un sensual vaivén que le incendió las entrañas.

Lena respondió de igual a igual. Lo acometió con profundos besos, arqueando el cuerpo hacia él para lograr un mayor contacto. Entrecortados gemidos de placer escapaban de su garganta y se perdían entre sus bocas, enloqueciéndolos a ambos. Ella acarició la suave y cálida piel de su cuello, donde su pulso latía desbocado, y enredó los dedos entre su pelo castaño. Al momento sintió cómo las manos de él se deslizaban por debajo de la camiseta de su pijama y recorrían el arco de su espalda en una caricia delicada como la seda, ardiente como el fuego. Lena no rehuyó el contacto, sino todo lo contrario. Sin dejar de besarlo, buscó a tientas el primer botón de la camisa y lo soltó, repitiendo el gesto con toda la hilera. La prenda se abrió y su amplio tórax quedó al descubierto. Subió la mano extendida por su cálida piel hasta enredar las uñas entre el suave vello pectoral. Alex aguantó la respiración y detuvo el beso por un instante. La contempló con los ojos nublados de pasión antes de tirar del borde de su camiseta hacia arriba y sacársela por la cabeza. La prenda cayó al suelo y sus rizos se derramaron en delicadas cascadas sobre su sujetador.

Alex lanzó una rápida ojeada hacia abajo y tragó con fuerza.

—Me volvés loco —jadeó—. Completamente loco.

Los párpados de Lena cayeron y un entrecortado suspiro vació su pecho. ¿Cómo era posible que solo tres palabras la excitaran tanto? Aquel hombre le quitaba el sentido. Tomó su camisa y se la bajó por los hombros; trató de sacársela, pero se quedó enganchada en su reloj. Alex se deshizo de la prenda tan rápido como pudo y sonrió. Oh, aquella sonrisa ancha y hechizante que la fascinaba. Lena le rodeó el cuello con los brazos. El contacto de sus pieles desnudas les hizo suspirar a ambos. Ella le tomó la cabeza entre las manos y lo besó. Capturó su boca, la exploró, la mordisqueó, la devoró entera. Alex respondió al envite con pasión. La abrazó con fuerza, constriñéndola por la cintura hasta levantarla del suelo, hasta que el compás de sus corazones se fundió en un latido feroz.

Se movieron por la habitación sin ningún sentido del espacio, tropezando con los muebles y las paredes, conscientes únicamente de sus labios y de su piel, besándose y abrazándose hasta que chocaron contra la cama, donde cayeron enredados. Alex se movió sobre ella para que sus cuerpos encajaran. Sus manos la recorrían con frenesí, el cuello, los costados, los pechos, bajaban hasta sus nalgas y la apretaban contra él como si deseara enseñarle lo enorme y palpitante que era su deseo por ella.

El vientre de Lena se contraía en violentos espasmos. Estaba tan excitada que temía estallar de placer con aquellos movimientos. Solo había tenido una pareja y había disfrutado del sexo. Sin embargo, nunca, jamás, se había sentido tan al límite solo con besos. Notó que los temblorosos dedos de Alex le desabrochaban el sujetador y su cuerpo se arqueó, anhelando el contacto. Los ojos de él brillaron mientras la delicada prenda se deslizaba por su piel. Lena se mordió el labio inferior cuando el aire, y su mirada, le acariciaron los pechos. Alex rodeó su ombligo con el dedo índice, en una caricia tan suave que le erizó hasta el vello de la nuca. Subió la mano, recorriendo la tersa piel entre sus costillas y se detuvo. Lena se retorció debajo de él, protestando.

En cuanto sintió su cálida palma sobre su pecho una oleada de placer la envolvió, elevándola hasta el cielo. Arqueó la espalda porque quería darle más, que la abarcara entera. Alex rodeó el pezón con los dedos y tiró ligeramente. Lena gritó hundiendo la cabeza en la almohada. Él se cernió sobre ella para lamerle el cuello, la clavícula, la ardiente piel del escote. Lena gemía, mirando hacia abajo, deseando que hiciera aquello que le estaba prometiendo, impaciente por sentirlo. Él tomó entonces sus pechos entre las manos y con su boca conquistó la excitada cima de aquellos montículos. Su húmedo aliento sobre la piel, la ligera succión en aquella parte tan sensible, le hicieron perder la razón.

Alex se deleitó con fervor en darle placer, parecía fascinado con cada nueva porción de piel que descubría, ansioso por saborearla. Se dispuso a quitarse el pantalón y Lena se arrodilló a su lado, deseosa de participar, y le abrazó. Él resolló en cuanto la sintió desnuda entre sus brazos y buscó de nuevo su boca con avidez. Sus labios se encontraron de nuevo con urgencia, con ansia por volver a unirse. Lena introdujo la mano entre sus cuerpos y le desabrochó el cinturón. Bajó los dedos por su terso vientre, introduciéndose bajo el pantalón para acariciarlo por encima del calzoncillo.

Alex soltó un ronco gemido.

—Esperá —siseó, sujetándola por la muñeca—, deseo que esto dure lo máximo posible.

Lena le besó el cuello.

—Yo también —susurró junto a su oreja.

Él rio.

—Entonces evitá tocarme así.

—Pues entonces evita sonreír así —respondió ella, observándolo fascinada.

—¿Es que siempre vas a tener una respuesta para todo?

Lena lo fulminó con la mirada.

—¿Qué pasa? —preguntó Alex, extrañado.

—Has vuelto a sonreír.

Ella bajó la cabeza y volvió a besarle el cuello. Dejó que sus labios se deleitaran con la cálida piel del agitado pecho. Le desabrochó el pantalón con las manos y se lo bajó hasta el muslo, mientras su cabeza seguía descendiendo. Besó su vientre justo antes de lamer el abultado calzoncillo. Rechinando los dientes, Alex le asió la cabeza entre las manos, la levantó y le dio un beso tan salvaje que Lena casi perdió el sentido. La alzó y se tumbó sobre ella, enloquecido de pasión. Lena respondió de igual a igual. Lo acometió con profundos besos, arqueando de nuevo el cuerpo hacia él para lograr un mayor contacto.

Alex tomó su cartera del bolsillo del pantalón y la dejó sobre la mesita de noche, antes de deshacerse del resto de su ropa con torpeza. Los ojos de ella lo recorrieron de arriba abajo. Era perfecto, sencillamente perfecto. Quería besarlo entero, rodearle el miembro con sus manos y llevárselo a la boca hasta hacerlo estallar de placer. Se sentía arder. Quería abrirse para él como una flor lo hace para el sol. Sus manos recorrían frenéticas su espalda para acercarlo aún más. Ansiaba fundirse en su piel. Aquel hombre. Oh, aquel hombre. Era seda y acero. Ternura y pasión. Estaba loca. Aquel delirio debía ser la entrada a su locura.

Alex continuó besando, lamiendo y mordiendo con absoluta devoción y sorpresa. Parecía adorar cada porción de piel que se desvelaba ante sus ojos. Subió la mano por su pierna desnuda, recorrió su muslo hasta hincar los dedos en sus nalgas y apretarla contra él.

—Mirá lo que me hacés.

Lena se contorneó contra aquella enorme y vibrante dureza, disfrutando lo indecible de su acento, de su mirada empañada, de su pérdida absoluta de control.

—Oh, Lena, sos preciosa —susurró, abandonando su boca para besarle el cuello, justo antes de inclinarse para lamerle los pechos, el ombligo y el vientre, hasta toparse con las braguitas. Entonces tomó la prenda entre los dientes y tiró hacia abajo, hasta dejarla completamente expuesta para él.

Alex sopló ligeramente la cara interna del muslo y fue subiendo poco a poco. En cuanto ella sintió su aliento en aquella parte tan sensible se le puso la piel de gallina. Jadeó y se retorció, deseando que terminara cuanto antes con aquella tortura deliciosa. Él posó la boca entre sus piernas y Lena soltó un grito, un grito desesperado.

—No, espera —jadeó.

Alex la lamió allí donde su cuerpo ardía. La saboreó lento, como un rico manjar, empeñado en abrirla y alcanzar su esencia, empleando únicamente la sedosa punta de su lengua. Intentaba hacerla enloquecer. Y entonces, de pronto lo logró; demasiado rápido para ella, que fue incapaz de refrenarse y estalló. Le sujetó la cabeza entre las manos y se dobló como la cuerda de un arco contra su boca, cuando violentos espasmos de placer la abrasaron, como un volcán en plena erupción. Fuego puro la derretía por dentro, candente lava le ardía en las entrañas.

Tendida bajo él, sin prácticamente vida en ninguno de sus miembros, Lena estaba segura de haber muerto y ascendido al maravilloso paraíso del placer infinito.

24

Una sorpresa en la cartera

Lena se cubrió los ojos con el brazo mientras la respiración se le iba acompasando. Jamás en su vida había sentido nada ni remotamente parecido. Cierto era que su vida sexual se limitaba a las experiencias con su único novio. Pero Alberto nunca había demostrado aquella destreza, ni siquiera era algo que le gustara practicar, sino que siempre se había mostrado más dispuesto a que ella se lo hiciera a él. Bueno, si aquello era lo que se sentía, tal vez ella debería haber demostrado más entusiasmo, sin esperar a que su «pobre novio» la empujara muchas veces hacia aquella parte de su anatomía sin el menor disimulo. Aquel pensamiento la hizo sonreír. Desde luego, no podía haber dos personas menos comparables que su ex novio y Alejandro Lagar; y no solo en lo que a técnicas amatorias se refería.

—¿De qué te reís? —preguntó él, alzando el rostro hacia ella—. ¿Te hago cosquillas?

Lena asintió, aunque no era verdad. Sin embargo, no quería compartir sus pensamientos en aquel momento, ni en aquella postura. Alex tenía la cabeza entre sus piernas, aunque ya no la tocaba allí donde la había lamido. Se limitaba a darle tranquilizadores besos en la cara interna de los muslos.

—Lo... lo siento —murmuró ella, levantando la cabeza para mirarlo a los ojos—. Sé que tendría que haber durado un poco más, pero es que hacía tanto que no... que no hacía... bueno, esto.

Las comisuras de Alex se elevaron otra vez sobre la sensible piel de su entrepierna.

—No tenés por qué sentirlo. Yo jamás había hecho esto —respondió antes de levantar los ojos hacia ella.

Sorprendida, Lena abrió la boca para volver a cerrarla, sin saber muy bien cómo tomarse lo que acababa de decir.

—¿Te refieres a...? —preguntó azorada, señalando su entrepierna.

—No —rio él—, esto sí lo había hecho antes.

Ya le parecía a ella que su técnica era demasiado depurada para ser un inexperto.

—Entonces, ¿qué has querido decir?

—¡Cuántas ganas de hablar, Dios mío! Parecés argentina —exclamó Alex mirando al cielo, antes de dejar una hilera de ardientes y pausados besos sobre su vientre, su ombligo, sus pechos... Oh, la volvía loca; tanto como para expulsar cualquier pensamiento de su mente.

Él se entretuvo en sus pechos. Parecía realmente fascinado con la forma en la que encajaban en sus manos. Los juntaba y los besaba, lamía y succionaba, pasando de uno a otro con verdadera veneración.

—Oh, por favor —jadeó Lena, retorciéndose y contorneándose de nuevo hacia él, buscando un contacto que se demoraba en darle de forma deliberada, casi diabólica. Enredaba los dedos entre sus cabellos y tiraba de él cada vez con más fuerza. Ansiaba con desesperación que subiera, que la oprimiera con su peso, que saciara el desesperante deseo que no había tardado nada en reavivar.

Él detuvo el torturador deleite de sus pechos y se estiró hasta alcanzar su cartera sobre la mesita de noche. La abrió y sacó un pequeño envoltorio de plástico antes de arrojarla al suelo, para comenzar a colocarse el preservativo con manos temblorosas. Lena lo observó en silencio, subyugada por su belleza masculina. ¿Cómo pudo pensar alguna vez que no era guapo? Era precioso, si es que podía usarse aquel término en masculino. Y ahora, al verlo allí, completamente expuesto ante ella, para ella, anhelaba envolverlo por entero, poseerlo, amarlo hasta volverlo parte de ella.

Alex regresó a su lado. Sus dedos ascendieron por las piernas. La besó en las rodillas y dejó que sus labios, calientes y húmedos, resbalaran a lo largo de sus muslos. Lena quiso mostrarse más activa y desinhibida, pero parecía haber caído en un hechizo, un encantamiento del que únicamente él era responsable. Agarró las sábanas y las retorció al sentir que Alex volvía de nuevo a sus pechos.

—Oh, Alex, por favor —gruñó, hundiendo la cabeza en la almohada.

—Decilo otra vez.

Lena lo miró.

—Por favor —obedeció, deseosa de complacerle. No; en realidad, deseosa de que la complaciera.

—Eso no, lo otro.

Ella pensó en qué más había dicho y entonces comprendió.

—Alex...

Los ojos de él centellearon como esmeraldas.

—Otra vez —susurró, elevándose sobre ella.

—Alex...

Lena abrió las piernas y al momento notó cómo entraba en ella. La penetró despacio, pero sin contemplaciones. Un largo gemido brotó de su garganta en cuanto sintió cómo su interior se estiraba, adaptándose a la longitud y dureza de su sexo. Arqueó la espalda y elevó ligeramente las caderas para que sus cuerpos encajaran por completo.

Gimiendo, Alex se elevó sobre ella y volvió a besarla en la boca. Se quedó rígido, la cabeza entre los hombros y los músculos temblorosos. Se movió despacio. Hacia arriba hasta casi salir para de nuevo adentrarse hasta el fondo. Arrugó la frente y volvió a gemir. Un ronco y profundo gruñido emergió de su garganta, una señal de que no solo ella estaba a punto de perder el control. Alex desplazó las manos hasta alcanzar las suyas, entrelazando sus dedos, y las oprimió contra el colchón, usándolas como punto de apoyo en las lentas y placenteras embestidas que siguieron.

—Oh, Lena... —jadeó, elevándose de nuevo sobre ella, meciéndose juntos en el estrecho filo donde no había lugar para el pensamiento y donde solamente mandaban los sentidos.

Ella continuó arqueando la espalda, moviendo sus caderas de forma sinuosa, buscándolo hasta encontrarlo. Sus esculpidos músculos se contraían, ondulándose sobre ella al ritmo de la coreografía más antigua del mundo. Solo piel e instinto, ternura y tentación. Cada movimiento estaba perfectamente coordinado, él le hacía el amor de una forma increíble. Cada gemido de placer que escapaba de su garganta, o cada vez que pronunciaba su nombre, hicieron crecer la excitación de Lena hasta cotas desconocidas.

La sensación comenzó como una pequeña cascada de chispas en su vientre, pero el calor ascendió de repente hasta convertirse en una llamarada que estalló en su interior, multiplicando por un millón la sensación anterior, incendiándole la sangre. Gritó y se arqueó contra él, rodeándolo con sus piernas, completamente desinhibida. Su cuerpo ya no le pertenecía; salvajes espasmos de placer lo arrasaban.

—¡Lena! —El grito se quebró en cuanto Alex hundió el rostro en su pelo.

Con otra embestida, empujó con fuerza hacia dentro. Hasta llegar a pertenecerle, hasta formar parte de ella por completo. Durante un largo instante permaneció inmóvil, envolviéndola con sus brazos, apoyado sobre los codos para no aplastarla con su peso.

Sus cuerpos, desnudos y enlazados, se mecían en agitadas respiraciones. Las cascadas de luz que se derramaban desde la lámpara de la mesita recortaban sus figuras contra la pared en forma de jadeantes sombras. Mientras al otro lado del cuarto, Orfeo y Eurídice suspiraban desde el colorido vitral, ansiosos por reencontrarse bajo el sol y volver a amarse físicamente.

Un tiempo indeterminado después, Lena despertó de un exhausto y saciado letargo. Abrió los ojos poco a poco, temerosa de que aquello que acababa de soñar no fuera real. Sin embargo, su desasosiego se evaporó en cuanto comprobó que Alex se encontraba acostado a su lado, con la cabeza apoyada en una mano mientras la contemplaba con misteriosa fascinación.

—¿Qué? —preguntó amodorrada—. No me digas que ronco.

Él soltó una risita.

—No —dijo, antes de apartarle un mechón de la cara—, aunque movés los labios como si hablaras.

Lena enarcó las cejas, sorprendida, pero la franca sonrisa de él la hizo sentir la mujer más feliz del mundo; y no solo por lo bien que le había sentado a su cuerpo lo que él le había hecho, sino porque era él, precisamente, quien se lo había hecho. En aquel momento, Lena sintió un fuerte deseo de cobijarse en su abrazo, decirle «te amo», besarlo apasionadamente y hacerle el amor otra vez. Sin embargo, no sabía cómo actuar. Era la primera vez que se acostaba con un hombre del que, más allá de su deseo, desconocía cuáles eran sus sentimientos por ella; si es que tenía algún sentimiento por ella. Lejos de liberarla, aquel pensamiento la asustó, le provocó un terrible desasosiego. Pero él terminó con aquella especie de zozobra en tan solo un segundo. Pasó un brazo alrededor de su cintura y la atrajo de nuevo hacia sí.

Lena levantó el rostro y le besó los labios. Le acarició el rostro con la yema de los dedos, disfrutando de su tacto áspero. Se había afeitado para el funeral, pero la barba ya le ensombrecía las mejillas. Lo mordisqueó y lamió, deleitándose en aquel beso, por todas las veces que había deseado hacerlo y no había podido.

Otro gemido gutural escapó de la garganta de él.

—Me ha gustado mucho lo que... —Con la respiración agitada, Lena pensó en lo que iba a decir, porque sintió que necesitaba decir algo—. Me ha gustado lo que acabamos de hacer.

Alex volvió a colocarse encima de ella.

—Pues me alegro mucho, porque tengo toda la intención de repetirlo.

Lena sonrió.

—Me parece una idea excelente —respondió, tratando de resultar coqueta.

«¿Cuántas veces más? ¿Durante cuánto tiempo más?» Las preguntas comenzaron a amontonarse en su mente, y todas tenían que ver con el análisis de lo que acababa de pasar. ¡Ay, qué manía de considerarlo todo cien veces! Se reprendió a sí misma. Todavía no entendía cómo había sido capaz de subirse a aquel avión en Madrid hacia cualquier parte.

—¿Qué te ocurre? —Alex levantó la cabeza y la observó preocupado.

—No es nada, solo que... necesito ir al baño.

No era mentira, las ganas de hacer pis la habían despertado, pero la mujer decimonónica que llevaba dentro precisaba de unos minutos a solas con la mujer del siglo veintiuno que quería ser. Esta tenía que convencer a aquella de que lo único que tenían que hacer era dejarse llevar y divertirse, sin importarles lo que fuera a pasar después. A pesar de que la exposición iba a ser altísima y su riesgo total, el sexo era tan bueno que tenían que replanteárselo todo, disfrutar del momento y no pretender poner etiquetas tan pronto a aquella relación.

—No tardes mucho —respondió Alex, besándola ligeramente en los labios antes de hacerse a un lado para dejarla salir de la cama.

Lena miró alrededor buscando su pijama, pero se encontraba en medio de la habitación mezclado con la ropa de él. Estaba totalmente desnuda y su pudor le impedía pasearse así delante de un hombre. Así que agarró la colcha de almazuela, arrugada al pie de la cama, y se envolvió en ella mientras se levantaba.

—¿Tenés frío? —preguntó Alex, sonriendo.

—Sí. —Lena miró al techo, maldiciendo. ¡Debían de estar a veinticinco grados, por lo menos!—. No —se corrigió, volviéndose hacia él mientras se sujetaba la colcha contra el pecho.

—¿Estás bien?

Alex parecía un poco preocupado. Ella forzó una sonrisa y asintió con la cabeza. Dando un paso atrás, pisó la colcha y se desequilibró, a punto de caerse. Sin embargo, se recuperó rápido y se metió en el baño.

Unos minutos después, mientras se lavaba las manos, levantó los ojos hacia el reflejo que el espejito del lavabo le devolvía. Tenía el pelo revuelto, mucho más de lo normal, las mejillas rojas y los ojos brillantes. Parecía que tenía gripe, o que acababa de tener un sexo increíble. Aquel pensamiento la hizo sonreír: las dos cosas pasaban por distintos procesos febriles y, si no se trataban, podían tener consecuencias catastróficas. Se inclinó para mojarse la cara con agua fría y, mientras el frescor aliviaba su piel, deseó que hubiera algo igual que pudiera calmarle el alma. Estaba completamente loca por el hombre con el que acababa de hacer salvajemente el amor, y que la esperaba en la cama para repetirlo. «Vive. Déjate llevar.» Esos eran los consejos que el corazón lanzaba a su cabeza. Sin embargo, costaba superar una férrea educación conservadora y su escasa experiencia en general.

Tras secarse con la toalla, trató de arreglar el aspecto de su pelo.

—Ni se te ocurra decir «te quiero». Palabras prohibidas, ¿de acuerdo? —ordenó en voz baja, apuntando con el dedo índice a su reflejo en el espejo.

Después de un largo y angustioso suspiro, regresó a la habitación. Al abrir la puerta descubrió que él aún la esperaba en la misma posición en que lo había dejado. La satinada piel de sus anchos hombros relucía a la luz artificial. Alex volvió su rostro hacia ella y sonrió. ¡Ay, aquella sonrisa! Sacudiendo la cabeza, se dispuso a regresar a su lado. Sin embargo, sus pies descalzos pisaron algo blando y se apartó para ver qué era. La cartera de Alex estaba abierta en el suelo, muy cerca de la puerta del baño. Se agachó para recogerla y depositarla de nuevo en la mesilla, cuando un pequeño papel blanco cayó de su interior. Se inclinó para devolverlo a su lugar, pero entonces se fijó en unos trazos de tinta azul que reconoció enseguida.

Lena arrugó el ceño y desdobló el papel. Jamás se hubiera atrevido a hacer algo así si no fuera porque las líneas de aquel dibujo eran, sin lugar a dudas, suyas.

—Esperá, ¡no lo abras! —exclamó Alex, alzando una mano hacia ella mientras se sentaba en la cama.

Pero era demasiado tarde. Lena estiró la pequeña hoja doblada de la libreta de pedidos para descubrir lo que ocultaba. Era el dibujo en que Alejandro aparecía frente al bar con ropas y armas de guerrero, aquel que ella le había hecho el día en que se conocieron para demostrarle que era una artista.

Alelada, Lena levantó los ojos hacia él.

—Creí que lo habrías tirado.

—No lo hice —admitió él, apartando la mirada.

Lena acarició con el pulgar el suave papel marcado por las líneas de bolígrafo y sonrió. La artista que llevaba dentro se sentía tontamente halagada.

—¿Por qué lo has guardado? ¿Y por qué lo llevas en tu cartera?

Alex se encogió de hombros y observó las sábanas antes de levantar nuevamente los ojos hacia ella.

—Supongo que quería tener un recuerdo tuyo cuando te fueras.

Sus palabras la dejaron atónita, y la vulnerabilidad de su mirada le derritió el alma.

—¿Por qué creíste que me marcharía? —preguntó mientras su corazón se desbocaba.

—No sé si te habrás dado cuenta, pero las cosas buenas no suelen durarme mucho.

Aquella declaración le cortó la respiración a Lena, que susurró:

—¿Por qué querías guardar un recuerdo mío?

Alex compuso una mueca de angustia antes de soltar un largo y entrecortado suspiro.

—Porque eras lo más bonito que había entrado nunca en mi bar. —Hizo una pausa y, tras otro rendido suspiro, añadió—: Y porque tu amabilidad, tu optimismo, y esa capacidad tuya para descubrir la belleza en todas las personas, me hacían caer cada vez más en tu embrujo, transformándome en un hombre temeroso.

De pie en medio de la habitación, donde sus ropas yacían esparcidas por el suelo, Lena lo observaba desnudar el alma frente a ella; aturdida por la sorpresa e infinitamente emocionada por aquel milagro.

—¿Cuál es tu temor, Alex?

—Perder la razón, Lena.

Negando con la cabeza, ella lo miró sin entender.

—Cuando te vi entrar en mi local creí que eras un ángel, una visión, o algo igual de irreal —continuó, sonriendo sin alegría—. Eras tan preciosa que parecías de otro mundo. Luego hablaste y comprendí que tan solo eras una muchacha perdida que necesitaba ayuda. Sin embargo, conocerte mejor me hizo darme cuenta de que pensaba en ti a cada rato, en cada momento del día. Hasta que también empecé a soñar contigo, y fue cuando ya te instalaste en mi cabeza el día entero. Me di cuenta entonces de que, si algún día te ibas, si te perdía y no volvía a verte, me iba a volver loco. En ese momento, y solo entonces, comprendí a mi padre, ¿lo entendés ahora?

Lena quiso decirle que sí, pero un nudo le cerraba la garganta, por lo que se limitó a asentir. Las mariposas de su estómago se habían empeñado en levantar el vuelo a la vez. Sus enormes alas se agitaban en el aire haciéndola estremecer.

—¿Quiere eso decir que... que... me quieres? —balbuceó.

Alex arrugó el ceño y negó con la cabeza.

—Lo que quiero decirte, Lena, es que te amo más que a nada —aclaró con voz ronca—, y que me duele en el alma que hayas aparecido en este momento tan malo de mi vida.

—¿Por qué? —jadeó ella, mientras su espíritu se mecía extasiado al compás de sus palabras.

—Porque no tengo nada que ofrecerte. Nada de nada, y no puedo prometerte que vaya a conseguir algo.

—¿Y por ello me dijiste todo eso de que ibas a cerrar el bar?

Alex hizo una mueca de disgusto.

—Eso es algo que he pensado, porque no comprendo bien cuál es la nueva situación de mi negocio y porque no confío en unos inversores que no quieren ganar dinero. —Lena se mordió el labio inferior y miró al techo, deseosa de contarle la verdad, aunque segura de que aquel no era el momento—. Sin embargo, no sabía que te lo ibas a tomar de esa forma. No me pude acostar pensando que te ibas a ir mañana. Estuve paseándome por mi apartamento toda la noche, hasta que vi la luz en tu cuarto y decidí que tendría que impedírtelo como fuera.

—¿Y se te ocurrió hacerme el amor? —repuso ella, con una sonrisa creciendo en sus labios.

—Espero que haya resultado convincente.

Ella rio y se quedó contemplándolo. Sentado en mitad de la cama, con su maravilloso torso desnudo, el pelo revuelto y las mejillas sonrojadas, era la imagen más absoluta de la perfección que ella había visto jamás. Un hombre que acababa de confesarle su amor, aunque tímidamente, pues no se consideraba merecedor de ella.

—Oh, sí, ha sido muy convincente —murmuró Lena, acercándose lentamente a la cama—. Ahora que conozco tus sentimientos, me pregunto si tiene alguna importancia para ti lo que yo tenga que decir al respecto.

Alex, que no había dejado de seguirla con la mirada, asintió con la cabeza, con el aspecto más vulnerable que ella había visto nunca en un hombre de su tamaño. Lena se subió al colchón y se arrodilló frente a él.

—Tengo que reconocer que cuando te conocí no me gustaste, y luego te empeñaste en ser la persona más repelente del mundo —le dijo, y Alex frunció la nariz. Ella rio, recordando sus primeros encuentros.

—Espero que puedas perdonarme, pero ser desagradable era la única forma de protegerme —se sinceró él—. Me di cuenta de que me estaba enamorando, cuando empecé a hacer de todo para no enamorarme. ¿Se entiende?

Lena sonrió y asintió. Le tomó las manos entre las suyas y contempló con deleite cómo los largos dedos se entrelazaron con los suyos.

—Y pese a todo, un buen día tuve la fortuna de contemplar el pequeño milagro de tu sonrisa —reconoció, alzando los ojos de nuevo hacia su rostro—. Me enternecía la forma en que cuidabas de la señora Massardi, o de cómo tratas a Goldstein y Bukowski. Me emociona profundamente la manera en que hablas de tus padres, y la pasión que demostraste cuando me contaste tu proyecto para las villas.

—¿Qué tratás de decirme, Lena?

Ella lo observó unos segundos y se dio cuenta de que él estaba exactamente en su misma situación. Se sentía inseguro y expuesto, con la fragilidad de quien sostiene el corazón entre sus manos, arriesgándose a que se lo rompan en mil pedazos.

Lena se inclinó hacia delante.

—Lo que quiero decirte, Alex, es que te amo más que a nada —le susurró al oído, usando la misma fórmula que él para revelar su secreto—, y que me redime el alma que hayas aparecido justo en este momento de mi vida.

25

Cerrado por seducción

Alex le tomó la cara entre las manos y la miró profundamente, como si deseara leerle el pensamiento.

—Eso lo cambia todo —murmuró, acariciándole las mejillas con los pulgares—. Porque, por obra y gracia de tus labios, me acabo de situar en el primer puesto de la lista Forbes.

Lena rio y lo besó en los labios mientras, lentamente, se acomodaba a horcajadas sobre él.

—Esa lista es de millonarios.

El rostro de Alex se puso serio y, con un largo suspiro, la acogió en su regazo, rodeándole la cintura con los brazos.

—Esa lista no, la otra.

La colcha se escurrió hasta su cintura y ella sintió cómo sus pechos desnudos se aplastaban contra la cálida piel de su torso.

—¿Es que hay otra lista Forbes? —preguntó, bajando la cabeza para besarlo en los labios con una languidez excitante.

—Ajá —suspiró Alex cuando ella abandonó momentáneamente su boca para besarle el cuello—, la de hombres afortunados.

Lena rio contra su piel.

—No existe tal lista.

Introduciendo las manos entre los pliegues de la colcha, Alex la miró a los ojos.

—¿Ah, no? —preguntó, fingiendo sorpresa.

—No —rio Lena, negando efusivamente con la cabeza.

La sonrisa se le congeló en cuanto sintió sus grandes manos deslizarse por sus nalgas para apretarla contra su excitado miembro, que volvía a estar enorme y persistente. Tras un ronco gruñido, ella volvió a reclamar su boca con un beso tan apasionado que les dejó a ambos sin aliento.

Lena buscó a tientas la cartera de él, que había quedado en alguna parte sobre la cama.

—Por favor, por favor —susurró contra su boca—, dime que aquí dentro tienes otro preservativo.

—Una tira entera —respondió él, elevando las cejas.

Ella volvió a apartar la cabeza para mirarlo a los ojos.

—¡Vaya, qué previsor!

—Si te contara la verdad, no me creerías.

La que alzó las cejas esta vez fue Lena.

—Prueba.

Alex la besó en la boca antes de atraerla hacia sí de nuevo.

—¿Tratas de seducirme para que olvide el tema?

—Ajá —murmuró él, antes de besarla otra vez.

Lena elevó el rostro.

—No funcionará —dijo, tomando su cara entre las manos para conseguir que se estuviera quieto—. ¿Cómo es que llevas una tira de preservativos en la cartera? ¿Estabas tan seguro de seducirme, o es que tienes una doble vida que me encantaría conocer?

Alex rio.

—Por favor, no quieras saber la verdad —gruñó mortificado—. Prefiero que pienses que era un bala perdida antes de conocerte.

Achicando los ojos, Lena ladeó ligeramente la cabeza.

—¿No me lo vas a decir?

Alex negó con la cabeza.

—Mira que puedo torturarte hasta sonsacártelo.

—Tengo una férrea voluntad, señorita —respondió él con gesto altanero—. No me doblego con facilidad.

—¿Ah, no?

—No.

Lena observó sus fulgurantes ojos verdes y a punto estuvo de morderle los labios. Sin embargo, se lo tomó con calma, a pesar de que la consumía el deseo por él.

—Bueno, tenía que intentarlo —reconoció, acariciándolo con la punta de la nariz en la mejilla.

Alex se relajó y ella le besó ligeramente los labios. Él buscó su boca con avidez. Lena respondió con el mismo entusiasmo, y sus bocas se encontraron en un beso incendiario que los dejó a ambos jadeantes y ansiosos. Ella se separó para dejarle un reguero de besos en el cuello y el agitado pecho. Cerró los labios en torno a sus erectos pezones y succionó levemente mientras sus manos descendían por la cálida piel de su vientre.

Echando la cabeza atrás, un áspero gruñido hizo vibrar la garganta de Alex. Aquel gesto de rendición excitó hasta el límite a Lena, que a punto estuvo de subirse a él para tomar todo cuanto le ofrecía. Sin embargo, un retorcido deseo la detuvo en el último momento. Con deliberada lentitud, enredó sus dedos en el vello púbico, mientras sus labios descendían en una pausada exploración de su musculoso abdomen. Levantó la mano y la posó delicadamente sobre su turgente sexo. Él contuvo la respiración al momento.

—Lena... —graznó.

Sintiéndose la mujer más poderosa del mundo, acarició la satinada piel de aquella palpitante parte de la anatomía masculina de arriba abajo. Dejaba que su palma se deslizara hasta la base para luego ascender hasta la húmeda punta, con la que jugueteaba antes de envolverla entre los dedos y repetir el movimiento. Alex se retorcía debajo de ella y gemía de una forma tan excitante que a ella cada vez le costaba más controlarse.

Lena bajó la cabeza y con la lengua imitó la caricia que había estado haciendo con la mano. Le lamió desde la base hasta el glande con una avidez escandalosa. Miró hacia arriba y vio cómo el vigoroso cuerpo sufría violentas sacudidas de placer. Lena volvió a ascender por el hinchado miembro e introdujo la excitada punta entre sus labios.

—Lena... Oh, mi amor —resolló Alex, completamente abandonado a ella.

La poderosa diosa de la seducción que llevaba dentro sabía exactamente cómo moverse; cuándo rozar y cuándo besar; cuándo lamer y cuándo succionar. Él la tomó por los hombros y tiró de ella hacia arriba. Lena se dejó llevar y se asustó un poco al ver sus pupilas dilatadas y su gesto contraído. Parecía a punto de enloquecer.

—¿Quieres que lo repita? —susurró muy cerca de sus labios.

Alex trató de besarla, pero ella se apartó a tiempo.

—Quiero entrar en vos.

Lena rasgó uno de los sobrecitos de plástico y le colocó el preservativo sin hacer caso a su premura. Le besó los muslos y ascendió de nuevo por aquella parte en la que había estado demorándose.

—Vení acá —ordenó él, tirando de ella nuevamente.

Sin embargo, Lena no cedió el mando. Lo sujetó por las muñecas y lo empujó ligeramente hasta que quedó tendido del todo sobre el colchón. Entonces fue besando su cuerpo en dirección ascendente mientras se colocaba a horcajadas sobre él.

—No tan deprisa —murmuró, contorneándose contra su formidable excitación—. Antes quiero que me contestes a una pregunta.

—¿Qué? —gruñó Alex, desesperado.

—¿Por qué llevas una tira de preservativos en la cartera?

Él la fulminó con la mirada. Sus ojos ardían de pasión.

—Bruja.

Parecía realmente atormentado, y Lena no pudo evitar reír.

—Una respuesta —insistió, besándolo de forma tentadora en el cuello—, tan solo necesito una respuesta para terminar con tu sufrimiento, y con el mío.

Alex sopesó sus opciones rápidamente.

—Goldstein y Bukowski me obligaron a guardarla ahí al día siguiente de tu llegada —reconoció, un tanto abochornado—, porque estaban seguros de que tarde o temprano la necesitaríamos. Yo la guardé para que dejaran de fastidiarme y luego me olvidé del asunto.

Lena se estremeció de la risa.

—¿Y por qué te daba vergüenza contármelo?

Alex la agarró por los brazos y la apartó ligeramente hacia atrás.

—¿Me estás cargando? O sea, ¿me estás tomando el pelo? ¿Querés que reconozca en voz alta que dos ancianos achacosos me asesoran sexualmente?

Aún riendo, Lena dejó caer la cabeza sobre su pecho.

—Esos dos son unos sabios —murmuró, antes de besarle allí donde podía sentir los latidos de su corazón—. Te quiero, te quiero mucho —reconoció de repente, levantando el rostro para mirarlo. Porque aquel tipo de cosas eran las que le hacían estar locamente enamorada de él.

Alex se puso serio y, levantando los brazos hacia ella, le tomó la cara entre las manos.

—Te amo con todo mi corazón, desde que mis ojos se posaron en vos.

Lena se elevó de nuevo sobre él para besarlo en la boca, al principio de forma suave, pero no tardó más de unos segundos en avivar otra vez el deseo de ambos. Lena delineó su labio superior con la punta de la lengua. Él gimió e invadió su boca profundamente, saboreándola con voracidad.

Sin dejar de besarlo, Lena ajustó las rodillas a ambos lados y se colocó sobre él, introduciéndose solo la punta del envarado sexo. Alex tomó aire entre los dientes mientras su nuez subía y bajaba para tragar con fuerza. Mecía las caderas, buscando aquel contacto que parecía enloquecerlo. Gruñó y trató de embestirla hacia arriba, pero Lena se lo impidió, siguiéndolo en su desplazamiento. Ella quería mantener el control, quería amarlo hasta hacerle perder la razón. Descendía en cortas oscilaciones y se retiraba hasta casi hacerlo salir, mientras Alex gruñía, gemía y se retorcía debajo, tratando de penetrarla por completo. Su rostro estaba desencajado y pequeñas gotas de sudor perlaban su frente por el esfuerzo.

Con un contundente balanceo, de pronto Lena abrió las piernas y se penetró hasta el fondo. Respiró entre los dientes al sentir cómo sus músculos se dilataban hasta el límite para acogerlo por completo en su interior. Alex volvió a gruñir y trató de empujarla, pero ella se mantuvo anhelante e inmóvil, intentando adaptarse a su enorme y vigoroso miembro.

Apoyó las manos en su torso y comenzó a moverse sobre él, ondulando la cintura mientras se desplazaba con lenta cadencia de arriba abajo. Los dedos de Alex seguían el movimiento de su cimbreante vientre hasta tomar sus pechos, expuestos para él, sopesándolos, acariciándolos y juntándolos entre las manos.

Sus jadeos se entremezclaban, subiendo de intensidad al mismo compás que las embestidas. Lena se contorsionaba encima de él, elevaba el rostro tratando de respirar, mientras su pelo le caía por la espalda en sinuosas ondas. Lo buscaba más profundo en cada movimiento, ansiaba mojarlo, atraerlo y retenerlo, hasta hacerlo formar parte de ella.

—Oh, Lena... —resolló.

Aquello fue demasiado. Escuchar su nombre en aquel gemido de rendición la llevó directamente al éxtasis. Los espasmos fueron de menos a más, intensificándose como un incendio creciente. Lena se dobló hacia atrás mientras miles de contracciones de placer atravesaban su cuerpo de forma más intensa y duradera que las veces anteriores. El impacto la zarandeó entera, haciéndola retorcerse encima de él. No había pudor ni vergüenza, porque su cuerpo ya no le pertenecía.

Alex gritó al mismo tiempo que se arqueaba hacia arriba, embistiéndola con fiereza. Hincó los dedos en sus caderas para hundirse definitivamente en ella, empujando para alcanzar el mismo centro de su ser, palpitando hasta vaciarse en cuerpo y alma en su interior.

Exhausta, Lena se dejó caer sobre él. Sus rizos dorados se esparcieron sobre su agitado pecho. Sus cuerpos permanecieron en aquella posición durante un tiempo indeterminado, hasta que sus sofocadas respiraciones se fueron aplacando.

—Me vas a matar —gruñó él, extenuado, mientras le apartaba el pelo para besarla en la frente.

Lena se estiró a lo largo de su cuerpo y Alex la acomodó en el seguro refugio de su abrazo. Ella le besó la satinada piel del cuello y el hombro, donde descansó la mejilla.

—Nunca había sentido algo así. Nunca, jamás...

Apartando la cabeza hacia atrás, Alex la miró a la cara.

—¿Algo así, cómo? —preguntó, sin ocultar cuánto le interesaba la respuesta.

Turbada, Lena ocultó la cara contra su hombro.

—Ya me entiendes.

—No, no lo hago, y por eso te pregunto —respondió el muy descarado, regodeándose en el asunto.

Ella levantó el rostro y lo fulminó con la mirada. No iba a contarle que él era su segunda pareja sexual, ni tampoco que sus encuentros con Alberto se parecían más a un repertorio de espectaculares posturas pornográficas que a aquello que ellos acababan de compartir. Jamás se había sentido tan desinhibida, tan fuera de sí. Su cuerpo había sido azotado por formidables embates de placer hasta expulsar al alma, que lo había abandonado, transformado en una amalgama de trémula carne despojada de voluntad, abrasado por el éxtasis más fervoroso. Claro que no iba a decirle nada de aquello.

—He hecho el amor muchas veces, pero ninguna antes había sentido... lo que he sentido. —Al verlo sonreír con complacencia, Lena se apresuró a señalarle con el dedo índice—. Y no preguntes qué he sentido porque lo sabes perfectamente.

Alex le agarró el dedo y se lo llevó a los labios para besarlo mientras la observaba con ojos centelleantes.

—Yo jamás había hecho el amor. A eso me refería cuando te dije que yo no había hecho esto antes.

Volviéndose hacia él, Lena le tomó la mano entre las suyas.

—Eso no puede ser verdad. Tu cuerpo es... Tú eres... Bueno, sabes lo que tienes que hacer —dijo al fin, mirándolo a los ojos.

Alex también se volvió hacia ella, de forma que los dos quedaron frente a frente.

—He disfrutado mucho del sexo, eso no te lo voy a negar; tanto proporcionando placer como recibiéndolo. Sin embargo, nunca había disfrutado tanto dándolo. —Lena bajó los ojos a su pecho, y él le puso un dedo bajo la barbilla para que volviera a mirarlo—. Jamás había conocido a nadie como vos. Te amo, te amo mucho; en cuerpo y alma. ¿Lo entendés?

Lena lo observó, conmovida por su ansia por hacerla comprender.

—Lo entiendo, Alex —murmuró, acurrucándose en el hueco que su brazo formaba con el cuerpo.

Él le acarició el pelo y le besó la frente.

—Alex.

—¿Qué?

—Nada, solo Alex —susurró con voz rasposa, sintiendo cómo sus músculos caían rendidos en un inexorable letargo—. Creo que de ahora en adelante te llamaré Alex.

Una risa ligera le agitó el pecho mientras hundía la nariz en el pelo de ella.

—Me parece una idea excelente —respondió, inspirando con deleite su aroma antes de que sus párpados también comenzaran a cerrarse.

Sus cuerpos extenuados, desnudos y enredados bajo la colcha, descendieron juntos a un sueño profundo. Tocándose todo el tiempo, porque acababan de descubrir que ya nunca hallarían reposo el uno sin el otro.

Una parpadeante luz molestó a Lena en los ojos. Abrió los párpados con cuidado porque el brillo era muy fuerte y le hacía daño. El sol de mediodía entraba a raudales por el vitral, que intensificaba la claridad haciendo que el cuarto entero resplandeciera con un fascinante brillo.

—Buen día. —La ronca voz de Alex a su lado alejó los temores de que todo cuanto habían hecho y dicho fuera un sueño.

—¿Qué hora es? —ronroneó ella, acurrucándose bajo la colcha para que la luz dejara de molestarla.

—Las doce.

Lena sacó la cabeza al momento.

—Habrá clientes esperando a que abramos el bar —dijo, sacando los pies del colchón para levantarse.

Alex la atrapó por la cintura y la atrajo hacia él.

—Hoy no esperarán.

Dejándose arrastrar, Lena disfrutó al máximo del tacto de su piel y de la forma en que su calor la envolvió.

—¿Ah, no?

—No.

Lena le acarició el pecho antes de apoyar la barbilla en su propia mano.

—¿Por qué estás tan seguro?

—Mientras dormías, arranqué una hoja de tu cuaderno de dibujo, hice un cartel y lo colgué en la puerta. Haceme caso —concluyó, atrayéndola aún más, pegándola completamente a él—, nadie esperará a que hoy abramos el bar.

Lena levantó la cabeza de su pecho para mirar hacia la silla donde estaba su cuaderno, y luego volvió los ojos hacia él.

—No es verdad —dijo, tratando de sondear su expresión divertida para saber si hablaba en serio o bromeaba—. ¿Y qué has escrito en ese cartel para estar tan seguro de que no van a esperarnos?

Pasando un brazo sobre su cabeza, Alex alzó las cejas en un pícaro gesto de niño travieso.

—«Cerrado por seducción» —respondió.

Lena contuvo la respiración y se sentó en la cama.

—¡No será verdad! —resopló abochornada, dispuesta a saltar de la cama para retirar aquel cartel de inmediato.

La risa sacudió el pecho de Alex, regodeado por su reacción. La atrapó por la cintura y la tumbó en el colchón al mismo tiempo que se tendía sobre ella.

—Tranquila, mi amor —dijo, y la besó en los labios con una languidez indecente—, no hay ningún cartel. Pero debería haberlo, porque tengo toda la intención de mantenerte en la cama todo el día.

Lena sonrió y apartó ligeramente la cabeza para mirarlo a la cara.

—Y entonces, ¿cómo sabes que hoy no habrá clientes esperándonos?

—Gracias a Veronese, todo el país sabe del fallecimiento de Hilda —respondió, mientras la alegría previa abandonaba su rostro—. Nadie esperará que abramos solo un día después de despedirnos de ella.

Abrumada por todos los acontecimientos de las últimas horas, Lena le acarició la mejilla, dispuesta a disipar cualquier amago de tristeza de él.

—A ella le hubiera encantado ese cartel.

Alex volvió los ojos hacia los suyos y, al instante, el brillo de una sonrisa relampagueó en sus pupilas esmeralda.

—Estoy absolutamente de acuerdo. Creo que lo hubiera considerado algo así como... —pensó unos segundos— un honor.

Lena asintió, sonriendo. Estaba segura de que a la señora Massardi le gustaría verlos juntos. Todavía recordaba su última conversación antes de la representación. Sus palabras, que entonces le habían resultado confusas, ahora habían adquirido un sentido bastante clarificador. Alex la besó y el hilo de sus pensamientos se difuminó por completo. Era increíble lo que aquel hombre lograba hacerle a su cuerpo tan solo con un beso. Sin embargo, había algo que sí le gustaría precisar antes de dejarse llevar.

—Entonces —dijo, con la respiración agitada, tras separar su boca de la de él—, sí que volveremos a abrir el bar, ¿verdad?

Alejandro frunció el ceño, un tanto desorientado, y tardó unos segundos en comprender.

—¿Lo decís por lo que te dije anoche?

Lena asintió y él pareció meditar la respuesta, lo que terminó por inquietarla.

—¿Qué te gustaría a vos?

—Que todo siguiera como siempre —respondió sin pensar, pues no le hacía falta, ya que aquello era lo que más deseaba en el mundo; y mucho más ahora que sabía que él también se había enamorado.

Alex asintió.

—Muy bien, pues no se hable más: mañana abrimos el bar, pero hoy... —Se puso serio mientras ascendía sobre ella hasta acomodarse entre sus piernas—. Hoy se cierra El Fin del Mundo porque tengo que hacerte el amor.

26

Tal como soy

Pasaron el resto del día en la cama. Se amaban y dormían a ratos. Alex se levantó a media tarde para ir a buscar algo de comer al bar y reponer fuerzas. Se trajo el ventilador, pero fue imposible refrescar el cuarto, ya que al anochecer volvieron a cortar la corriente eléctrica. Sin embargo, no parecía importarles; ningún contratiempo tenía importancia cuando podían volver a amarse con total libertad.

Alex la tomó en brazos y la condujo a la ducha, donde ambos refrescaron sus extenuados cuerpos con agua tibia, aunque de poco sirvió para aplacar su ardor. Para ella, hacer el amor con él era como tratar de apagar el fuego con gasolina. Cuanto más se amaban, más se deseaban. Terminaron la tira de preservativos, aquella que dos viejos sabios pronosticaron que necesitarían, y durmieron juntos, con los cuerpos tan enredados que se les borraron las fronteras y ya no eran capaces de distinguir dónde acababa uno y comenzaba el otro.

Se levantaron al tercer día con los músculos tan doloridos como si hubieran participado en dos triatlones. Desayunaron temprano y después Alex levantó la persiana del bar, que se llenó de gente en menos de media hora. Los dos trataban de trabajar con la mayor dedicación, dadas sus mermadas facultades físicas. De tanto en tanto, Lena se percataba de la intensa mirada de Alex y le correspondía con una tierna sonrisa.

Era tan extraño como emocionante volver a su conocida rutina en el bar sabiendo cuáles eran sus sentimientos, habiéndose desnudado en cuerpo y alma ante él. En algunos momentos, Lena lo buscaba para recorrerlo con los ojos, sabiendo que ahora podía acercarse y tocarle como llevaba tiempo deseando hacerlo.

—Te amo. —Las palabras fueron articuladas por los labios de Alex cuando la descubrió en una de aquellas observaciones.

Una enorme sonrisa de dicha se dibujó en el rostro de ella antes de responderle de la misma forma silenciosa:

—Y yo a ti.

Él se la quedó mirando con aquella cara de embobado que a Lena le derretía el corazón.

—¡Hola!

El tono agudo del saludo la hizo dar un respingo. Aurora la contemplaba con asombro desde el taburete que siempre ocupaba en la barra.

—¡Hola! —respondió con jovialidad, tratando de disimular su sobresalto al no haberla visto entrar ni sentarse.

—¿Estás bien?

Lena pasó por alto el tono de preocupación de su amiga.

—Muy bien, ¿y tú? ¿Te pongo lo de siempre? —añadió para cambiar de tema.

—No, hoy necesito algo más fuerte. Poneme un bourbon.

—¿Un bourbon? —preguntó Lena extrañada—. ¿A las diez de la mañana?

Aurora asintió con expresión mortificada.

—Cuando sepas lo que me ha pasado, no te parecerá demasiado temprano para emborracharse.

Aquello hizo que Lena le prestara toda su atención. Tenía ojeras y su rostro revelaba la fatiga de una mala noche. Sin embargo, había algo resplandeciente en su mirada.

Aurora se inclinó para hablarle en tono confidencial.

—He hecho el amor con Matías.

—¿Qué? —preguntó Lena, tratando de recordar lo que Aurora le había contado del chico de la orquesta del que estaba enamorada—. ¿Con Matías? ¿Tu Matías?

Su amiga asintió con la cabeza de forma exagerada.

—Muy bien, voy por ese bourbon —murmuró Lena, ya que la ocasión bien merecía una excepción en el horario aconsejable para consumir bebidas alcohólicas. Puso un vaso de licor y lo llenó generosamente.

—Fue... fue... lo más maravilloso que me ha pasado en la vida —murmuró Aurora, y dio un buen sorbo al líquido ambarino—. Ayer quedamos para cenar con un pequeño grupo de gente de la feria. Son todos buenos amigos, así que les conté lo de mi operación. Noté que Matías se ponía serio y el resto de la velada estuvo algo distante conmigo. Por eso me extrañó cuando se ofreció a acompañarme a casa. Caminamos en silencio por la vereda hasta llegar a mi casa. Me despedí de él y entonces... me besó. —Dio otro sorbo al licor y la miró con ojos centelleantes de emoción—. ¡Qué beso, Lena! ¿Sentiste alguna vez que un beso te removía hasta el alma?

Lena buscó con la mirada a Alex, que en ese momento servía el desayuno a una pareja.

—Creo que sé a lo que te refieres —respondió con una sonrisa, antes de volver la atención a su amiga.

—El beso nos aturdió a los dos —continuó esta—. Entramos en mi casa sin dejar de acariciarnos y... pasó lo que tenía que pasar.

Lena contempló el rostro arrobado de su amiga y una enorme alegría por ella le inundó el pecho. Sin embargo, una especie de sombra empañó el bello rostro de Aurora.

—¿Qué te ocurre? —preguntó extrañada—. Lo que ha pasado es maravilloso, ¿no? Tú misma lo acabas de decir.

Aurora le lanzó una atormentada mirada antes de terminarse el bourbon.

—Después de hacerme el amor como nunca nadie me lo había hecho, me abrazó y me dijo, literalmente: «Me gustás tal como sos.» ¿Te das cuenta? —preguntó, como si Lena debiera entender algo que no entendía—. Le gusto «tal como soy».

—Pero eso es muy bueno, ¿no?

—Sí. No. No lo sé. —Aurora hizo un gesto de contrariedad y levantó el vaso para que Lena se lo rellenara.

Suspirando, ella lo hizo.

—No lo entiendo, Aurora.

—¿Me estás cargando? Vos sabés lo mucho que soñé con esa operación. Siempre he querido ser una mujer completa. Pero ahora que tengo la oportunidad de hacerlo, estoy cagada de miedo. Es una intervención muy complicada y tiene un postoperatorio horrible. —Aurora bebió otro sorbo de licor—. No me dio ni media bola en dos años y ahora que me cae esta oportunidad del cielo, va y me dice que le gusto tal como soy.

Lena asintió, pues comenzaba a comprender. Las palabras de su amor le habían hecho dudar aún más acerca de algo que era su gran sueño. Un objetivo vital que había dejado de serlo justo en aquel momento en que podía hacerse realidad y cuya realización, además, la asustaba.

—Creo que lo entiendo —murmuró, pensativa—. Aunque... ¿aceptas un consejo?

—Para eso vine, boluda.

Lena sonrió.

—Creí que habías venido por el whisky.

—Dejate de hinchar —respondió con una mueca de impaciencia—. ¿Qué hago?

Lena se puso seria, porque el tema afectaba mucho a su amiga y exigía la mayor seriedad.

—Creo que tienes que pensar en lo que tú quieres realmente. Esa operación ha sido tu sueño desde hace mucho, desde mucho antes de que él apareciera en tu vida. Si vas a hacerlo hazlo por ti, y si no vas a hacerlo no lo hagas, pero que sea por ti, no por él. Al fin y al cabo, ¿no te ha dicho que le gustas tal y como eres? —Aurora asintió—. Pues también le gustarás operada.

Aurora pareció meditar detenidamente en sus palabras.

—No te podés imaginar lo que sentí cuando me dijo algo así después de... bueno, después de habernos amado, de haberme mostrado tal como soy delante de él. Ese hombre al que adoro, frente al que me desnudé en cuerpo y alma, que conoce todos mis secretos, dice que le gusto tal como soy. ¿Y si no necesitara nada más para ser perfecta, Lena?

«Ese hombre... que conoce todos mis secretos, dice que le gusto tal como soy.» El significado de aquellas palabras paralizó a Lena. Sus ojos buscaron otra vez a Alex, mientras su mente funcionaba a toda velocidad. Él le había dicho que la amaba, aunque en realidad amaba a la mujer que creía que era, amaba a la mujer que ella había deseado ser. Sin embargo, había una parte importante de su vida que no conocía y, sobre todo, había un secreto entre ellos lo suficientemente trascendente como para preocuparse. ¿Qué pensaría cuando supiera que jamás había necesitado el trabajo de camarera; bueno, no al menos como él pensaba que lo necesitaba? ¿Cómo reaccionaría cuando descubriera que la nueva propietaria del bar y del conventillo era ella? ¿Seguiría queriéndola entonces? «¿Me amará...»

—... tal como soy? —murmuró, concluyendo en voz alta su pensamiento.

Una de las posibles respuestas a aquella pregunta le cortó la respiración. Lena tomó otro vaso y lo llenó de bourbon. Acto seguido se lo llevó a los labios y lo apuró de un gran sorbo. Eso la hizo toser e inclinarse hacia delante, mientras el ardiente líquido le quemaba la garganta y calmaba su agitada conciencia.

27

Otra sorpresa en el guion

—¿Estás seguro de que quieres hacer esto hoy?

Alex se volvió hacia ella después de introducir la llave en la puerta del apartamento de la señora Massardi y le dio un ligero beso en los labios.

—Lo hago si vos estás conmigo —susurró, apoyando su frente en la de ella.

Lena suspiró y le besó de nuevo. Una caricia lenta y pausada con la que ansiaba demostrarle que estaba a su lado, y que se quedaría allí para siempre si él lo deseaba. Era tan fácil quererlo; tanto, que cada vez le daba más miedo decirle la verdad.

Dormían juntos desde hacía días, desde que lo hicieran por primera vez. Él le había pedido que se mudara a su apartamento, pero a Lena aún le costaba dejar su habitación. Así que Alex se había trasladado allí temporalmente, y a ella la maravillaba su capacidad para transformar su intimidad en algo perfecto. Hacer el amor con él era intenso; no solo por los placeres físicos que estaba descubriendo y que la dejaban extenuada cada noche, sino también por aquella especie de plenitud que henchía su espíritu una vez extinguida la pasión del cuerpo.

Alex tenía mucho sentido del humor, como ella ya había vislumbrado en algunas ocasiones. También demostraba un implacable dominio de la ironía y no solía hacer concesiones ante la crueldad, la presunción, la mediocridad o la vileza, lo que no dejaba de ponerla nerviosa pues, hasta cierto punto, ella estaba siendo vil. Sentía que ocultar también era mentir, y él no se lo merecía; y no solo porque la hubiera ayudado, sino porque había confiado en ella.

—Bueno, vamos allá —dijo él, tras romper la magia del beso y volverse de nuevo hacia la puerta de su malograda amiga.

Los dos entraron en la semipenumbra de la vivienda. La luz que se colaba por la ventana escaseaba a aquellas horas, pues habían acometido aquella tarea después de cerrar el bar. Alex se adelantó para encender las luces. Las cosas de la señora Massardi seguían tal como ella las había dejado antes de irse al teatro, la noche de la representación. Todo estaba en su lugar, conformando la ecléctica decoración del camerino de una rutilante estrella que ha recorrido el mundo. Alex se quedó en mitad de la estancia y, con las manos en la cintura, se dedicó a mirar alrededor sin saber muy bien por dónde empezar.

—Nos quedaremos con lo que era realmente significativo para ella, y donaremos el resto, ¿de acuerdo? —propuso, volviéndose hacia ella con aire decidido.

Lena asintió con una tierna sonrisa. Sabía que él solo trataba de ser práctico, aunque todo aquello le afectaba muchísimo. Significaba el adiós definitivo a su amiga. Exhalando un suspiro, Alex se puso manos a la obra. Abrió el armario y se dedicó a vaciar las perchas y depositar con cuidado la ropa sobre la cama. Mientras tanto, ella miró alrededor, tratando de ver cómo podía ayudarlo, hasta que reparó en algo que había sobre el aparador de entrada. Bajo un jarrón de cerámica vio una hoja que alguien había arrancado de un cuaderno. Al acercarse, comprobó que se trataba de una nota y la letra parecía de la señora Massardi.

Al ver el encabezamiento de aquella carta, una emoción muy fuerte se le arracimó en el pecho.

—Alex —murmuró, levantando con cuidado el papel para mostrárselo.

Él se volvió y elevó las cejas.

—¿Mmm? —Observó lo que ella sostenía y se aproximó con aire interrogante.

Tomó el papel y Lena contempló cómo sus ojos recorrían los renglones y su semblante se distendía al leer las palabras allí escritas.

—«Alex, cariño, haceme el favor de no guardar nada de esto —leyó él en voz alta—. Siento no tener nada de valor que poder dejarte, aunque no me arrepiento, pues todo lo que tenía y que valía algo lo usé cuando debí hacerlo. —Hizo una pausa y arrugó el ceño, pues sabía que se refería a la enfermedad de su madre—. Todo lo que tengo es para vos; todo salvo el vestido rojo y mi bata china, que son para Lena. Por favor, quedate solo con lo que signifique algo para vos, y doná el resto. Posdata: Te quiero, y espero que pronto abras tu corazón a esa muchacha que está en el cuarto de tu madre, y que tanto se parece a ella. Yo, Hilda Francesca Sánchez Massardi, firmo esta última voluntad en pleno ejercicio de mis facultades, en Buenos Aires a diecisiete de diciembre...» —Alex dejó de leer para mirarla fijamente—. Es del día que murió —murmuró atónito—. ¿Cómo puede ser?

—Debió de escribirla antes de irse al teatro —respondió Lena, igual de sorprendida.

Él meneó la cabeza.

—Pero entonces...

—Entonces supongo que, de alguna forma incomprensible, Hilda intuía lo que iba a pasar.

Meditando aquella explicación, Alex se volvió y caminó despacio hacia la cama. Se sentó en el borde y se quedó allí, con la cabeza gacha, los hombros hundidos y el improvisado testamento de su amiga entre las manos.

Verlo tan abatido le agitó el corazón a Lena, que fue a su lado. Se sentó en el suelo frente a él y le agarró la mano.

—Tenemos que pensar que, al menos, la muerte no la sorprendió —murmuró, tratando de borrar aquel aura de tristeza que parecía envolverlo.

Alex la miró y entrelazó sus dedos con los de ella.

—¿Qué significa esto? —gruñó, de repente enfadado—. ¿Qué plan es este, me lo querés decir? ¿Quién carajo ha escrito este guion en el que siempre me toca despedirme? —Sus ojos se llenaron de lágrimas, y ella se arrodilló entre sus piernas para abrazarlo.

Él la estrechó entre sus brazos con fuerza, mientras hundía la nariz en su cuello. No se había derrumbado en ningún momento desde la muerte de su querida amiga, pero aquella nota parecía haber sido la gota que colmaba el vaso; o era que, simplemente, ahora sí esperaba el consuelo de alguien que lo amaba.

—Prométeme que siempre estarás a mi lado —susurró con la voz rota—, prométeme que jamás te despedirás de mí.

Lena se apartó lo suficiente para mirarlo a la cara.

—Te lo prometo. —Las palabras le salieron directamente del alma—. Te amo, y siempre te amaré.

El rostro de Alex se relajó, como si aquellas palabras lo aliviaran a un nivel esencial. Sorbió por la nariz mientras la observaba.

—Yo también te amo —susurró.

Lena lo besó apasionadamente. El sabor salado de sus lágrimas no hizo más que avivar el incendio que ya la abrasaba por dentro. Alex no se limitó a esa caricia, sino todo lo contrario. Se arrodilló a su lado y la tumbó en el suelo, cubriéndola con el peso de su cuerpo.

—¿Crees que le importaría que hiciéramos el amor en su habitación? —preguntó Lena cuando él le concedió una pequeña tregua a sus labios para sacarle la camiseta.

Alex miró alrededor, como si acabara de reparar en dónde estaban, y negó con la cabeza.

—No creo que le importara; de hecho —precisó, contemplándola de una forma enigmática—, estoy seguro de que esperaba que lo hiciéramos.

Y aunque ella tampoco fuera capaz de explicárselo a sí misma, estaba segura de que la señora Massardi no solo sabía lo que iba a ocurrir la noche del estreno, sino también lo que sucedería el día en que ellos encontraran la nota. Así que se amaron entre los objetos exóticos de países lejanos, entre los recuerdos de historias reales e inventadas, y los sueños de una sensacional vida improvisada.

Varias horas después, bien entrada la madrugada, cuando ya se habían vestido después de satisfacer el deseo de sus cuerpos, ambos permanecían sentados en el suelo. Alex había vuelto a leer la carta.

—¿Cómo pudo saberlo? —preguntó, aún sin entenderlo.

—No lo sé —reconoció—. Últimamente se había sentido muy débil. Tal vez presintió que se iría pronto y decidió que el mejor sitio para hacerlo era el teatro.

Observándola con ojos brillantes, Alex le sonrió, una de aquellas sonrisas espléndidas que la dejaban sin aliento.

—Me gusta esa explicación.

Lena también le sonrió antes de incorporarse para darle un ligero beso en los labios.

Al separarse, él enarcó las cejas y miró alrededor. Reparó entonces en el baúl que había al pie de la cama y gateó hasta colocarse a su lado. Se puso de rodillas y lo abrió para comenzar a sacar fotografías, panfletos y lo que parecían cartas sueltas. Ella se acercó para echar una ojeada a todo lo que él iba sacando. La mayoría eran cartas de admiradores, algunos contratos laborales y los libretos de las obras que había interpretado.

Lena fue amontonándolos en el suelo, hasta que reparó en una de las portadas. El papel estaba amarillento por el paso del tiempo y un tanto arrugado por las horas de estudio al que fuera sometido. Sin embargo, lo que llamó su atención fueron las torneadas letras negras de la portada: *Invierno en París*.

—¿No es esta la obra de la que Hilda nos habló? —preguntó Lena, mostrándole la tapa.

Alex tomó el viejo guion y lo examinó con cuidado.

—Sí, donde interpretaba a una amante de Picasso —respondió con una melancólica sonrisa, hojeando el texto.

Mientras las hojas iban pasando, algo llamó la atención de Lena.

—Aguarda un momento —murmuró, introduciendo sus dedos en el libreto para retroceder unas páginas hasta encontrar lo que había suscitado su interés.

En el reverso de un folio había un retrato de una bella mujer tumbada en una *chaise longue*, vestida únicamente con una bata de seda. El parecido era muy evidente: se trataba de la señora Massardi cuando contaba con unos treinta años, con su bata de seda china. Lena contempló los perfectos trazos realizados con lápiz azul, obra de un gran dibujante, sin duda. Sin embargo, en cuanto sus ojos se fijaron en la fecha y la firma del artista, la sorpresa le cortó la respiración.

—Dios mío —murmuró, incorporándose para ver mejor el dibujo a la luz de la lámpara.

Alex se levantó para ponerse a su lado.

—¿Qué pasa?

—Mira esto —indicó Lena, señalando con el dedo índice el margen inferior derecho de la página.

Él leyó en voz alta.

—«Doce de febrero de mil novecientos cuarenta y nueve. Picasso.» —Levantó el rostro hacia ella y la observó con detenimiento antes de arrugar el ceño—. ¿Me estás cargando?

Lena negó con la cabeza. Sabía que resultaba difícil de creerlo. No podía estar al cien por cien segura, aunque sí en un setenta por ciento.

—La firma parece de Picasso, y subrayada, lo que coincide con la fecha, ya que al principio firmaba sus obras como Pablo Ruiz, usando solo la primera letra del nombre. Tendría unos sesenta y ocho años... —Pasó suavemente la yema de sus dedos sobre el dibujo—. Las líneas de un solo trazo son signos de identidad. El recorrido del lápiz es de un solo sentido, y está realizado con gran maestría. Podría ser... —continuó pensativa, sin apartar los ojos del dibujo.

—¿Me estás cargando? —repitió Alex en tono más agudo, cada vez más ansioso.

—Deberíamos llevarlo a que lo analizara un experto, pero creo que esto es un auténtico Picasso.

El rostro de Alex se contrajo en lo que parecía el comienzo de una incrédula sonrisa.

—Lo único que no me cuadra es el argumento de la obra —continuó Lena, recordando lo que Hilda les había contado de *Invierno en París*—. Por aquel entonces ya era un pintor de renombre, pero quizá no tanto como para que se escribiera una ficción sobre él.

Lena atravesó distraídamente el cuarto para sentarse en una butaca, donde comenzó a leer el guion. Perplejo, Alex la siguió con la mirada.

—Y ahora, ¿qué hacés? —preguntó, llevándose las manos a la cintura.

—Shhh.

Alex levantó las cejas e hizo una mueca de aburrimiento. Tras unos minutos observándola pasar hojas, se cansó de aguardar una respuesta y continuó con las tareas de clasificación y organización de los enseres de su amiga.

—Esta obra no va de la amante de un pintor —dijo Lena después de casi dos horas de lectura.

—¿Qué?

Ella levantó la vista.

—Es la historia de una mujer casada que no es feliz en su matrimonio y se fuga con su mayordomo francés —explicó, cerrando el guion de *Invierno en París*—. Es una comedia romántica muy divertida, pero en ella no aparece Picasso. La señora Massardi se confundió. A no ser que...

—¿A no ser que qué? —preguntó Alex, impaciente.

Sonriendo, Lena continuó meditando en aquella posibilidad.

—Puede que la enfermedad de Hilda le hiciera confundir el argumento de la obra con lo que había sucedido en su vida personal en el momento en que la interpretaba. Tal vez ella y Picasso estuvieron juntos mientras ella trabajaba en el teatro.

—¿Y eso qué quiere decir?

Lena le dedicó una tierna sonrisa.

—Pues que si eso es así, el artista podría haberle hecho este retrato en uno de sus encuentros. Lo que significa... —Su sonrisa se ensanchó mientras volvía la página en la que estaba el dibujo para mostrárselo— que esto tiene muchas posibilidades de ser un auténtico Picasso.

Alex se sentó en el suelo frente a ella y tomó el guion entre sus manos.

—No me lo puedo creer —suspiró, observándolo con atención—. Pero ¿por qué no lo sacó cuando enfermó mi madre? Hilda vendió todas sus joyas, en algunos casos por debajo de su valor. No entiendo por qué lo hizo si tenía esto —concluyó, pensativo.

—Es muy probable que se olvidara de él, o que ni siquiera supiera que estaba ahí.

Alex asintió, aparentemente de acuerdo.

—¿Cuánto puede llegar a valer? ¿Podría recomprar el bar con lo que me den por él?

Lena volvió a sonreír.

—No tanto —reconoció—, aunque es posible que en una subasta pueda alcanzar entre doscientos y trescientos mil euros.

—Doscientos y trescientos mil... ¿euros? —murmuró atónito—. ¿Me estás cargando?

La sonrisa de Lena se ensanchó al escuchar de nuevo aquella expresión, que desvelaba cuán enorme era su asombro. Entonces se escurrió de la butaca para sentarse a su lado en el suelo.

—No te llegaría para recomprar el bar, pero sí para iniciar tu proyecto de las villas.

Alex volvió el rostro hacia ella y la observó un momento antes de fruncir el ceño y bajar la cabeza.

—¿Tenés algún problema con que solo quiera ser camarero?

Lena lo miró con sorpresa.

—¿Solo camarero? ¿De qué estás hablando?

—No te lo digo con aspereza —aclaró con voz suave—. Solo me gustaría saber si preferirías que ejerciera mi profesión, en lugar de hacer tostadas y servir cafés tras la barra de un bar.

Ella se quedó perpleja. ¿De verdad creía que era tan esnob? Arrugó el ceño y se arrodilló frente a él para mirarlo a los ojos.

—Estoy a esto de ofenderme —dijo, haciendo un gesto con los dedos índice y pulgar—. ¿Cómo puedes creer que podría pensar algo así? —Le tomó la cara entre las manos para que la mirara a los ojos—. Me encantas, y me da exactamente igual lo que seas y lo que hagas, ¿lo entiende, señor Lagar?

Una radiante sonrisa iluminó los ojos de Alex antes de cerrarle la boca con un beso. Le separó los labios y la acarició con la lengua de una forma pecaminosamente lenta y sensual. Después de casi un minuto, se separaron igual de anhelantes y desorientados.

—No quiero que vuelvas a pensar eso de mí —murmuró Lena, acariciándole la mejilla con la mano—. Solo creí que el proyecto de las villas era tu sueño.

—Y lo es, pero también me gusta el bar. Sin embargo, con esa plata se podría poner en marcha el proyecto desde la universidad. El profesor que dirige mi tesis podría coordinarlo... ¿Trescientos mil euros, decís? —preguntó, volviendo la mirada al dibujo.

—Yo creo que entre doscientos y trescientos mil, sí. Aunque podría valer más.

—Pero si parece el garabato de un nene —replicó él, negando con la cabeza.

Lena tomó el guion.

—¿Sabes lo que demuestra este dibujo? —preguntó, señalando la página con el dedo.

Alex alzó las cejas con gesto interrogativo, al mismo tiempo que volvía a negar con la cabeza.

—Pues demuestra que nuestra querida señora Massardi tuvo la vida más sorprendente y excepcional que hayamos conocido.

Con la sonrisa más tierna que ella había visto jamás, Alex le acarició la mejilla con los dedos. Y la besó otra vez como si se estuviera ahogando en mitad del océano y solo su boca le ofreciera una bocanada de aire.

28

Nochebuena en familia

—No puedo creerme que estés preparando hamburguesas de tofu para mí.

Lena lo abrazó por detrás y pegó la mejilla a su espalda.

—Ni yo tampoco, podés creerme —contestó Alex mientras atendía la barbacoa con una mano y con la otra acariciaba sus brazos, que le ceñían por la cintura—. No comés carne y, de todos los países del mundo, se te ocurrió venirte a la Argentina —añadió con ironía, meneando la cabeza.

Apoyando la frente en su espalda, Lena rio con ganas. Todavía recordaba sus ansias por escaparse de Madrid y la forma azarosa en que había elegido el vuelo a Buenos Aires. Sin embargo, si se hubiera imaginado lo que iba a encontrarse allí se habría marchado mucho antes. Era dichosa, plenamente, y había descubierto que en muchas ocasiones la felicidad se halla escondida en los lugares más insospechados.

—¿Qué es eso que huele tan bien? —preguntó Bukowski, acercándose a ellos.

La idea de la barbacoa había surgido el día anterior cuando, tras una charla con los ancianos, descubrieron que ninguno de ellos iba a hacer nada especial en Nochebuena. Entonces, a Lena se le ocurrió que podían organizar algo. Por una u otra razón, todos tenían un buen motivo para estar juntos: Bukowski, que disimulaba bastante mal la tristeza de que su hijo no le hubiera invitado en aquellas fechas; Goldstein y su esposa, a la que al fin tendría oportunidad de conocer en persona; y también Aurora y Matías, que necesitaban una excusa para dejarse ver en público y abandonar la reclusión en su habitación que les estaba imponiendo el amor.

Montaron una mesa en el patio del conventillo y Alex sacó una barbacoa portátil para el asado. Lena, ayudada por Aurora y la señora Goldstein, que resultó ser una mujer algo tímida pero de buen carácter, decoraron la mesa con manteles de cuadros y unos sencillos servicios con motivos navideños que encontraron en el bar. Aurora se trajo unas guirnaldas y farolillos que le sobraran de cotillones anteriores y los colgaron por los arcos del patio, dando al conventillo un aspecto luminoso y colorido en un atardecer soleado. El entorno y la compañía se convirtieron en un buen aliciente para recuperar algo de alegría tras el fallecimiento de la señora Massardi, a quien Lena sentía presente a cada momento, en cada rincón del conventillo.

—Hamburguesas de tofu —respondió Alex al anciano, que aguardaba con gesto expectante.

Bukowski entornó los ojos con suspicacia.

—Vamos, Alex, dejate de hinchar, ¿qué es?

—Decíselo vos. —Alex rio, volviendo el rostro hacia Lena.

Ella tomó por el brazo al anciano.

—Es cierto, son hamburguesas de tofu —le murmuró al oído—. Si les da una oportunidad, le encantarán.

—Pero ¿es que seguís con esa tontería del vegetarianismo, nena? —Lena asintió con una sonrisa y él meneó la cabeza—. Bueno, espero que el amor de este argentino te haga entrar en razón y comiences a comer carne.

Bukowski señaló con la cabeza a Alex, que seguía pendiente de la barbacoa. Todos habían asumido su relación de una forma muy natural; y no porque ahora Alex y ella discutieran menos, sino porque ahora él zanjaba todas las peleas de la misma forma: con un inapelable beso en los labios. Sin embargo, a Lena no dejaba de sorprenderla que a sus amigos, incluida a Aurora, les hubiera parecido lo más evidente que ellos dos se quisieran. Al parecer, su amor era algo visible para todo el mundo; al igual que el sol lo era al amanecer del día, o las rutilantes estrellas en el manto oscuro de la noche.

—Es que creo que la única carne argentina que me va a interesar es la de él —respondió Lena, guiñándole pícaramente un ojo mientras señalaba con la cabeza al responsable de la barbacoa.

El anciano soltó una carcajada y le tendió el plato a Alex para que le pusiera una de aquellas hamburguesas que no llevaban carne pero olían de maravilla.

—Yo también probaré una, si no les importa —intervino Matías, que se había integrado en el heterogéneo grupo a la perfección.

Alex lo miró con disgusto.

—Bueno, pero ¿qué les pasa? Tuve que hacer dos horas de cola en la mejor carnicería de la ciudad para conseguir las hamburguesas y ahora resulta que preferís la soja. Para empezar: ¿qué es la soja? ¿Alguien me lo puede decir? —gruñó con ironía—. ¿Es que ya no quedan hombres de verdad en este país que se coman un par de quilos de carne en la cena? —bromeó con tono rudo, riéndose de sí mismo.

—Yo probaré una de esas hamburguesas para hombres —intervino Aurora, siguiéndole la chanza con su propia identidad sexual.

Todos estallaron en carcajadas; excepto la señora Goldstein, que los observó como si se hubieran vuelto locos, hasta que su marido pareció explicarle la broma y una atónita sonrisa terminó asomada a sus labios.

Al llegar la medianoche intercambiaron los regalos, para

lo cual habían organizado el plan del amigo invisible. A Lena le tocó Aurora, lo cual le facilitó mucho la tarea, pues hacía tiempo que había comenzado un retrato suyo. Alex fue más original, ya que manufacturó un boleto en el que escribió «Vale por 10 cervezas» y se lo entregó a Bukowski, que recibió el regalo con gran alborozo. Lena recibió unos preciosos pendientes de artesanía de la feria de parte de Matías, y Alex un mate con la inscripción «Hasta el cardo borriquero florece», que no dejaba ninguna duda de quién había sido su amiga invisible.

Aurora por fin había decidido operarse. Después de pensarlo y analizarlo, decidió que la mujer que siempre había deseado ser era más fuerte que cualquier sentimiento por otra persona, aunque esta fuera el amor de su vida. Hablaron de ello durante los ratos que estuvieron a solas y a Lena no le quedó otra que manifestarle todo el orgullo que sentía por ella y también todo su apoyo. Quería decirle la verdad acerca del origen de los fondos de su operación, pero su necesidad de sincerarse no era tan apremiante como con Alex.

La noche anterior habían decidido que eran novios o, al menos, así se lo había planteado él para regocijo de Lena, que adoraba lo seguro que estaba de su relación. Sin embargo, aquello no hacía más que empujarla a sincerarse, al mismo tiempo que aumentaba el miedo a su reacción. Cada minuto que pasaba con él la reafirmaba en el riesgo de perder la mayor felicidad que había conocido.

«Los amigos son la familia que elegimos y que nos elige», pensó Lena en muchos momentos de la encantadora velada que pasaron juntos. Alex estaba contento y relajado, por lo que ella decidió que aquella noche, después de hacerle el amor, le contaría toda la verdad sobre el origen del dinero que había salvado el conventillo.

—Traete la guitarra, Alex —dijo Bukowski después de cenar.

—Callate —respondió, torciendo la boca en un gesto de pereza—. Si hace un millón de años que no toco.

Todos lo animaron a que fuera por el instrumento, pero él siguió negando con la cabeza.

—No sabía que tocaras la guitarra —murmuró Lena con una emoción indescifrable quemándola en el pecho.

—Y no la toco —repuso él, observándose los pies—. La última vez que la toqué todavía iba a la universidad —añadió, lanzándole una rápida mirada de soslayo.

—Lo hacía muy bien —refutó Bukowski—. Su madre siempre decía que si no conseguía seducir con su aspecto, solo tendría que agarrar la guitarra para enamorar el alma de cualquier muchacha.

Lena lo observó fijamente y él debió de percibir la intensidad de su mirada, ya que volvió el rostro hacia ella.

—Querés que vaya por la guitarra, ¿verdad? —constató, asintiendo con la cabeza, como si le leyera el pensamiento.

Juntando las manos a modo de ruego, Lena le sonrió; una radiante sonrisa que confirmaba lo feliz que la hacía la idea.

—¡Maldita sea! —rezongó él mientras la contemplaba con ojos brillantes—. Es horrible esto de no poder negarte nada.

Tan solo unos minutos después, Alex regresaba a la fiesta con un desgastado estuche negro. Sacó la guitarra y se sentó en una silla con ella apoyada en una pierna para afinar las cuerdas.

—Bueno, vamos allá. Antes que nada quiero pedir perdón a la música —murmuró con sarcasmo cuando todos hicieron silencio para escucharle.

Sus ágiles dedos comenzaron a rasguear las cuerdas arrancando una suave melodía a la guitarra.

Amar es impregnar el alma
con la esencia del Paraíso divino,
amar es llevar prendido
con una flecha celestial el corazón.

Su voz era preciosa, fuerte y ligeramente enronquecida, y armonizaba a la perfección con el bello timbre de la guitarra acústica. Con los ojos cerrados mecía la cabeza al ritmo de la canción, que poco a poco fue subiendo en intensidad. La sorpresa conmovió a Lena, que jadeó al quedarse literalmente sin aliento. Una intensa emoción la hizo parpadear varias veces cuando notó el cosquilleo de las lágrimas bajo los párpados.

Amar es cruzar los umbrales de la Gloria,
es ver en tus sueños, oír tu acento,
en un amanecer contigo llevar el firmamento,
y sucumbir a tus pies de adoración.

Las melódicas notas se le fueron metiendo suavemente bajo la piel. Alex levantó entonces la mirada y sus ojos verdes la atravesaron hasta acariciarle el alma. Le cantaba a ella, y lo hacía tan maravillosamente que Lena cayó presa de su hechizo. La cadencia de los acordes, su armoniosa voz y la canción, que hablaba de sueños y amaneceres juntos, eran una combinación demasiado seductora para su pobre y desprevenido corazón.

La balada terminó y la asombrada audiencia estalló en aplausos. Sus miradas siguieron conectadas en todo momento mientras Alex asentía con la cabeza, agradeciendo la ovación. Lena sonrió, una de esas sonrisas dichosas que inevitablemente terminan contagiándose. Las comisuras de él se elevaron en respuesta, antes de dejar caer los párpados en un tierno gesto de modestia y timidez que la desarmaron por completo. Sus pies tomaron vida propia y la llevaron a su lado.

Al verla acercarse, Alex abrió los brazos para recibirla en su confortable abrazo.

—¿Por qué no eres más presumido?

Él apartó la cabeza para mirarla a la cara.

—¿Qué?

—¿Por qué nunca me dijiste que sabías cantar? —preguntó Lena, contemplándolo embelesada.

Alex alzó las cejas por la sorpresa.

—¿Cambiaría eso en algo tu opinión sobre mí?

—Por supuesto que sí —respondió ella antes de ponerse de puntillas y besarlo en los labios—. Habría sabido desde mucho antes lo sensible que eres y jamás hubiera pensado que eras un ogro.

Riendo, él la estrechó aún más por la cintura.

—¿Me podés decir cuál es esa escala de clasificación tuya en la que cantante y ogro son categorías excluyentes?

—Los ogros cantan mal, eso lo sabe todo el mundo —bromeó ella con tono de falsa formalidad y ambos rieron.

Todos los asistentes le pidieron un bis y Alex accedió. Pero en esta ocasión, y dada su labor como músico profesional, Matías le acompañó a la percusión de una improvisada batería apañada con platos y vasos.

A la medianoche, justo después de intercambiarse los regalos, el cielo de Buenos Aires se iluminó con el brillo de cientos de fuegos artificiales. Al finalizar la descarga, se oyeron gritos y aplausos desde los distintos barrios de la ciudad. Ellos hicieron lo mismo en el patio de su conventillo y siguieron festejando hasta altas horas de la madrugada.

A Bukowski ya no iban a dejarlo entrar en la residencia, pues tenían unas reglas de convivencia bastante estrictas que no suavizaban ni en Navidad, por lo que decidieron que se quedara a dormir en el apartamento de Alex. De esta forma, y sin que supieran de quién había sido la idea, todos decidieron pasar la noche en el conventillo para despertarse juntos en Navidad; excepto los Goldstein, que regresarían por la mañana para desayunar. La distribución no planteó problemas: Alex y ella seguían ocupando el taller de Carmen, así que Aurora y Matías se acomodaron en el apartamento que había pertenecido a la señora Massardi.

Muchas horas después, cuando ya casi estaba amaneciendo, Lena y Alex se abrazaban desnudos y felizmente saciados bajo la colcha de almazuela de su cama. Se habían retirado muy tarde de la fiesta y habían hecho el amor como siempre; sin ninguna prisa y deteniéndose puntillosamente en todos los rincones de su piel.

—¿Sabés una cosa? —murmuró él, mirando al techo mientras colocaba un brazo bajo la cabeza a modo de almohada y la abrazaba con el otro.

Suspirando, Lena posó la cabeza en su pecho.

—¿Qué? —preguntó, al mismo tiempo que trataba de acompasar los latidos de su corazón a los suyos.

Alex le besó la cabeza y sonrió.

—Esta noche fue como antes, como cuando mis padres estaban vivos y la casa se llenaba de gente y risas.

Lena levantó la cabeza para mirarlo a la cara y apoyó la mano en su pecho, dejando caer el mentón sobre ella.

—¿Les echas mucho de menos? —preguntó, observándolo con atención.

Exhalando un largo suspiro, él desvió los ojos hacia ella de forma fugaz antes de volver a fijarlos en el techo.

—Cada día —reconoció—, aunque a veces pienso que lo que echo de menos es a la persona que yo era antes. Sabía que ellos tendrían que irse antes que yo, que era ley de vida y todo eso, pero no tenía que ser todo tan complicado y doloroso. La enfermedad de mi vieja y luego lo del viejo...

Lena lo abrazó con más fuerza y le besó el pecho. Ella sabía exactamente cómo se sentía. Había experimentado algo muy parecido a la muerte de su padre; a pesar de que el modo en que ella lo había perdido no era comparable a las desgracias que habían afectado a Alex y su familia.

—Echo de menos a la persona que yo era antes de ver sufrir a los míos —continuó—, a la forma que tenía de ver el mundo con alegría y optimismo.

—Alguien que además cantaba como los ángeles —murmuró Lena, dispuesta a borrarle aquel halo de melancolía.

Y la pequeña broma tuvo su efecto, pues él esbozó una amplia sonrisa.

—Jamás hubiera vuelto a cantar si no tuviera un buen motivo.

—¿Ah, sí? ¿Y cuál es ese motivo?

Alex se puso serio de nuevo antes de clavarle la mirada.

—Vos.

La intensidad de sus ojos y el voseo le quebraron la respiración.

—Te quiero mucho, Alex. —Las palabras le salían directamente del corazón, sin filtros ni límites—. Como jamás he querido a nadie.

Él se incorporó hasta sentarse en el colchón y le tomó las manos entre las suyas.

—Ya sé que habíamos quedado en no regalarnos nada —dijo, antes de besarle los dedos—, pero quería darte una cosa.

Lena, que también se había incorporado para quedar sentada frente a él, lo miró con aire de culpabilidad.

—¿Qué? —terminó por preguntar él ante aquella mirada.

—Yo también te he comprado algo —respondió, observándolo de soslayo y arrugando la nariz, en una mueca de disculpa.

Poniendo toda su atención, Alex inclinó la cabeza y sonrió.

—¿Ah, sí?

Lena se levantó de la cama y fue hasta el armario, de donde sacó el pequeño paquete. Regresó junto a él, que la contemplaba fascinado.

—¿Qué pasa? —preguntó, al ver aquel extraño brillo en sus ojos.

—¿Te das cuenta de que acabas de pasearte desnuda por el cuarto, frente a mí? —repuso él, al mismo tiempo que sus ojos resplandecían de deseo.

En cuanto notó que se disponía a volver a besarla, Lena interpuso el regalo en la trayectoria de sus labios. Se moría por saber lo que le había comprado y no quería que la distrajera; al menos, no por el momento.

—Ábrelo —le dijo, incapaz de disimular su entusiasmo—. Lo compré en la feria hace tiempo, antes de que tú y yo... de que estuviéramos juntos.

Sonriendo, Alex comenzó a rasgar el envoltorio, cada vez más intrigado.

—¿Y por qué ibas a regalarme algo entonces?

—Porque me recordó a ti en cuanto lo vi.

Él arrugó el ceño cuando lo hubo abierto y tiró del cordel del intrincado y colorido obsequio, que se desplegó ante sus ojos.

—Un cazador de sueños —murmuró, contemplándolo con emoción.

—Pensé que lo necesitabas; tras nuestra charla en la escalera del conventillo, cuando la señora Massardi se cayó en la ducha, ¿te acuerdas? Cuando me dijiste todo aquello de que los sueños y las esperanzas eran cosa de incautos.

Alex puso cara contrita mientras la miraba intensamente.

—Recuerdo cada instante con vos, Lena. Y espero que puedas olvidar muchas de las tonterías que te dije.

Restándole importancia a sus palabras con un gesto de la mano, Lena señaló el cazador de sueños.

—¿Te gusta?

—Me encanta —respondió él, antes de inclinarse para besarla en los labios.

Lena suspiró. No se había dado cuenta de que aguantaba la respiración a la espera de su respuesta.

Él se apartó ligeramente y le acarició la mejilla, antes de dejar a un lado el cazador de sueños.

—Ahora me toca a mí darte mi regalo —dijo, inclinándose para recoger sus pantalones del suelo y comenzar a registrar los bolsillos—. No quiero que te asustes —añadió cuando pareció hallar aquello que buscaba—. Por favor, no te asustes.

Extrañada, Lena arrugó el ceño. ¿Qué podría asustarla tanto que cupiera en un bolsillo? Un pequeño destello amarillo la cegó por un momento. Pestañeó y trató de enfocar aquello que brillaba.

Alex abrió los dedos frente a ella y entonces apareció: un sencillo aro de oro blanco, con una pequeña piedra amarilla en forma de estrella.

—¿Un anillo? —susurró, obnubilada por su resplandor.

—Es un ópalo de fuego —informó él, muy pendiente de cada una de sus reacciones—. Perteneció a mi madre.

Los ojos de Lena se clavaron en su rostro. Con la respiración agitada, observó con suma atención cada uno de sus gestos. No quería equivocarse, pensando que aquello representaba algo más de lo que era en realidad. Sin embargo, no pudo evitar que la respiración se le agitara en cuanto percibió el primer resplandor.

—Es precioso —murmuró con prudencia.

Alex estudió su rostro en silencio varios segundos.

—Fue la única joya que no vendimos cuando se enfermó. Mi padre decía que no valía mucho pero que, en cuanto lo vio, le hizo pensar en un rayo de sol, lo cual, inevitablemente, le recordó a mi mamá.

El corazón de Lena comenzó a palpitar, enloquecido.

—¿Tu padre se lo regaló a tu madre? —gimió en tono agudo, al notar que se quedaba sin aliento.

—Por favor, escuchame bien y no te asustes —repitió con calma, al mismo tiempo que su rostro adoptaba un gesto serio.

Lena apretó los labios y asintió enérgicamente con la cabeza, aunque estaba lejos, muy lejos, de no asustarse; de hecho, estaba aterrada.

—Creí que jamás encontraría a una persona a quien entregar este anillo hasta que te conocí. Hace mucho que estoy seguro de que quiero dártelo, pero no necesito un «sí» o un «no», solo deseo que lo tengas hasta saber si querés quedarte conmigo el resto de tu vida. Cuando lo decidas; devolvémelo si deseas irte, o ponételo en este dedo —indicó, tomándole el anular izquierdo para depositar un ligero beso en él— si deseas quedarte conmigo. En este punto quisiera señalar que esta última opción es la que prefiero; lo digo por las dudas —concluyó, en tono de broma para hacerla sonreír, pues su cara seguro que reflejaba el desconcierto de su mente.

Ni en un millón de años se hubiera imaginado algo así. Lena sabía que él la quería desde mucho antes que ella a él, pero no tenía ni idea de que sus sentimientos estuvieran tan avanzados. Le agradaba que estuviera tan seguro; de hecho, su seguridad y firmeza eran dos de los signos de su carácter que más le gustaban. Sin embargo, era imposible no pensar que aquello era demasiado apresurado, aunque solo fuera una sugerencia. Todavía tenía que contarle que había comprado el bar y el conventillo. Tenía que decirle quién era en realidad y explicarle bien los motivos que la habían llevado hasta allí, para que no existieran secretos entre ellos. De esa forma, y siendo conocedor de todos los detalles, él podría decidir en consecuencia y con libertad si quería hacerle «la pregunta». No obstante, Lena se dio cuenta entonces de que él no le había preguntado nada.

El resplandor del anillo la hizo parpadear cuando capturó de nuevo el brillo de la lámpara.

—Alex —resopló—, ¿me estás pidiendo que me case contigo?

—No es tanto una pregunta, sino más bien una notificación.

—Una notificación —repitió ella, observando atónita cómo depositaba el anillo en la palma de su mano.

Alex asintió mientras le cerraba los dedos en torno a la joya.

—Te informo que sos la mujer con la que quiero pasar mi vida. Lo supe desde el momento en que mis ojos se posaron en ti, y estos días contigo no han hecho más que confirmármelo.

—Vale, pero... —balbuceó— esto es... muy precipitado. —Y lo era; le estaba proponiendo matrimonio cuando ni siquiera sabía quién era en realidad—. Alex, tú ni siquiera me conoces. Verás, tengo algo muy importante que decirte y que deberías saber...

Él le puso el dedo índice sobre los labios.

—Por favor —rogó, arrugando el rostro con gesto afligido—, tan solo dime que lo pensarás.

Con el símbolo del gran amor de sus padres en la palma de su mano, Lena fue incapaz de decirle que no. Le amaba con toda el alma, pero existían aún tantas cosas que aclarar antes de que pudieran pensar en comprometerse... Incluso ella sentía que debía reconciliarse con su pasado antes de proyectar un futuro con él. ¿Se imaginaba realmente un porvenir sin Alex? La idea le provocó tanto rechazo que su respuesta le salió directamente del alma.

—Lo pensaré.

29

Más familia en Navidad

Los Goldstein regresaron temprano para ayudar con los preparativos del desayuno. Aunque la esposa de Manuel era una mujer tímida y poco habladora, Lena había notado que por momentos se relajaba y parecía disfrutar realmente de su compañía. Tal vez no estaba acostumbrada a rodearse de personas libres de prejuicios con quienes mostrarse tal como era sin temor a ser censurada.

Lena pensaba en eso mientras ponían la mesa para desayunar juntos en el bar. Era ya casi mediodía, pero la mañana de Navidad no se esperaban clientes, por lo que decidieron cerrar la cafetería hasta la tarde. Bukowski, Aurora, la señora Goldstein y ella se ocupaban de la mesa, y Alex, Matías y Goldstein lo hacían de la comida en la cocina. Lena se entretuvo elaborando unos elegantes lazos con las servilletas mientras su mente se elevaba a través del patio hasta su habitación, sobrevolaba la cama y caía en picado hacia el cajoncito de la mesilla de noche en que había dejado su anillo de compromiso. Era precioso y, sobre todo, resplandecía a la luz de todo el amor que simbolizaba: el que los padres de Alex se habían profesado, y el que ella sentía por su hijo.

Jamás había sido tan feliz, y solo necesitaba ponerse aquel anillo para disfrutar del todo su dicha. No obstante, había dos cosas que necesitaba hacer antes para dar descanso a su espíritu. Esa misma tarde, en cuanto se quedaran a solas, hablaría con Alex para contarle toda la verdad. No pensaba dejarse distraer por sus besos; lo ataría a la silla si fuera necesario, para que la escuchara. Y, en segundo lugar, sentía que de alguna forma tenía que reconciliarse con su pasado. Esa misma noche llamaría a su madre para hacer las paces. Todo lo que le había pasado durante los últimos meses, el amor que había hallado en aquellas personas era tan bueno que había terminado difuminando su rencor; como una roca erosionada por el mar, su resentimiento había quedado reducido a arenisca.

—¡Lena, nena! ¿Qué te ocurre?

La voz de Aurora la arrancó de sus cavilaciones y volvió su atención a lo que acontecía en la mesa. Llevaban ya un buen rato desayunando todos juntos, pero la mente de Lena se había extraviado haciendo planes.

—Lo siento, solo estaba algo distraída —respondió, dedicándole a su amiga una amplia sonrisa—. ¿Qué me decías?

—¿Me pasás los alfajores, por favor?

Lena tomó la bandeja con los dulces y se la pasó. Miró hacia el otro lado de la mesa y el corazón le dio un brinco cuando notó la mirada de Alex. «¿Está todo bien?», pareció preguntarle. A lo que ella respondió guiñándole un ojo, provocando su sonrisa. «Ay, Dios, esa sonrisa...»

Alex no la había presionado en absoluto para que le diera una respuesta, y eso aún lo hacía más irresistible. Quería decirle que sí, ansiaba unirlo a ella con todos los rituales que el ser humano hubiera concebido a tal efecto. Anhelaba deslizar un anillo en su anular izquierdo para que el resto del mundo supiera que su corazón pertenecía a alguien: a ella.

«El día que te lo pongas sabré que la respuesta es sí y me harás el hombre más feliz del universo.» Con el recuerdo de esas palabras, Lena se levantó de la mesa después de que hubieran terminado de desayunar para dirigirse a su cuarto. Quería darle una sorpresa a Alex y no deseaba esperar ni un solo día más.

Atravesó su dormitorio hasta el cajón de la mesita para tomar la sortija que ocupaba sus pensamientos. Cientos de destellos se proyectaron a su alrededor cuando la luz atrapó el ópalo de fuego. Con la brillante joya en la mano, regresó a la cafetería. Tras cruzar el patio se detuvo en la puerta y, lentamente, se deslizó el anillo en el bolsillo. Deseaba tenerlo encima para cerrar el compromiso cuando le abriera su corazón a Alex y le contara toda la verdad.

Inspirando con fuerza, Lena se dispuso a entrar al bar. Sin embargo, un pequeño revuelo de voces la detuvo en el último instante.

—María Magdalena Vázquez de Lucena. ¿Dónde está? —decía alguien—. Sabemos que está aquí, ¿dónde la tienen?

Aquella voz le resultaba tan familiar... Entonces, una especie de escalofrío le recorrió la espina dorsal. Se apresuró a entrar y la escena que contempló la dejó paralizada. Su madre y Alberto, escoltados por dos policías, se encontraban allí conminando airadamente a todos sus amigos, que observaban asombrados a la extraña comitiva que acababa de irrumpir en su reunión.

—Mamá —jadeó Lena estupefacta—, ¿qué estás haciendo aquí?

Su madre se volvió hacia ella.

—Lena, hija, gracias a Dios —gorjeó la mujer, llevándose el dorso de la mano a la frente en un teatral gesto de desfallecimiento.

Doña Elvira empujó sin disimulo a los dos policías que se interponían en su camino y atravesó el local hasta ella para abrazarla con fuerza. Lena alzó los brazos al mismo tiempo que sus pulmones se quedaban sin aire por el ímpetu con que se vio estrujada.

—Mamá, ¿qué haces aquí? —repitió, buscando con la mirada a Alex, que contemplaba la escena con asombro, con el resto de sus amigos, al otro lado del local.

—¡Rápido, deténgalos a todos! —instó Alberto a los agentes.

—Pero, señor... —balbuceó uno de ellos— ¿de qué delito se les acusa?

Su madre la soltó y se volvió hacia ellos.

—De secuestro, obviamente —declaró malhumorada.

Lena cerró los ojos y volvió a abrirlos esperando despertarse y que todo aquello fuera fruto de una mala pesadilla.

—Eso no es cierto —murmuró atónita—. ¡Alto! —gritó a los policías, que parecían no escucharla.

Ambos se detuvieron en medio de la cafetería y se volvieron hacia ella.

—Soy María Magdalena Vázquez de Lucena —continuó, y se acercó a ellos con decisión—, y estoy aquí por voluntad propia. Disculpen, agentes, pero su presencia aquí no es necesaria.

—¿Está usted segura, señorita? —preguntó el más mayor.

Lena lo miró a los ojos.

—Absolutamente.

Los policías se miraron entre sí antes de darse la vuelta y dirigirse hacia la puerta.

—¡¿Qué hacen?! —exclamó su madre—. ¡Vuelvan aquí, estúpidos!

—Señora, sabemos que tiene influencias, pero acá no podemos hacer nada —contestó el mayor—. Hable con su hija.

Doña Elvira alzó el mentón con orgullo.

—¿Usted sabe con quién está hablando?

Inspirando con fuerza, Lena recordó de repente por qué había tenido que alejarse de aquella mujer.

—Ya basta, mamá —espetó.

Los policías se marcharon y Lena exhaló un suspiro de alivio. Ni siquiera era capaz de lanzar una mirada a su grupo de amigos porque se moría de la vergüenza por todo aquello.

—¿Me estás diciendo que desapareciste de tu casa sin decir adónde ibas, para venir aquí de forma voluntaria?

La voz indignada de su madre la llevó a centrarse de nuevo en ella. Estaba igual que siempre: hermosa, elegante e insufriblemente soberbia.

—Me fui de casa precisamente por esto mamá; porque no me escuchas —respondió exasperada.

Doña Elvira miró alrededor con repugnancia.

—¿Y has venido a este cuchitril?

Suspirando con indignación, Lena miró al techo. Era increíble lo arrogante y déspota que podía llegar a ser su madre sin siquiera proponérselo.

—¿Qué estás haciendo aquí? Creíamos que te había secuestrado una banda organizada.

Lena se llevó las manos a la cintura.

—Pero ¿por qué pensaste eso? —preguntó indignada.

—¿Tú crees que podías retirar casi un millón de euros de las cuentas sin que yo me enterara?

Los ojos de Lena se desviaron hacia el otro lado del local, donde Alex aún permanecía de pie. Se fijó cómo su rostro se aflojaba en un gesto de sorpresa y ella anheló poder chasquear los dedos y hacerlos desaparecer a todos; a todos excepto a él.

—¿Quién te ha dicho eso? —siseó, bajando la voz.

—Es una cantidad de dinero muy importante como para no levantar sospechas, Lena —indicó Alberto, que hasta el momento no había intervenido.

—¿De modo que estáis aquí por eso, por el dinero?

Su ex se acercó a ellas. Lena se fijó en que no había cambiado un ápice de cómo lo recordaba. El mismo corte de pelo, perfecto e inalterable; unos pantalones chinos y una camisa que parecían casuales, pero que seguro eran los más caros y exclusivos del mercado. Porque a Alberto siempre le había gustado diferenciarse de los demás por lo que podía comprar. Lástima que ella no se hubiera dado cuenta antes de lo materialista que era.

—¿Acaso no te parece importante? —dijo Alberto al llegar a su lado con un extraño brillo en sus ojos—. ¿Acaso no comprendes que pensábamos que te retenían contra tu voluntad y que te estaban coaccionando por dinero?

—Nadie me ha retenido contra mi voluntad —puntualizó Lena, paseando su mirada de uno a otro para que les quedara claro.

—¿Quieres decir que te gastaste voluntariamente un millón de euros en un bar de Buenos Aires y en una operación de cambio de sexo? —concluyó Alberto con una mueca de repugnancia.

Lena se estremeció. Volvió la mirada hacia la otra punta del bar para ver si Alex lo había escuchado. El rostro de su amado había pasado de la sorpresa a la indescifrable y dura expresión que tenía en aquel momento.

—¿Cómo lo sabes? —murmuró ella con los dientes apretados.

Su madre dio un paso al frente.

—¿Creíste que no nos enteraríamos?

—¿Te lo dijo Vicente? —le preguntó su hija, poniendo los brazos en jarra.

—Oh, puedes estar tranquila —rio con sarcasmo—. El perrito faldero de tu padre te profesa la misma lealtad que a él —continuó su madre, arrojando todo su veneno contra el abogado. Lena no pudo evitar cierto alivio al saber que no había traicionado su confianza—. El presidente del banco me llevó a un aparte durante una velada que compartimos hace poco y me manifestó su preocupación por unos importantes movimientos en las cuentas. Acudí a Vicente, por supuesto, pero me dijo que era cosa tuya y que todo estaba correcto, pero se negó a decirme nada más, por no sé qué promesa contigo. —Una oleada de orgulloso afecto por su abogado y amigo conmovió a Lena—. Así que se lo conté a Alberto y, gracias a su consejo, logramos saber lo que estaba pasando con el dinero. Tuve que amenazar a Vicente con demandarlo por encubrir un posible delito de secuestro. Debido a tu extraña desaparición y tus posteriores movimientos de dinero yo, como tu madre, podía denunciar tu desaparición y manifestar mis sospechas de que estabas siendo coaccionada para sacarte ese dinero. Como abogado, Vicente sabía que cualquier juez me daría la razón, y no le quedó otra opción que contarme todo lo que estaba pasando, si quería evitarse el escándalo.

Lena maldijo entre dientes. Sabía que todo aquello era cierto, pero deseó que Vicente no hubiera cedido, obligándola a iniciar los trámites legales. Eso le hubiera permitido ganar tiempo; por lo menos, el suficiente para haber aclarado todo con Alex. Porque ahora, su única preocupación se encontraba en saber lo que estaría pasando por su cabeza.

—Imagínate cuál fue mi sorpresa cuando me enteré de que habías comprado una decadente propiedad y un bar en Buenos Aires —continuó su madre, empeñada en mortificarla—. ¿Buenos Aires? —añadió, arrugando el rostro en una mueca de incredulidad—. Ni siquiera sabía que te habías marchado tan lejos; a la otra punta del mundo, nada menos. ¿Es que tan grande era tu necesidad de alejarte de mí? —Su reproche no aguardó respuesta—. Supimos que habías llegado a pujar contra ti misma en la subasta de esa propiedad para subir el precio y eso nos desconcertó; porque tú nunca has valorado el dinero, pero tampoco lo has malgastado. Llegué a creer que te habías vuelto loca, o que en verdad te habían secuestrado

—resopló, con otro de sus teatrales desfallecimientos—. Así que acudimos al ministro y este nos puso en contacto con el embajador, que ha tenido la amabilidad de acogernos en su casa y poner a nuestra disposición una patrulla policial.

Lena resopló mirando al techo. Su madre no solo había llegado para complicarle la vida, sino que había tardado menos de dos horas en crear todo un conflicto internacional.

—Solo íbamos a vigilar desde fuera, pero entonces vimos a esta gente —prosiguió, mirando a sus amigos, como si acabara de darse cuenta de su presencia aún en el bar—. Nos parecieron inofensivos y decidimos entrar.

—Por supuesto que son inofensivos —aseveró Lena, lanzando una mirada de soslayo a Alex, cuyo rostro estaba muy lejos de parecer pacífico—. Ellos son mis mejores amigos, mamá.

Aquello sonó a una presentación, lo que animó al grupo a acercarse con sendas sonrisas cautas en sus caras; todos salvo Alex, que se quedó en su sitio con la mandíbula endurecida, las manos en la cintura y los ojos clavados en ella.

—Mamá, estos son mis amigos: el señor y la señora Goldstein, el señor Bukowski, Matías y Aurora.

Todos la saludaron con reserva y timidez, excepto Bukowski, que se aproximó a ella para tomarle la mano.

—*Enchanté, madame* —dijo en perfecto francés, inclinándose para besar su mano—. Está claro de quién ha heredado Lena su belleza.

Doña Elvira lo observó como a una molesta mosca y retiró la mano de inmediato.

—Muy... —meditó unos segundos mientras se limpiaba el dorso de la mano sin el menor disimulo en su traje de alta costura— pintoresco.

—No será este el bar que has comprado, ¿verdad?

La pregunta de Alberto concentró la atención de Lena

nuevamente en él, que comenzó a pasearse por el local mirando en todas direcciones.

—No —gruñó Alex, antes de interponerse en su camino para evitar que entrara en la cocina—. No lo es.

Alberto miró hacia arriba por la ligera diferencia de estaturas.

—Discúlpeme —respondió, sin rastro de contrición en su voz—. No he oído su nombre, ¿señor...?

—No lo oyó porque no se lo dije —espetó Alex, cruzándose de brazos, y observándolo con la misma animadversión que el otro.

Olvidándose de su madre, Lena acudió junto a ellos. Se metió en medio de los dos y miró a Alex.

—Necesito hablar contigo.

Inspirando con fuerza, él entornó los ojos hacia ella.

—¿Quién diablos sos? —preguntó, observándola como si la viera por primera vez.

Lena trató de tocarle el antebrazo, pero él se apartó para evitar su contacto. Allí estaban, frente a frente, pero sentía que un enorme abismo se había abierto de nuevo entre ellos.

—Soy la misma de siempre, Alex.

—Decíme que nada de lo que ha dicho esa señora es cierto —murmuró, señalando con la cabeza a su madre.

A Lena le hubiera encantado decirle que no para que volviera a mirarla como antes. Pero, desgraciadamente, no podía. Le hubiera encantado poder explicárselo, haber elegido las palabras correctas para que la verdad no sonase tan a mentira.

—¿Fuiste vos? —preguntó, descruzando los brazos y llevándose las manos a la cintura—. ¿Vos sos el grupo inversor que compró el conventillo y el bar?

Lena asintió, más mortificada aún por aquella mentira o, más bien, error que ella no había solventado cuando su abogado creyó que se trataba de un grupo inversor.

—No me lo puedo creer —murmuró, ligeramente aturdido—. ¿Qué sos, rica o algo así?

—¿Rica? —se burló Alberto—. Es la heredera de una de las mayores fortunas del país.

—¡Cállate! —gruñó Lena, lanzándole una fulminante mirada por encima del hombro.

Los ojos de Alex se desplazaron de Alberto a ella y su mandíbula se endureció.

—¿Por qué me mentiste?

—No te mentí —aclaró, antes de intentar tocarle el brazo de nuevo, gesto que él volvió a esquivar—. Pero no podía permitir que perdieras todo lo que era importante para ti.

Él ensombreció su mirada y su mandíbula se contrajo de nuevo.

—¿Y lo de hacerte la muchacha perdida y sin plata?

—Todo eso era verdad —se apresuró a explicar—. Me fui de casa con un poco de dinero, quería ganarme la vida y tomé el primer vuelo para el que encontré pasaje. Llegué aquí y me lo robaron todo y... bueno, el resto ya lo sabes. —Lena le tomó la mano y se puso de puntillas—. Te amo —susurró muy cerca de su oído.

Dando un paso atrás, Alex rompió el contacto.

—No sé quién sos.

—Creo que no nos han presentado —intervino Alberto, que había observado la escena en silencio—. Soy Alberto Valenzuela, el prometido de Lena.

—¡Tú no eres mi prometido! —resopló ella, sin poder creerse lo que estaba diciendo.

—Cancelaste la boda y desapareciste, sin que habláramos de una nueva fecha, ni de los términos en que dejabas nuestra relación. He estado al lado de tu madre durante todo este tiempo porque, evidentemente, vamos a ser de la familia.

Lena lo miró como si se hubiera vuelto loco.

—Te dejé, Alberto —afirmó con rotundidad—. Te dejé porque no te quería, y sigo sin quererte.

—Lena, no hables así —reconvino su madre, acercándose a ella para tomarla del brazo—. Este no es el lugar para hablar temas tan íntimos —añadió, dedicándole una rápida mirada a sus amigos—. Acompáñanos a la embajada y allí aclararemos todo lo que tengamos que aclarar.

Lena negó con la cabeza y se zafó de su mano.

—¡No, mamá! Este es el único lugar del mundo en que quiero estar, y ellos son la única gente a la que quiero escuchar, y que me escuchan —exclamó, señalando a sus amigos.

—Alberto se ha portado muy bien conmigo desde que te marchaste —contraatacó su madre—. Gracias a él no me volví loca buscándote. Os conocéis de toda la vida y es normal que os peleéis. Pero nadie te va a querer más y mejor —agregó, levantando el mentón y mirando a Alex como si fuera un insecto al que deseara aplastar.

Cada vez más inquieta, Lena buscó de nuevo con los ojos a Alex. Respiraba agitado y su rostro se había ensombrecido por completo.

—No es verdad —le dijo, negando con la cabeza pero sin romper el contacto visual con él.

Lena estaba comenzando a desesperarse. Aquello era como una gran tragedia griega en la que todo acontecía sin que los personajes pudieran hacer nada por evitar su funesto destino. Deseaba que el mundo entero desapareciera y quedarse a solas con él para explicarle bien, eligiendo las palabras correctas, todo lo que había pasado.

Alex levantó las manos y pasó entre todos ellos como si quisiera desentenderse de todo aquello. Con el corazón latiéndole desbocado, Lena dio un paso con ánimo de detenerle.

—Te amo, Alex; como jamás he amado a nadie, como nunca amaré a nadie.

Aquellas palabras lo frenaron en seco. Su espalda subió y bajó con una honda respiración.

—Ya no sabré cuándo creerte, Lena —murmuró, y bajó la cabeza antes de abandonar el bar.

La imagen de la puerta que llevaba a su apartamento y por la que él acababa de desaparecer comenzó a difuminarse, empañada por las lágrimas que ya descendían libres por las mejillas de Lena, que inspiró con fuerza. En ese momento se sentía la mujer más desgraciada del mundo. Pero no le dejaría terminar con ella tan fácilmente; lo buscaría y le explicaría bien cómo habían sido las cosas. Haría que la perdonase y aquella pesadilla terminaría para siempre. Se moría de ganas de salir tras él; y eso era exactamente lo que iba a hacer en cuanto echara a su madre y Alberto, a quienes tendría que perdonar en algún momento, que no era aquel.

—Marchaos de aquí; los dos —gruñó, echando chispas por los ojos.

Tratando de controlar el llanto para no mostrar flaqueza ante ellos, se encaminó a la puerta para mostrarles la salida. Sin embargo, Alberto levantó el brazo para cortarle el paso.

—No puedo creer lo que estoy viendo —murmuró con una perversa sonrisa en la cara—. ¿Con un sudaca? ¿Vas a presentarte en sociedad con un muerto de hambre que ni siquiera habla bien castellano? —escupió con todo su veneno—. Espero que lo hayas pensado bien, Lena. Porque vas a caer muy bajo.

Ninguna de aquellas palabras logró su objetivo. Simplemente, porque Alberto había perdido toda capacidad de hacerle daño.

—Fíjate que yo jamás me he sentido tan arriba —le respondió, alzando el mentón con orgullo—. Tú me tenías presa en un infierno, y él me ha llevado al cielo muchas veces.

Los ojos de Alberto se oscurecieron peligrosamente. Lena

lo conocía bien y sabía que había interpretado su contestación como una metáfora sexual. Porque él era así y no iba a cambiar; solo que a esa conclusión ya había llegado hacía mucho tiempo, y por eso consideraba de lo más inútil aquella conversación.

Pero entonces él alzó las manos y la aferró de los brazos.

—Eres una puta.

—Alberto... —resolló doña Elvira, sobrecogida por la sorpresa.

A Lena las palabras le resbalaron, pero los dedos se le hincaron en la carne y le hicieron daño.

—No, el «puto» eres tú —espetó, ladeándose lo justo para lanzar con fuerza la rodilla contra su entrepierna.

El golpe hizo que Alberto se doblara hacia delante, soltándola. Lena hizo un gesto a sus amigos, que ya se aproximaban para quitárselo de encima.

Su madre se acercó.

—¿Estás bien, hija? —murmuró, tocándole ligeramente el brazo.

Lena tomó la mano de su madre y asintió. Le gustó y enterneció que se preocupara por ella antes de ir a ayudar a Alberto. Después de todo, su relación aún tenía una pequeña esperanza de salvarse.

—Alberto, hijo, ¿cómo se te ocurre...? —gruñó doña Elvira, por el esfuerzo de levantarlo.

Alberto, de cuyos ojos habían saltado algunas lágrimas de dolor, adoptó un gesto contrito mientras pasaba el brazo por los hombros de su postergada suegra.

—Estaremos en la embajada hasta el viernes —dijo ella—. Búscanos, hija, por favor.

—No, mamá. Te quiero y te llamaré dentro de poco para que hablemos más calmadas. —Lena se acercó y le dio un ligero beso en la mejilla—. Te visitaré en Madrid y tú me visitarás aquí siempre que quieras. Alégrate por mí porque he encontrado el lugar al que pertenezco y donde mucha gente me quiere.

Asintiendo compungida, su madre lanzó una rápida mirada a los presentes, obligados espectadores de aquella vergonzosa escena familiar, y puso cara de resignación.

—¿En El Fin del Mundo? —preguntó, volviendo la vista hacia el vitral con el nombre del bar.

Lena miró a su madre, muy consciente de su decepción y del doble sentido de la pregunta. Una ancha y sincera sonrisa se dibujó entonces en sus labios.

—Pues resultó ser un buen sitio —respondió, encogiéndose de hombros.

Su madre meneó la cabeza y se volvió. Ella y Alberto salieron a la calle, donde el chófer ya les aguardaba con la puerta abierta de su coche.

30

No te vayas, Alex

—Siento mucho todo esto —dijo Lena tímidamente, volviéndose hacia sus amigos, una vez que la puerta del bar se cerró tras su madre y Alberto.

Aurora fue la primera en acercarse.

—¿Lo de la operación fue cosa tuya?

Suspirando, Lena asintió y bajó la cabeza. Rogó al cielo que su amiga no le echara la bronca porque no tenía cabeza para pensar en ello. En ese momento solo pensaba en correr escaleras arriba y abrazar a Alex. Observó los pies de Aurora y levantó la vista hacia ella. La sorprendió ver lágrimas en sus ojos.

—¿Un concurso internacional de reasignación de género, boluda? —susurró con la voz rota de emoción.

Lena se encogió de hombros justo antes de que Aurora la atrajera a sus brazos. Jadeando por la impetuosidad del gesto, Lena correspondió a su abrazo con una tierna sonrisa.

Después de casi un minuto, Aurora se separó y, limpiándose las lágrimas, la observó con afecto.

—Te quiero, boluda.

Lena sonrió con ternura.

—Y yo a ti, boluda.

Aurora rio por su imitación.

—¡Venga, todo el mundo afuera, que aquí tiene que producirse una reconciliación con fuegos artificiales! —exclamó, sorbiendo por la nariz y dirigiéndose al resto del grupo.

Lena le agradeció en silencio que comprendiera que su conversación pendiente con Alex era lo más importante para ella en ese momento.

Aurora abrió la puerta del bar y aguardó a que fueran saliendo. Matías se despidió de Lena con un beso en la mejilla y una sonrisa de comprensión en su rostro jovial; los Goldstein se acercaron a ella observándola con cierta prudencia.

—Siempre vi en vos algo diferente; tenés ángel, niña —dijo Manuel, palmeándole el hombro.

—Ponele los puntos desde ahora. Los hombres necesitan saber que no mandan —murmuró su esposa, señalando hacia arriba.

Asintiendo y esforzándose por sonreír, Lena les dio las gracias.

El último en acercarse fue Bukowski. Curiosamente, Lena sintió unas enormes ganas de echarse a sus brazos y dejarse consolar. De alguna forma, aquel hombre amable y cariñoso había llegado a inspirarle una especie de afecto paternal que en aquel momento necesitaba enormemente. Como si le hubiera leído el pensamiento, él la tomó de la mano y tiró de ella para atraerla a sus brazos.

Exhalando un profundo suspiro de alivio, Lena hundió la nariz en su hombro y correspondió a su abrazo.

—Ese muchacho está loco por vos. Nunca le había visto tan feliz como en estos días —le susurró al oído.

—Solo espero que quiera escucharme.

—Andá, que te está esperando —dijo él, tomándola por los hombros—. Mañana a primera hora nos pasaremos por acá para saber cómo fue todo.

Lena asintió con una tensa sonrisa antes de ponerse de puntillas y besarle la mejilla.

Bukowski salió y Aurora, que aún sujetaba la puerta, le guiñó un ojo.

—Llévatelo a la cama, nena —murmuró, justo antes de salir y cerrar la puerta tras ella.

En cuanto se quedó sola, Lena atravesó el bar rápidamente para subir de dos en dos la escalera que llevaba al apartamento de Alex. Con el corazón desbocado, jamás había tenido tanta prisa por llegar a un lugar.

—¡Alex, abre, por favor! —exclamó, golpeando la puerta.

Pasaron varios segundos sin respuesta.

Lena pegó la oreja a la gruesa madera. Oyó algunos ruidos y volvió a llamar, esta vez con más insistencia.

—Alex, ábreme. Necesito que me escuches.

Sin embargo, tras varios minutos esperando, se dio cuenta de que no iba a abrirle porque no quería hablar con ella. Aquel hombre tenía un genio horrible y siempre tomaba decisiones así de drásticas.

—¡Muy bien, no abras! —protestó—. Me quedaré aquí, sentada junto a la puerta hasta que decidas que quieres arreglar las cosas. No tengo ninguna prisa —añadió, pegando la espalda a la pared—, así que puedes tomarte el tiempo que quieras...

La puerta se abrió en ese momento y Lena se volvió para verlo en el umbral, sosteniendo la puerta y exhibiendo el rostro más serio y el ceño más fruncido que había contemplado nunca.

—Pasa, estás en tu casa —gruñó con sarcasmo, haciendo un gesto con la mano libre.

Inspirando con fuerza, ella se preparó para la batalla verbal. Sabía que la pulla se refería al hecho de que hubiera comprado el conventillo. Y también sabía que no iba a ser fácil hacer que la perdonara, visto que había vuelto a recluirse en su caparazón. Pero se armó de toda su paciencia y persevérancia para hacerle entender que no solo había hecho todo aquello por él, sino también por ella, y que cuanto sentían el uno por el otro no había cambiado ni un ápice.

Sin embargo, en cuanto llegó a la sala encontró los cajones abiertos y todo revuelto. Miró alrededor: la puerta del cuarto estaba abierta y la visión de una maleta sobre su cama la puso alerta.

—¿Qué estás haciendo? —preguntó, fijando sus ojos en él.

Alex evitó su mirada mientras se dirigía al dormitorio.

—Recoger lo que todavía es mío.

—Alex, por favor, tienes que escucharme —suplicó ella, pegada a sus talones—. No sabía cómo hacer para que no perdieras el bar y el conventillo.

Él continuó sacando ropa de los cajones e introduciéndola en la maleta.

—¿Qué haces? —preguntó Lena, parada en mitad de la habitación mientras lo observaba ir y venir.

—Me voy, necesito pensar en todo esto y, desgraciadamente, ya no puedo hacerlo acá —respondió sin mirarla.

Una sacudida de inquietud barrió todos los propósitos de estoicismo que Lena se había hecho en su camino hasta allí. Comprendía que estuviera enfadado, pero no que fuera para tanto.

—Ya basta, Alex, por favor, hablemos. —Y le agarró el brazo para detenerlo.

—El problema de las mentiras, señorita Vázquez de Lucena, es que impiden conocer a sus dueños —respondió él con acritud, soltándose de su mano.

—No era una mentira.

Él se volvió hacia ella, enfadado.

—¿Ah, no? —gruñó, bajando la cabeza para buscar su mirada—. Me hiciste creer que eras una muchacha desvalida que necesitaba ayuda.

Aquellas palabras le tocaron el alma.

—Alex —murmuró mirándolo profundamente a los ojos—, sí era una muchacha desvalida que necesitaba ayuda.

Lena notó que sus palabras habían logrado su objetivo cuando observó cómo él inspiraba con fuerza mientras su mandíbula se contraía.

—Solo sos una nena rica en busca de aventuras.

¿Cómo lo hacía? ¿Cómo lograba abatirla de aquella forma con solo palabras?

—Era una chica normal buscando que la quisieran; por lo que soy, y no por lo que tengo.

La mirada de él se ensombreció mientras volvía a inspirar. Al parecer, estaba tan bien armada verbalmente como él, porque sus confesiones obraban el mismo efecto. Sin embargo, no quería ganar aquella pelea, tan solo quería que la perdonara, fundirse entre sus brazos y hacerle el amor como jamás se lo había hecho hasta entonces.

—Te amo —susurró, acercándose a él—. Perdóname, por favor.

Alex dio un tambaleante paso atrás.

—Yo ya no sé si te amo, porque no te conozco.

Las palabras salieron de sus labios como proyectiles y la alcanzaron de lleno en el corazón. Herida de muerte, Lena trastabilló hacia atrás. Tragó con fuerza, pero no logró deshacer el nudo que la ahogaba. Él trató de sujetarla pero no se lo permitió. Alzó los brazos en forma de escudo y al momento sintió que la primera lágrima abría un cálido cauce en su mejilla.

—Por favor, no te vayas —murmuró derrotada—. No abandones lo que es tuyo por derecho.

Alex se dio la vuelta para seguir haciendo la maleta.

—Acá ya no hay nada mío.

«Sí, estoy yo, estúpido cabezota», deseó gritarle con todas

sus fuerzas. Pero sentía que debía retirarse a lamer sus heridas.

—¡Qué pena! —exclamó, apenas en un susurro—. Porque tenía la esperanza de hacerlo «nuestro», cada día del resto de nuestras vidas.

31

La insólita nota y una carrera loca

Al ver cómo las lágrimas empañaban los ojos de la joven, Alex tuvo ganas de darse de bofetones. Tendió las manos para sujetarla, pero ella rechazó el contacto. Se quedó quieto, tratando de recordar por qué estaba enojado. ¿Enojado? No; estaba indignado, estupefacto, contrariado y... celoso. Muerto de celos, en realidad. Ni siquiera podía pensar en que pudiera marcharse con aquel petimetre engreído. ¿Qué malditos demonios le había visto para haber estado alguna vez con él?

—¡Qué pena! Porque tenía la esperanza de hacerlo «nuestro», cada día del resto de nuestras vidas.

Aquellas palabras le hicieron volverse hacia ella. Sin embargo, se sorprendió de no encontrarla allí. ¿Qué demonios habría querido decir con eso de «hacerlo nuestro cada día del resto de nuestras vidas»? «Te da igual», le advirtió su mente. De eso ya hablarían luego, ahora le tocaba estar enfadado. Tenía que estarlo por la falta de sinceridad de Lena, por haberlo hecho todo a sus espaldas sin contar con su opinión. Así era como siempre actuaba la gente rica; como si se hallaran por encima del bien y el mal.

Malhumorado, arrojó sobre la cama la camisa que se disponía a introducir en su maleta, para comenzar a pasearse por la estancia. Enseguida comenzó a rumiar en lo que acababa de decirle a Lena. Sus palabras habían sido hirientes a propósito.

Por supuesto que no pensaba nada de aquello, pero estaba herido porque ella le había hecho creer lo que no era durante mucho tiempo. Por las mentiras, o las omisiones; en aquel momento le daba igual la semántica.

El recuerdo de las lágrimas de Lena hizo que sus pies lo llevaran a la puerta, pero su irritación lo detuvo antes de cruzar el umbral. Quería que ella meditara, que pensara que si había algo capaz de poner en peligro su relación eran las mentiras, o las omisiones... Le daba igual. ¡Maldito léxico! Le estaba costando Dios y ayuda alimentar su enfado, porque aquella mujer lo tenía loco. Aunque fuera «la heredera de una de las mayores fortunas del país». Las palabras de su ex novio regresaron a su cabeza solo para alimentar las llamas de su propio infierno.

Cerró de un portazo y comenzó de nuevo con su ir y venir por el cuarto. El inquieto paseo duró hasta bien entrada la madrugada, y con el paso de las horas se extendió a todo el apartamento. Se acercó a la ventana en numerosas ocasiones para observar el vitral iluminado por la luz en la habitación de Lena, al otro lado del patio. En algunas ocasiones, su sombra pasaba cerca del cristal, lo que le indicaba que ella tampoco podía dormir. Deseó ir hasta allí para hacer las paces en más de cien ocasiones, las mismas en que fue refrenado por su terquedad, hasta que el agotamiento le pudo y lo derrumbó en el sofá.

Se despertó pronto, con dolor de cuello y sintiéndose el hombre más estúpido sobre la faz de la tierra. La mujer más fascinante del mundo se había enamorado de él, solo Dios sabía el porqué, y él se había permitido la injuria imperdonable de dejarla dormir sola. Era un tarado, un completo tarado, pues tan solo había tenido que hacerse una pregunta para perdonarla: ¿Qué habría hecho él en su lugar, si ella fuera quien se encontrara en un apuro y él dispusiera de los recursos para ayudarla? La respuesta apenas tardó una décima de segundo en aparecer ante sus ojos: hubiera hecho exactamente lo mismo que ella; y puede que hasta de la misma forma, pues no habría querido herir su orgullo. Ambos habían pasado una noche horrible por su culpa cuando, en realidad, lo que Lena había hecho solo le demostraba la pureza de sus sentimientos. Y aquello le convertía a él en el pelotudo más afortunado del universo.

Sí, era un tarado, un completo tarado. Alex se repitió aquel mantra mientras se daba una ducha rápida que le aliviara los doloridos músculos fruto de la mala postura en el sofá. Con la mente algo más despejada, se puso un vaquero y una camiseta y bajó al bar, dispuesto a prepararle un desayuno espectacular a Lena y despertarla con un café con corazones, tal como le gustaba. Esperaba que así lo perdonara y pasarse el resto del día haciéndole el amor.

Con aquella feliz perspectiva en mente, bajó la escalera de dos en dos hasta el bar. Abrió la persiana de seguridad de la fachada para que el sol entrara a raudales. Se volvió para dirigirse hacia su exprés Victoria Arduino original para preparar el mejor café de reconciliación de El Fin del Mundo. Sin embargo, algo sobre la barra atrajo su atención. ¿Qué podía ser aquello que resplandecía con un inusual brillo dorado? Se acercó despacio, mientras una especie de premonición le mordía el corazón. Y entonces lo reconoció: allí, sobre el bloc de pedidos, como si de un tesoro perdido se tratase, se encontraba el anillo de compromiso de su madre.

Alex lo tomó entre dos dedos y frunció el ceño. ¿Qué estaba haciendo allí, cuando debería estar en el cajón de la mesita de Lena? No obstante, sus dudas quedaron disipadas en cuanto se fijó en lo que había escrito en la primera página del bloc:

Querido Alex:

No sabes lo mucho que lamento que te enteraras de esa forma; no de quién soy, pues siempre he sido la misma persona, sino de que era la responsable de la compra del bar y el conventillo. Créeme si te digo que he querido explicártelo en muchas ocasiones. Jamás me he considerado una persona diferente por tener dinero, y jamás podría pedirte perdón por hacer que conservaras aquello por lo que tus padres y tú habéis luchado tanto. Sin embargo, sí siento no habértelo dicho antes y que eso haya afectado a tu amor.

Te amo, Alex; como jamás he amado ni amaré a nadie. Por eso no puedo ver cómo abandonas lo que es tuyo por derecho. Créeme que jamás me lo perdonaría y, además, nada de todo esto tendría sentido si tú no estás aquí, conmigo. Simplemente, no puedo verte partir de este lugar.

Espero que algún día puedas perdonarme. Hasta entonces, te estaré esperando. Me voy a Florencia, y cada día, mientras dibuje en la pequeña plaza de Santa Felicita, te buscaré entre las caras de los viandantes.

Te dejo el pequeño rayo de sol con que me deslumbraste aquella noche. Quiero agradecerte que alguna vez me creyeras merecedora del anillo de tu madre.

Te amaré siempre.

LENA

El corazón de Alex comenzó a latir con la fuerza de mil endemoniados tambores de guerra. Resonaba en sus sienes mientras paseaba los ojos por aquellas líneas, tratando de cerciorarse de que significaban lo que creía. Guardó el anillo en un bolsillo y arrugó el papel antes de levantar la vista hacia la puerta del patio. Con la respiración quebrada y la mandíbula tan apretada que le dolía, atravesó el local raudamente en dirección al patio.

Abrió la puerta del cuarto de golpe y la realidad le abofeteó en la cara. Las cosas de Lena habían desaparecido, junto con Lena. Recorrió el dormitorio con el mismo humor que un tigre se pasea por su jaula del circo, con la estúpida esperanza de que aquella mujer insufrible, que se tomaba con una despiadada literalidad cualquiera de las estupideces que él soltaba cuando estaba enfadado, se hallara escondida en alguna esquina y apareciera de repente ante él con una gran sonrisa, al grito de «¡era broma!».

Sin embargo, la aparición no se produjo, porque allí no había rastro de Lena. Se había marchado, dejándole aquella nota aniquiladora, y Alex se sintió el hombre más bocazas y estúpido del universo. Leyó las últimas líneas de la nota, aquellas que podían arrojar alguna pista de dónde encontrarla: «Me voy a Florencia, y cada día, mientras dibuje en la pequeña plaza de Santa Felicita, te buscaré entre las caras de los viandantes.»

Alex estrujó el papel en su puño y salió al patio como una exhalación, jurando que no se detendría hasta traerla de vuelta a aquel lugar que ya era tan suyo como de él. ¡Demonio de mujer! Regresó al bar con la intención de agarrar las llaves y salir a buscarla. Sin embargo, dos sombras en la puerta lo detuvieron en seco. Goldstein y Bukowski se pegaban al cristal por afuera mientras se hacían visera con las manos para poder fisgar el interior del local. Entonces le vieron y entraron.

—Le dije a Lena que pasaría por aquí para saber cómo os fue —declaró Bukowski.

Alex arrugó el ceño mientras ponía los brazos en jarras.

—Como el orto nos fue —gruñó.

Los ancianos se lo quedaron mirando, atónitos. Al parecer,

no era muy común definir una noche de reconciliación como «el culo».

—¿Y Lena? —preguntó Goldstein, que todavía seguía en la puerta.

Exhalando un suspiro de impaciencia, Alex levantó la mano en la que llevaba la arrugada nota. Bukowski agarró el papel y lo abrió. Sus cansados ojos leyeron rápidamente las palabras de Lena a través de sus gruesas gafas.

—Pero ¿qué le dijiste, tarado?

—Boludeces, eso le dije —resopló Alex, cada vez más torturado por el recuerdo de sus propias palabras.

«Yo ya no sé si te amo, porque no te conozco.» Cada vez que recordaba aquella frase lapidaria tenía ganas de tirarse de los pelos. ¿Por qué no le habría pedido perdón en aquel mismo momento, antes de explicarle que no pensaba nada de aquello? De hecho, no pensaba nada de lo que decía desde que la madre y el «novio» de ella habían aparecido en el bar, y tampoco hablaba él sino su enojo. ¿Por qué no le había dicho la verdad: que la amaba como nunca había amado a nadie y que no podía vivir sin ella?

Impulsado por una renovada urgencia por encontrarla, agarró las llaves del bar y se dirigió a la puerta.

—Pero ¿adónde vas? —preguntó Bukowski.

—No hace tanto que se fue. Si se dirige a Florencia, como dice en la nota, seguro que todavía está en el aeropuerto. Solo tengo que encontrarla antes de que se suba a ese avión.

Bukowski asintió, siguiéndole de cerca.

—Tengo el auto en la esquina —afirmó Goldstein antes de abrirles la puerta para que salieran.

Alex se volvió hacia él.

—¿Qué? ¿Tu auto? —murmuró inseguro, pues de sobra conocía las pésimas dotes de Goldstein como conductor.

—A mí tampoco me gusta la idea, pero es lo mejor —aseguró Bukowski, justo detrás de él—. Para tomar un taxi tendrías que ir al final de la calle y puede tardar hasta diez minutos en pasar uno. Y no hay tiempo para llamar un *remís*. Tendrás que arriesgarte si querés llegar a tiempo para detenerla. Porque a eso vamos, ¿no?

Alex asintió mientras caminaba presuroso por la calle. Los ancianos le seguían mientras le indicaban dónde estaba estacionado el pequeño utilitario de Goldstein.

—¿No podrías manejar vos? —preguntó Alex a Bukowski.

Su amigo le lanzó una mirada de sorpresa.

—¿Me estás cargando? ¿Desde cuándo manejo yo?

Era cierto, Bukowski no sabía conducir y él estaba excesivamente nervioso para tomar el volante.

—Manejá vos.

—No puedo, estoy demasiado alterado —resopló Alex, exasperado.

Ambos miraron a Goldstein, que los observaba como si la conversación no fuera con él, ni con su coche. Todos subieron al vehículo; Alex delante y Bukowski detrás.

—Dale, Fittipaldi, este puede ser tu momento de gloria —dijo Bukowski, tras introducir la cabeza entre los asientos y palmear el hombro de su amigo—. Llevanos al aeropuerto en menos de treinta minutos; a poder ser, sin matarnos.

Goldstein puso los ojos en blanco y pisó el acelerador. Los neumáticos traseros chirriaron y el coche se lanzó a una loca carrera por las calles de Buenos Aires. Alex se santiguó antes de sujetarse al asidero del techo, encomendándose a todos los dioses del universo para que le dejaran llegar con vida al aeropuerto, para que impidieran despegar al avión que se llevaba a su amor, y para que le permitieran encontrarla a tiempo.

Doce minutos después, Goldstein clavaba el freno en la puerta de la terminal de salidas del aeropuerto internacional de Ezeiza. Alex se desabrochó el cinturón de seguridad con dedos temblorosos. En un par de curvas había visto tan de cerca a la muerte que aún se sorprendía de seguir respirando.

—Estás loco, ¿lo sabés? —bufó, volviendo la cabeza hacia Goldstein, que le miraba con una sonrisa alelada.

—¡La velocidad me hace sentir vivo! —gritó Goldstein, sujetándose con fuerza al volante.

Bukowski, que también se había soltado el cinturón, introdujo de nuevo la cabeza entre los asientos.

—Buen trabajo, chiflado.

Los tres bajaron del vehículo. Sin embargo, un agente de policía les detuvo antes de que pudieran alcanzar la puerta de la terminal.

—No pueden estacionar en la zona de descarga de pasajeros —dijo el uniformado tras colocar una mano en el pecho de Alex.

Él miró hacia abajo y volvió a levantar la vista hacia el hombre que le estaba impidiendo alcanzar su meta, dispuesto a apartarlo de un manotazo si era necesario. Pero justo en ese momento, dos cabezas plateadas surgieron por detrás de él.

—Agente, bánqueme al muchacho, que se le está escapando el amor de su vida —suplicó Bukowski, utilizando un tono cuajado de dolor.

—Si usted conociera a la joven: un pelo, unos ojos... unas curvas. —Goldstein hizo un gesto con las manos para que el policía imaginara una silueta escultural de mujer. Sin embargo, en cuanto contempló la furibunda mirada que Alex le lanzó por encima del hombro, carraspeó y bajó la cabeza—. Un ángel caído del cielo —resumió.

El agente paseó los ojos por los tres y algo debió de percibir en sus rostros, pues se hizo a un lado.

—Si en quince minutos no lo retiran, lo hará la grúa.

No obstante, ninguno de ellos podía ya escucharle, pues ya entraban a toda prisa en la terminal.

Alex corrió en busca de las pantallas que anunciaban los horarios de salida y el número de puerta de cada vuelo.

—¿Adónde vas? —preguntó Bukowski, sujetándole del brazo.

Él lo miró, asombrado.

—A ver si hay algún vuelo a Italia y la puerta por la que sale.

—¿Y creés que te van a dejar pasar? —dijo su amigo, con aquella elocuencia de antiguo profesor.

Tenía razón; para que le dejaran entrar en la zona de embarque tendría que comprar un billete. Se llevó la mano a la billetera y buscó el mostrador de cualquier compañía. Le daba igual que su tarjeta de crédito no tuviera fondos, ya explicaría eso luego. Ahora solo podía pensar en lograr una tarjeta de embarque que le permitiera localizar a la mujer de su vida. Una especie de pánico lo paralizaba cuando pensaba que Lena podía haberse marchado ya, pero estaba dispuesto a encontrarla allí por todos los medios posibles. No obstante, al momento volvió a sentir la mano de Bukowski sujetándole el brazo.

—Y ahora, ¿adónde vas? —gruñó el anciano, desesperado.

Con la paciencia al límite, Alex se volvió hacia él.

—A comprar un pasaje, ¡maldita sea!

—¿Y qué creés, que la vas a encontrar tan fácilmente? —Meneó la cabeza—. Vayamos allí —dijo, señalando con el dedo un gran mostrador con el cartel de «Información»—. Tienen altavoces que se oyen por todo el aeropuerto. Si todavía está acá, Lena te escuchará.

Alex comprendió al momento.

—Tenés razón —respondió con una sonrisa asomando a su rostro—. Sos un genio, Bukowski. Ambos lo son. ¡Hacen un equipo perfecto ustedes! —exclamó, apuntándolos con el dedo antes de retroceder y echar a correr hacia el mostrador de información.

—Normalmente eres un hinchapelotas, Bukowski. Pero de repente tenés un momento de resplandor que te hace brillar como un auténtico sabio —opinó Goldstein, observando la espalda de aquel muchacho al que quería como a un hijo.

El otro se llevó las manos a la cintura mientras volvía el rostro hacia su amigo.

—Dejate de hinchar, pelotudo —gruñó—. ¿Cómo podés manejar a cien kilómetros por hora en medio de la ciudad sin matar a nadie? Todavía me tiemblan las piernas.

Goldstein volvió el rostro hacia él con una gran sonrisa en los labios.

—Moverme rápido es mi habilidad —respondió, llevándose también ambas manos a la cintura—. Saber lo que hay que hacer al llegar es la tuya.

—Estás mal de la cabeza, ¿lo sabés, verdad? —replicó Bukowski, incapaz de ocultar el afecto por él.

—Sí, y justo por eso sos mi mejor amigo.

Ambos continuaron lanzándose pullas mientras se acercaban al mostrador donde Alex explicaba su situación a la señorita de información, que, por su rostro claramente conmovido, no iba a poner impedimentos para que usara la megafonía.

32

Sin fundido a negro

Lena observó el rostro de la mujer que amamantaba a su bebé en el banco que había frente a ella. Le había llamado la atención la serena expresión con que aquella madre trasvasaba vida a su hijo, por lo que decidió inmortalizarla en su cuaderno de dibujo. Después de todo, si iba a dedicarse a pintar retratos de turistas y edificios en Florencia, tendría que comenzar a practicar. Además, en aquel momento agradecía cualquier actividad que le impidiera pensar en lo que estaba haciendo, y volver corriendo a El Fin del Mundo, que era lo que más quería.

Tendría que pasar la noche en el aeropuerto, ya que su vuelo a Roma no salía hasta el mediodía siguiente. Había sido imposible lograr un billete para Florencia antes, y tendría que hacer transbordo en Roma, pero era lo más rápido que había podido conseguir. Así que se preparó para pasar las últimas horas en aquel país donde dejaba muchos amigos y al amor de su vida.

—Oh, es precioso.

Aquella voz la arrancó de sus cavilaciones. La mujer del bebé se había acercado a ella para contemplar el dibujo.

—¿Le gusta?

La señora asintió mientras acercaba el cochecito del bebé al banco en que estaban sentadas.

—Muchísimo —respondió emocionada.

Sonriendo por la aparente emoción de la madre al verse retratada con su hijo, Lena arrancó la hoja del bloc y se la ofreció.

—Tenga, se lo regalo.

—¿De verdad? —preguntó, volviéndose hacia ella con los ojos húmedos.

Lena asintió con otra sonrisa.

—Oh, discúlpeme —dijo la señora, limpiándose las mejillas con un pañuelo de papel—. Estas malditas hormonas me tienen todo el día en una montaña rusa emocional.

Lena volvió a sonreír; esta vez de forma sincera. ¿Alguna vez volvería a reír como lo hacía con Alex?

«Este es un mensaje para la señorita María Magdalena Vázquez de Lucena:

Lena, soy un hombre muy estúpido. Anoche estaba enojado y no pensaba nada de lo que dije. Estoy en el mostrador de información. Por favor, mi amor, no te vayas a Florencia, quedate acá, conmigo.»

Dios mío, pensaba tanto en él que ya oía su voz por todas partes, se dijo Lena mientras trataba de que la mujer del bebé no notara su agitación. Sin embargo, aquellas palabras volvieron a sonar en todo el aeropuerto y el corazón de Lena brincó enloquecido.

—Discúlpeme —dijo a la mujer—, ¿usted también oye la voz de ese hombre?

Los ojos llorosos de la señora le recorrieron el rostro, como si intentara averiguar si bromeaba. Entonces sorbió por la nariz y asintió.

—Un pobre desgraciado humillándose. Bueno, estoy segura de que algo habrá hecho para merecérselo.

Lena se puso de pie al momento. Tomó la mochila en una mano y su cuaderno de dibujo en la otra y se quedó plantada en mitad del pasillo sin saber muy bien hacia dónde dirigirse.

—¡Es Alex! —gritó, como si aquella señora supiera de qué estaba hablando—. Es mi «pobre desgraciado» —explicó con una sonrisa de incredulidad.

La señora asintió, mientras otro arrebato de llanto le sacudía el cuerpo.

—¡Qué bonito!

Lena miró en todas direcciones. Estaba en la puerta número cien. Tratando de averiguar cómo llegar lo antes posible al mostrador de información echó a andar en dirección a la salida; un paso ligero que enseguida se convirtió en un trote y en una veloz carrera. Con una ancha sonrisa dibujada en los labios y una explosión de felicidad ardiendo en su corazón, corrió como una loca por toda la terminal.

—Déjeme repetirlo otra vez, señorita, por favor.

La mujer de información sonrió con conmiseración y le tendió el micro. Alex lo agarró como si fuera su único punto de apoyo al borde de un profundo precipicio y repitió de nuevo su mensaje. Levantó la cabeza y la buscó entre la multitud que a aquella hora abarrotaba el *hall* del gran aeropuerto bonaerense.

—¡Maldita sea, no aparece! ¿Y si no está escuchando? ¿Y si ya está en el avión? —masculló Alex desesperado, volviéndose hacia Goldstein y Bukowski, que oteaban en todas direcciones por si localizaban la larga y rizada cabellera de Lena.

—Tranquilo, tal vez esté lejos. Esto es muy grande, sigue intentándolo —respondió Bukowski, palmeándole el hombro.

Alex chasqueó la lengua y se volvió de nuevo hacia la mujer del mostrador.

—¿No podría decirme en qué vuelo va esta pasajera? Señorita, por favor...

Ella negó con la cabeza.

—Lo siento mucho, pero no puedo darle esa información, señor.

—¡¿Ah, no?! —gruñó Alex—. ¡Entonces no deberían llamar a esto mostrador de «información», si no informan una mierda!

A pesar del improperio, la muchacha siguió mirándolo con la misma compasión de antes. Goldstein lo abrazó entonces por los hombros.

—Tranquilo, muchacho.

—¡Aaaaalex! —El grito llegó desde alguna parte.

Los tres se irguieron y otearon en todas direcciones. Alex se puso alerta y su corazón comenzó a palpitarle. Bukowski le tocó el brazo y le señaló un punto entre la multitud con una gran sonrisa en los labios. Él siguió con la mirada la dirección que le indicaba y entonces la vio. Sus rizos rubios, sus preciosos rizos rubios, ondeaban al viento porque corría; no, en realidad volaba en su dirección entre cientos de rostros desconocidos.

—¡Leeeena! —aulló—. ¡Lena! —volvió a gritar, lanzándose a su encuentro.

Ella se abrió paso entre la marabunta de gente que entraba a la terminal de salidas. Pudo ver a Alex desde lo alto de las escaleras y lo llamó para que supiera que le había oído. Al momento lo vio salir disparado en su dirección hasta perderse entre el gentío. Dos ojos verdes aparecieron entonces en su campo de visión. Lena distinguiría aquellos ojos entre un millón.

—¡Alex! —voceó.

Con una ancha sonrisa, él se dirigió directamente a ella. Se encontraron con la misma necesidad que un caminante del desierto se topa con el oasis. Sus cuerpos chocaron como dos locomotoras circulando a toda velocidad por la misma vía. Lena levantó los brazos y se agarró a su cuello en el mismo instante en que él la aferró por la cintura, elevándola del suelo.

—¡Oh, Lena! Fui un estúpido —murmuró con voz quebrada—. No pensaba nada de lo que decía. Perdoname, mi amor.

Ella apartó la cabeza lo justo para cerrarle la boca con un contundente y apasionado beso. Alex gimió por la sorpresa pero se repuso al momento, devolviéndole la caricia con toda su pasión.

—Te quiero, Lena. Te amo más que a mi vida —musitó después de separar sus labios para besarle las mejillas, los párpados y la nariz.

Lena rio de puro deleite.

—¿Me perdonás?

—Dios mío —dijo ella, observándolo maravillada—. ¡Cómo me gusta tu acento!

—Bueno, pero ¿me perdonás?

Lena asintió deprisa, sin poder evitar que lágrimas de emoción anegaran sus ojos.

—Entonces, ¿estás seguro de que me quieres? —preguntó, en referencia a sus palabras durante su discusión del día anterior, aquellas que más le habían dolido.

Los ojos de Alex vagaron por su rostro, resplandeciendo con una tierna dulzura.

—No solo te quiero, mi vida, sino que te adoro. Estoy tan loco por vos que no podría vivir sin verte. Te amo, señorita Vázquez de Lucena —murmuró con la voz enronquecida por la emoción.

Lena volvió a sonreír.

—Y tú, ¿me perdonas por no contarte que había comprado el bar y el conventillo?

Alex la silenció colocándole el dedo índice sobre los labios.

—De eso ya vamos a hablar luego —dijo, antes de bajar la cabeza y besarla en la boca—. Supongo que tendré que trabajar en el bar hasta devolverte la deuda.

Lena se rio con la ocurrencia.

—No pienso pagarte tanto —bromeó.

—Tengo toda la vida, mi amor —respondió él, aguantando la risa—. Además, pienso seducirte cada día para ganarme un aumento de sueldo.

—Pues ya puedes esmerarte —resopló Lena.

Los ojos de Alex resplandecieron con un brillo travieso.

—No me subestime, señorita, porque podría arrastrarla hasta el baño y comenzar ahora mismo.

Riendo de pura felicidad, Lena se abrazó a su cuello y le cerró la boca con un sensual beso al que él respondió por igual. Siempre se había considerado discreta, pero se estaban besando apasionadamente en un lugar público y no le importaba en absoluto lo que la gente pudiera pensar. Tenía tantas ganas de desnudarlo y amarlo a placer, que la idea de irse juntos al baño del aeropuerto ya casi no le parecía descabellada. Sin embargo, un par de carraspeos a su espalda la devolvieron a la realidad. Se separó lo justo para ver los sonrientes rostros de Goldstein y Bukowski por detrás de Alex.

—Estamos muy contentos de que todo se arreglara para bien —dijo Goldstein.

—Sí, pero ¡búsquense un hotel! —apostilló Bukowski—. Dejen de dar envidia a los que sufrimos hambre.

Alex y Lena se miraron un segundo antes de romper a reír. Aquellos dos eran incorregibles.

—¡Cómo me alegro de verles! —exclamó ella, separándose de Alex para abrazar y besar en la mejilla a los dos ancianos.

—Para nosotros también hay besos —murmuró Bukowski con aire petulante mirando a Alex.

—Aparecieron a primera hora en el bar y me fue imposible sacármelos de encima —explicó él.

Goldstein bufó, indignado.

—Jamás te hubiera encontrado sin nuestra ayuda.

Lena se rio y miró a Alex, que también reía con las chanzas.

—Es cierto, él nos trajo hasta acá —señaló.

—¿Qué? —murmuró Lena, estupefacta—. ¿Te has subido a su coche? —Alex asintió—. ¿Y conducía él? —Alex volvió a asentir con una mueca de terror—. Dios mío, sí es cierto.

—¿Qué? —preguntó él.

—Que me quieres mucho.

El gesto de Alex se suavizó y una tierna sonrisa se le dibujó de nuevo en el rostro.

—Mucho.

Los dos se contemplaron embobados durante unos segundos, hasta que el carraspeo de Bukowski los devolvió de nuevo al presente.

—En este punto me gustaría señalar que la idea de recurrir al mostrador de información fue mía.

Lena volvió el rostro de nuevo hacia Alex, que puso los ojos en blanco por la eterna rivalidad entre los dos ancianos.

—Es cierto —reconoció—. Lena, te presento al cerebro y a los ejecutores de la misión —terminó, señalando a Bukowski, a Goldstein y a sí mismo.

Ella los contempló con una sonrisa de ternura porque, en realidad, aquellos dos ancianos querían a Alex como a un hijo y estarían dispuestos a hacer cualquier cosa por él. Y su sonrisa se ensanchó al deducir que Alex sentía exactamente lo mismo por ellos. Los ancianos habían asumido el puesto de los padres desaparecidos, y él el del hijo ausente de Bukowski.

Por el mero hecho de que alguna familia te toca y a otra, simplemente, la adoptas.

—¿Y cuál era esa misión? —preguntó, incapaz de disimular la felicidad que la desbordaba.

—Encontrarte, por supuesto —respondió Bukowski.

—Y llevarte de vuelta —puntualizó Alex, que se palmeaba los bolsillos delanteros de su vaquero como si buscara algo—. Además de devolverte esto.

Un súbito resplandor deslumbró a Lena en cuanto él levantó la mano. La luz del sol, que entraba a raudales por las grandes cristaleras del aeropuerto, fue capturada por el ópalo de fuego del anillo de la madre de Alex, bañando de destellos dorados toda la terminal de salidas del aeropuerto de Ezeiza.

—Me gustaría que volvieras a guardarlo —dijo él.

Una explosión de dicha detonó en el centro exacto del corazón de Lena. La respiración se le quebró y las chispas del estallido le hicieron cosquillas en el estómago.

—Ya, lo que sucede es que ya no quiero guardarlo —respondió, pasando por alto su gesto de sorpresa—. Porque lo que quiero es llevarlo.

El amplio pecho de Alex se vació en un largo y sonoro suspiro.

—¿Querés decir que...? ¿Querés? —balbuceó, presa de una repentina emoción que anuló su habitual coherencia.

Lena asintió y trató de tomar el anillo.

—No, esperá. Hagamos esto como mandan los cánones del romanticismo —dijo Alex, apartando la mano.

La mandíbula de Lena casi toca el suelo por la sorpresa al verlo hincar una rodilla en el suelo y ofrecerle el anillo. Las personas que pasaban por su lado ralentizaban los pasos hasta detenerse para contemplar la insólita escena.

—María Magdalena Vázquez de Lucena, ¿querés casarte

conmigo? —preguntó Alex con la voz quebrada nuevamente por la emoción.

Lena observó aquellos dos fulgurantes ojos verdes que la miraban como si nada más existiera en el mundo, y asintió.

—Sí —musitó—. Sí quiero.

Con manos temblorosas, Alex deslizó el anillo en su dedo anular y la miró con una de sus cautivadoras sonrisas, al comprobar que le iba de maravilla. Se irguió y cerró el compromiso con un apasionado beso que hizo las delicias de los curiosos. Lena se dejó envolver por sus brazos y por la caricia, que la derritió por dentro. El ópalo de fuego brillaba ya en su dedo, propagando su cálida luz sobre los conmovidos rostros de las personas que los contemplaban.

Un fuerte y sonoro aplauso se extendió por todo el vestíbulo de la terminal. Sorprendido por el bullicio, Alex levantó la cabeza y miró alrededor, con una sonrisa de dicha dibujada en el rostro. Lena también miró a toda aquella gente y sonrió, azorada. Pero entonces se percató de algo muy curioso.

—¿Te das cuenta de que estamos en un aeropuerto? —dijo, bajando la cabeza con timidez y apoyando la frente en su mentón—. Siempre he creído que los mejores finales de película tienen lugar en un aeropuerto.

Alex sonrió, negando lentamente con la cabeza.

—No, mi vida, este no es el final. A ningún buen director de cine se le ocurriría poner acá un fundido a negro; ni siquiera a uno de esos que hacen las películas de amor que a vos tanto te gustan.

—¿Ah, no? —ronroneó Lena mientras se ponía de puntillas para besarlo nuevamente.

Cuando ella rompió el contacto, Alex abrió los ojos con cara de aturdido.

—No —respondió, tratando de recordar, por el poder cau-

tivador de sus besos, de qué estaban hablando—. No habrá
ningún fundido a negro en esta historia.

—¿Ah, no?

—No —confirmó, meneando la cabeza para enfatizar la
negación.

—¿Y eso?

—Pues porque lo mejor, mi amor, acaba de empezar.

Epílogo

Algún tiempo después...

—Lena, ¿podrías cobrarle a este muchacho, por favor? Yo no sé cómo va el cachivache de las tarjetas.

Lena observó a su amiga Aurora con una sonrisa y tomó el terminal con que sus clientes efectuaban los pagos con tarjeta. Una vez que su amiga se recuperó de su operación de cambio de género, las dos decidieron montar un puesto en la feria de los domingos en la calle Defensa; Aurora ofrecía sus mates y Lena sus cuadros, con un gran éxito de público y ventas.

Lena sacó el comprobante y se lo entregó al chico para que lo firmara.

—Muchas gracias por su visita —le dijo con una sonrisa radiante cuando él le devolvió el bolígrafo y agarró la bolsa con su compra—. Vuelva cuando quiera.

»Algún día tendrás que aprender a usar el terminal —le indicó a Aurora cuando el cliente ya se había alejado.

—¿Para qué si ya te tengo a vos?

Aurora sonrió y se acercó para darle un sonoro beso en la mejilla. Siempre había sido muy desinhibida, pero desde su operación se sentía mucho más segura de sí misma y lo expresaba en forma de desbordante alegría. Claro que, el hecho de llevar más de un año viviendo con Matías en perfecta armonía también afectaba en buena medida a su exultante estado de ánimo.

—Creo que ya vienen a buscarte.

Mirando en la misma dirección que su amiga, Lena comprobó que su marido avanzaba entre el público de los puestos de venta. En sus brazos, su hijo volvía su carita de uno a otro lado para observarlo todo con sumo interés. Cuando los enormes ojos verdes del niño la localizaron entre la gente, soltó un grito de alegría y extendió sus bracitos regordetes hacia ella. Se llamaba Martín y había nacido hacía un año, y Lena sentía que aquel angelito de alborotados mechones castaños había llegado al mundo para completar su felicidad.

Lena descubrió que estaba embarazada tan solo unos meses después de haberse casado con Alex. La boda se celebró en la iglesia del barrio de San Telmo, tras la cual organizaron un pequeño convite en el bar al que asistieron todos sus amigos. Su madre, por supuesto, declinó la invitación. Sin embargo, en cuanto doña Elvira se enteró de su embarazo, trató de acercarse a ella. La llamaba todas las semanas y viajó a verles por Navidad, y, aunque no quiso alojarse en el conventillo, se pasaba todo el día con ellos y con el bebé. No obstante, Martín tenía otros dos abuelos que lo consentían y mimaban de manera constante, pues Goldstein y Bukowski representaban aquel papel a las mil maravillas. Se les caía la baba con el niño, y estaban felices de participar en todas las facetas de su educación.

—¡Hola, mis amores! —exclamó Lena cuando su marido y su hijo llegaron al puesto.

Alex se inclinó para darle un beso en los labios mientras su hijo se lanzaba a sus brazos al estilo kamikaze.

—¡Hola! —respondió su marido—. Nuestro hijo ha descubierto hoy cómo funciona un bolígrafo.

Lena observó a su pequeño, que le sonreía, y entonces comprendió el alcance del problema. Su lengua y sus pequeños dientes estaban teñidos de tinta azul.

—Martín Lagar, eres un cochino.

El niño la miró y frunció el ceño. Aquel gesto pilló a Lena por sorpresa y su enfado se evaporó por arte de magia. Era igual que su padre, una fotocopia idéntica.

—¡Hola, mi amor! —exclamó Aurora mientras le tendía los brazos al niño—. Ven con tu tía.

Martín se volvió y se abrazó al cuello de su madre, rechazando la invitación de Aurora sin mucha sutileza.

—¿Vendieron mucho? —preguntó Alex.

Lena volvió a besarlo.

—Ha ido bastante bien —respondió—. ¿Y cómo te ha ido a ti en el bar?

Alex resopló mientras le apartaba un mechón de la frente.

—Lleno total.

Lena sonrió, aunque sabía que algo le inquietaba.

—¿Qué tal llevas la reunión de mañana?

—Terminaré de prepararla esta noche, aunque creo que con la nueva fase nos meteremos a los de la municipalidad en el bolsillo.

Lena sonrió y volvió a besarlo. Estaba tan orgullosa de él que no conseguía, ni quería, ocultarlo. Al final, el retrato de Picasso que la señora Massardi le había dejado resultó ser auténtico y se había subastado en Londres por algo más de doscientos mil euros. Alex había donado aquel dinero a la Facultad de Arquitectura para poner en marcha su plan de viviendas para las villas miseria. Colaboraba con la universidad de forma independiente, y el primer vecindario de ecocasas ya estaba comenzando a funcionar a la perfección. Vistos los buenos resultados, ya habían puesto en marcha una segunda fase de construcción para la que solo faltaba ultimar algunos permisos municipales.

No obstante, y pese a su compromiso con el proyecto, su marido no había renunciado a trabajar en el bar; simplemente, porque aquello era lo que le hacía feliz. Así que, mientras Lena dibujaba por las noches en la habitación de Carmen, Alex trabajaba en su gran mesa de arquitecto, que había instalado bajo el vitral de Orfeo para estar junto a ella, y poder así contar con su opinión de artista.

Trabajaban por la noche porque durante el día ambos atendían el bar. Martín estaba con ellos, y había terminado convirtiéndose en una de las atracciones del local; gateaba entre las mesas y dibujaba en los tiques de los clientes, de forma que cada uno de ellos tenía un diseño único y original de su cuenta.

—Tu hijo hace que la cuenta duela mucho menos a nuestros clientes —decía Alex, agachándose a besarla.

Riéndose con las ocurrencias de su marido, Lena observaba a Martín, divirtiéndose en su trona mientras balbuceaba feliz.

Tras su boda habían reconvertido las habitaciones vacías del conventillo en una sala de exposiciones para artistas *underground*, lo que había reportado más clientela para el bar, y más trabajo para ellos. Sin embargo, era muy satisfactorio contemplar el rostro de alegría de aquellos chicos y chicas, que hasta entonces pintaban en la calle o en algún garaje, al ver por primera vez su obra expuesta al público.

Alex y ella no se ponían plazos porque amaban su ocupación en la cafetería, y se tomaban el resto como algo complementario. Harían todo aquello que les hiciera felices y, cuando se sintieran agobiados o demasiado cansados, lo dejarían. Habían decidido vivir así, y les gustaba mucho su vida. Lena todavía no había tenido tiempo para restaurar el fileteado de El Fin del Mundo ni el vitral de Orfeo, pero anhelaba hacerlo, aunque lo iba a aplazar hasta que Martín fuera un poco más mayor.

Por otro lado, ella seguía recibiendo puntualmente los ingresos de las empresas de su padre. Toda la gestión la había dejado en manos de su buen y leal amigo, Vicente Fernández del Real, y de todo su equipo, mientras ella solo debía asistir por teleconferencia a las reuniones de accionistas que celebraban dos veces al año.

Con aquel ritmo de trabajo y proyectos, ambos se derrumbaban exhaustos cada noche en la cama. Sin embargo, cuando Martín ya dormía, Lena y Alex se buscaban, como si sus cuerpos no hallaran descanso sin haberse saciado, sin haberse encontrado entre las sábanas para amarse hasta que los primeros rayos del amanecer les sorprendían fatigados y felices. Porque, después de todo, su infierno quedaba lejos, muy lejos, y solo ahora podían contemplar el vasto paraíso de su vida juntos, extendiéndose hacia un futuro propicio y maravillosamente luminoso.

Índice